孙健敏◉著

HIDI XIAOSAN ZHIDI XIAOSAN ZHIDI XIAOSAN ZHIDI XIAOSAN ZHIDI XIAOSAN ZHIDI

消散之地

作家出版社

作者像

孙健敏

写过小说，做过记者，当过编剧，拍过电影。曾创作发表《宫中的神话》、《大师的欲望》、《房子》等一批后现代风格的中短篇小说。2002年在大陆和台湾同时出版长篇小说《天堂尽头》，并因此书被《诚品好读》杂志评选为2003年年度推荐作家。2003年创作长篇小说《连裤袜女郎高悬在时代广场》。《消散之地》是作者以魔幻之都漂来为背景创作的第三部长篇。

序

蒋原伦

似乎是一种巧合，健敏小说的出版正赶上辛亥革命一百周年之际，有关这场革命的大型文献纪录片、档案解密、回忆录、小说、影视剧等纷纷面世，加之各种纪念活动，使之成为传媒的重头戏。健敏的小说虽然没有涉及辛亥革命，但也不能说与之无关，因为小说写到了百多年前的洋务运动。按照比较权威的说法，由于甲午战争宣告了洋务运动的破产，中华民族面临被帝国主义列强瓜分的危机，加之清政府的腐败无能，对内压榨，对外投降，这才引爆了辛亥革命。

开始我不明白这部以当下年轻人生活为题材的小说，怎么就七拐八拐地和“洋务运动”挂上了呢，现在的小说虽然时不时要“穿越”一下，但也不一定要回溯到失败的洋务运动那里。不过回过神来想想，中国当下的许多“和国际接轨”的做法，其实是有点洋务运动的做派的，基本是“师夷长技以制夷”，即外国人的技术要学、好东西要学、新鲜物事可拿来就用，外国人的理念、制度、价值观等等则要警惕。这么一想，也就释然了：许多早以为失败的事情其实并未失败，它顽固地扎根于我们的生活之中。

小说是不能当历史看的，历史只是背景，在这背景之上，展示的是作者讲故事的才能。健敏很会讲故事，他的小说叙事手法老到，似乎不扩展到历史之中就不过瘾，我觉得他是天生的写小说的好手，所以驾驭一个两条线索并行的叙事结构，举重若轻，在两个时空中的穿梭如履平地。一百多年前的这一段历史其实是很惊心动魄的，一个突然被迫打开国门的老大帝国忽然间被各种眼花缭乱的洋务活动裹挟，忙忙碌碌，霎时间变得很有活力，然而又生出许多迷惘来，仿佛是现实中国的一个倒影。那段历史，不仅在小说人物唐喻和唐妙身上产生了两种相反的结果，其寓意是西方现代性的输入，同时带来了理性精神和个人享乐主义，对古老的社会构成致命冲击；而且这一结果对当下的情景，即小说中“我”所处的环境也产生了巨大影响。

小说的双重叙事其实是一个隐喻结构，现实的困惑是历史造就的，当下的问题不仅仅是当下才产生的，历史已经埋下了重重伏笔。正因为历史的缘故，所以金色天堂路旁的“水流云在”别墅小区的电表转得飞快，现代工业所生产的巨大能量被历史的黑洞所吸纳，并迅速消散得无影无踪，让人们困惑、束手无策。为喻示历史和当下的关系，小说人物的称谓也充满讽刺意味，如有蔡琰、墨之翟、韩费、公输义等等一干人，洋人有叫洛克菲勒、贝克汉姆的，这些人名的出现，其实是在解构小说，似乎也解构了一直以来流传的某些观念。

健敏若干年前的长篇小说《天堂尽头》甫在台湾出版，就获得相当的好评。然而他小说写得不多，倒是很醉心于影视剧的拍摄，着迷于运用影像叙事手法来讲故事。影像叙事包含的内容太多，鱼目混珠，很难在同一个起点上加以评判，有的观众看演员表演，有的关注故事，有的讲究画面，更有的看噱头和小动作，所以哗众取宠的制作往往能有一时之胜。现在的大制作，过多的运用摄影技巧和动漫手法，其实就是噱头，弄得观众五迷三道，故事本身没有任何内涵。健敏是看重故事本身的，或许跟他的训练和文学素养有关。另一方面，他又吸收了影像叙事的节奏，加大叙事的密度，语言洗练而有画面感，故在二十万言的作品中，不光容纳了两个时代的故事，还将漂来城建立发电厂、纺织厂等等繁琐的情节一一道来，使人将信将疑。我不禁会想，就算不考虑读者的兴趣，作者难道不怕自己捉襟见肘吗？他太信任自己的叙事能力，认为可以行与当行，止于不可不止之处，读者会追随自己的生花妙笔前行。

洋务运动走的是改良主义道路，健敏的小说也是改良主义的，叙事中凸显画面感，善于运用蒙太奇手法，还有拼贴与反讽等。健敏的改良主义会失败吗？等待的就是读者的检验。

1

我知道我在做梦。

因为此刻，丁度·布拉斯镜头下的那些大屁股意大利女人，已经从电视机里爬了出来。

她们像一队有纪律的带鱼，一个接一个，紧紧挨着，爬行的姿势憨态可掬，速度不是很快，而是一点一点向前蠕动，这让她们充满汁液的身体说不出的笨拙，又说不出的诱惑。因为爬得努力，她们头垂得很低，而屁股又撅得很高，自然不可避免的，她们走光了，硕大的胸部正从她们开得很大的领口里滚动出来。

她们好像是面对着我，但另一方面，我又好像是坐在她们后面，从背后看着她们向前爬去。她们百褶裙下的臀部一丝不挂，像一轮轮满月，摆啊摆地摆个不停。

因为我能同时用两个角度观看她们，甚至只要我愿意，我还能用三个或四个五个角度观看，所以我知道我在做梦。

我做梦的时候正是2002年4月1日的晚上，这天虽是愚人节，天气却出奇的舒适，漂来城正在全面进入到春暖花开的季节，更妙的是天空里还飘着一阵落在脸上几乎毫无知觉的毛毛雨，绝对是可以让人晕沉沉感伤一二的好氛围。

所以，做梦以前，我给自己泡了一碗加量装的红烧牛肉面。为了吃面时不至于闲得无聊，我打开家里的DVD，在马丁·斯科塞斯的老片子《纯真年代》和丁度·布拉斯的《红辣椒》之间，只犹豫了不到半秒，便拿起《红辣椒》放进机器里。

当画面出现在电视上时，装方便面的塑料碗里散发出一阵比真的红烧牛肉面还要浓郁的牛肉面味道。我就势端起面，在电视机前的沙发上坐下来，心里开始盘算，吃完面后，怎样度过接下来的时间。

这天，我刚弄完一个有关影视歌三栖明星Y女郎和本城地产大亨黄国歌的绯闻报道。为了搞定这件事，过去的一个星期里，我像个三流侦探，在漂来城各种能传播流言蜚语的聚会场所里游来逛去，和每一个故作矜持而又多嘴多舌的消息灵通人士磨嘴皮。再加上其他几组派去追着当事人跑的记者综合来的消息，我终于把各种道听途说的讯息和臆测拼凑起来，捏成了一个将近三万多字的八卦故事。

作为一名资深娱乐新闻从业人员，我在一本名叫《炮手》的八卦杂志里混了十年，已经成了这家杂志的顶梁柱，只要漂来境内有重大绯闻发生，我和我的同事们就都要无头苍蝇似的忙上一阵。

做完这件事情，我紧绷了一个星期的神经，顿时放松下来，心里却不免产生了些虚脱般的茫然，本来想约莫尼卡·王一起出去吃饭，然后看看电影泡泡酒吧之类的。

本来她叫王莉莉，因为进了一家外资公司，按惯例名字要跟国际接轨。正好她年轻时狂迷过一阵张国荣，对他唱的《莫尼卡》印象尤深，就给自己起名叫莫尼卡·王。本来洋名只是工作时使用，她却逢人就把这新名字挂嘴边，若有人还叫她王莉莉，就会很不高兴地纠正别人，直到大家屈服于她的执著。

就这一点看，她百分百是个特事儿的女人。而更事儿的是她跟人说话，平均每三句话就带一个英文单词，碰到情绪高，还要蹦几个法文单词。不过她长得漂亮，会打扮，嘴巴甜，脑子反应快，又能干，很少有女人能同时拥有这些优点，所以就算事儿一点，也并不讨人厌。

介绍我们认识的，是我的前女友。在跟我分手后，她嫁给了一个小公司老板。结婚让她感觉幸福，幸福又让她忍不住也想让我幸福。所以结婚后，她一直在非常热情地为我组织各类相亲活动。莫尼卡·王就是其中一次相亲活动的成果。

前女友当年离我而去的一个重要原因就是我的工作毫无规律可言，忙时特忙，没日没夜，结果让她的感情生活也变得像那些东一榔头西一棒子的现代派小说一样毫无逻辑和起承转合，而她平时比较喜欢读结构紧凑、情绪温暖并略带点感伤意味的言情小说，所以最后我们就和和气气地分了手。不过她觉得莫尼卡·王可能比较适合我，因为莫尼卡·王的生活也一样毫无逻辑和起承转合可言，鉴于她每个月都能从公司支取一笔将近五位数的薪水，公司的管理层就此认定，他们什么时候想让莫尼卡·王加班，莫尼卡·王就得二话不说去加班。莫尼卡·王也因为拿了这笔不菲的薪水，常会心生愧疚，总觉得不加班的话，就对不起公司。一年到头，她几乎很少有几天不是在公司加班。

因为这个原因，一旦不加班时，莫尼卡·王就会格外惆怅，只好郁郁寡欢地来跟我约会。我很好地利用了这一点，在一个借酒浇愁后的深夜，把这个漂亮女人骗到了家里，进而一番花言巧语，终于让她跟我同居。

晚上给莫尼卡·王打电话，我已经料到她要加班，所以心里早有打算，推迟一点时间开始后面的节目。但没想她告诉我，公司这两天正忙着件大“CASE”，所以晚上得通宵了。

这样的事情并非第一遭，我只好自己想办法。

直到把方便面全部吃完，我还是没想好该怎么打发剩下的时间。无奈，只得又去厨房里拿了罐可乐，然后一条虫子似的蜷缩在沙发上，准备第十二次从头到尾看一遍布拉斯大师的《红辣椒》。

大概就在这个过程中，我睡着了，然后开始做梦。

虽然我知道自己在做梦，但目前为止，这个梦还没有任何让我不舒服的东西，所以我任由它在眼前闪来闪去，听凭那些从电视里爬出来的尤物们将我团团围住。

看久了，脑子里难免就有点想法了，除了看，还寻摸着能再干点什么，不知不觉，把手伸了出去。心想反正是梦，大不了，把梦给惊了而已。这样一想，那只伸出去的手就愈发坚决，对准了那个离我最近的女郎。

就在指尖快触到她几乎从衣服里蹦出来的身体时，她轻轻一晃，把我晃开了。动作实在轻巧不过，让人根本无法将之与那肉嘟嘟的身体和笨拙的姿态联系起来，有点马拉多纳或者加斯科因带球过人的意思。然后她扑哧笑了一声，雪白的牙齿泛起一层珐琅质的光泽。我听见，她叽里呱啦地跟我掰扯了几句，说的都是意大利语，但我好像都听得懂，翻译成中文大意是：“你想跟我来一下，是吧？”我做梦的时候比较老实，说话做事都不绕弯子，所以很诚恳地点了点头：“有点这个意思。”一边说，一边又开始伸手。但女郎又是轻轻的一晃。

把我晃开后，女郎索性站起来，一只手倒着叉在腰上，一只手紧握着，只露出一根手指，点在她的嘴角下面，一边转眼珠子，一边轻佻地笑。这时，我注意到那些从电视里爬出来的尤物就只剩下她一个了。

“你不能这么干！”女郎的声音很委屈，仿佛受了侮辱。

“为什么不能这么干？”

“因为你没有跟我预约！”女郎俏皮地跺了跺脚，本就水盈盈的眼睛里噙满眼泪，像春天突然涨满一池绿水的荷塘，如果不是知道我在做梦，我甚至都打算直接站起来，向她迎过去。

“怎么个预约法？”

“给我打电话啊。”女郎放在下巴上的那只手，指了指不远处茶几上的电话机。

她的手指充满魔力，牵着我的视线向电话望去。当我看到电话时，我耳朵里就传来了“叮铃铃”的声音，就这样我被从梦里拉了出来。

睁开惺忪的睡眼，女郎已不在眼前，她正藏身在远处的电视里，在布拉斯大师的画面里装疯卖傻、卖弄风情。

电话机确实在响，而且没完没了。我身体发软，不想接，但又怕是莫尼卡·王，不接的话，她肯定没完没了，只得强打精神，拿起了话筒。

不是莫尼卡·王。

声音有些陌生，但是听得出，声音的主人也有点沮丧的意思。

“喂，孔亦丘吗？”女人一字一句地问，她那边的话筒好像出了什么问题，听上去有点像走调唱机的声音。

“是。”

“我是秦雪。不好意思，能上我这儿来一趟吗？”那个叫秦雪的女人怯生生地问，生怕我会不答应。

“好。”我想都没想，下意识地答应了。

叫秦雪的女人是个演员，前些年红过一阵子，我和她曾有几面之缘，但关系不算深。所以我很奇怪，她为什么要打电话给我。但想到可能她这么做是要爆料，我那种训练得相当不错的苍蝇本能一下子被唤醒了。问她要了地址后，赶紧着出了门。

开车去秦雪住处的路上，我开始慢慢回忆我和她有限的几次见面，希望到时候跟她套近乎时，不至于冷场。

这时我才想起，进《炮手》工作后，第一个任务就是采访秦雪。

当时秦雪也是新人，据她说，我是第一个去采访她的记者。

进《炮手》工作，纯属偶然。主要原因是我大学时曾就读漂来师范大学中文系，那是个文学青年成堆的地方，凡自以为有点气质的男男女女都会忍不住写点诗歌散文之类的东西。因为这种地方不写诗歌会被人看不起，所以大学四年，我也尝试着瞎掰了好几首。后来有两首被一些不良书商选摘到了一本名为《青春情色朦胧诗大全》的集子中。那两首诗其实谈不上朦胧，大致上只算是抒情诗，一首专门歌颂旗杆，一首歌颂本城一扇标志性的古城门。因为抒情时想搞得个性一些，所以用词造句比较曲折。旗杆的那首里，有一句“圆滚滚的顶端，流淌着略带点黄的红色浆液，那是处子般纯洁的热情”。而古城门的那首里，也有一句“在一张一翕的红色深洞里，熙熙攘攘着一些快乐的子民，头上，一个胖大和尚露出慈祥的微笑”。结果诗集的编选者，就此认定这两首充满严肃精神的抒情诗歌是下流的情色诗，就把前一首选进了诗集的《阳之歌》，把后一首选入了集子的《阴之歌》。

毫无疑问，这件事情搞得我很长一段时间抬不起头来，在文学青年的圈子里，名声坏掉了。无奈只得断了当诗人作家的念头，凡是他们文学圈发生些什么事情，都当没听见没看见。后来大学毕业，为了找工作，得去编个像样的简历，就又想起那本《青春情色朦胧诗大全》，不管怎么说，总算是我仅有的被印成铅字的文字，所以一咬牙，复印了一百多份，附在简历里，满世界寻找适合中文系学生就业的单位。

当时《炮手》杂志的主编可能认真地看了这两首诗，竟从中看出我有做八卦新闻的潜质，便把我招了进去。

不过，一开始主编对我的能力还是有些不放心，便决定先让我去采访个新人试试。

当时正好有个5.5代导演在拍新戏，女主角用的是位新人。5.5代导演和我们主编关系不错。我们主编读在职研究生时，写的毕业论文，名字就叫《论5.5代导演》，5.5代导演就此成了他的莫逆之交。

既然是老朋友，肯定要帮忙宣传一下，主编觉得可以先去采访一下组里的新人，因为据5.5代导演说，拍片前他特地带那名女子去见过一位大仙，大仙看过面相之后，一口认定，此女将来必定大红大紫。

带着这个光荣的任务，我去了剧组。摄影棚里一片狼藉，道具师傅、灯光师傅忙活不停。几个看上去像演员的人在一边窃窃私语。5.5 代导演正襟危坐在监视器后，脸上满是大师的表情。他的侧后方坐着个清秀的小女生，一脸的怯生生，两条腿麻花似的纠缠在一起，左手握在右手外面，使劲儿地揉搓，两片薄薄的嘴唇紧紧抿着。因为紧张，本就内收的鼻翼收得更紧了，一双明亮的眼睛则偷偷藏在长长的睫毛后面，在片场里扫来扫去。小女生就是当时刚刚出道的秦雪。

因为都是各自行业里的新人，所以采访过程比较顺利，我直截了当地问，她毫无保留地答。

不久，5.5 代导演的新片上映，片子很烂，但圈内人一致认为，女主角是片中唯一的闪光点。于是接下来秦雪片约不断，不出三四年就成了我们这一类八卦杂志常常拿来做封面女郎的明星。

秦雪成名后，我跟她在不同场合又见过几次面，说了不少话，但感觉上不是我们在对话，而是她派了个戏子和我派去的那个奸细在演对手戏，真正的我们则远远站在一边，冷冷地看着场中记者和明星之间煞有介事地掏心掏肺。有时，我们两个人的目光也会不小心地相遇，这时候我们便会略带歉意地朝对方微笑，然后，把注意力重新集中到现场，让记者和明星继续一问一答，浑然不顾除了自己这个旁观者，还有另一个旁观者也在观望这一切。每次的情况大概都是如此。

2

1890年唐喻从德国回来的时候，漂来城的规模还不像今天这样庞大得没有边际。骑着马只需一个时辰，便可绕城墙一圈，算起来仅仅是现在漂来前庭区的一隅。

当时正是中秋刚刚过去三天，在甜腻的桂花香里，唐喻被一种莫名其妙的忧郁抓住了。在他被囚禁于时间之前，他首先预感到，他的人生将被囚禁在这座由长满青苔的黑砖围起来的城市里。作为一个将要终生囚禁自己的牢笼，唐喻觉得这座始建于公元七世纪的东方水城实在小得有些过分。

不过这座小得不成样子的漂来城和今天的漂来城一样，都是那个时代首屈一指的大城市，掌管周边三省军机大事的四海总督府设在此地，它自然成了这个地区的政治文化中心。

和唐喻一起从德国回来的，还有他的叔伯兄弟唐妙，他们都是在唐喻的父亲唐望安排下，去德国留学的。

在成为漂来城著名的红顶商人之前，唐望原本只是本城一家小南货铺的老板。铺子是唐家的祖业，主要为本地居民采办广东的土糖、金华的火腿、奉天的干香菇、杭州的龙井茶、川湘的辣火等一干南北通货。

铺子只有两进门面大小，精瘦精瘦的唐望只要把他又短又细的腿悠着劲儿走上六步，就能从铺子的东头走到西端，然后转一个身，只要五步就可以回到东头。

除了年迈的父母，唐望自己还有一子二女，唐望的弟弟唐眺因为肺痨，二十岁刚过便过了身，留下寡妻以及尚在襁褓中的幼子唐妙。一家人九张嘴，一年的吃喝，都要靠唐望从南货铺里一点一点挣出来。唐望在忙碌和忧愁中度过了自己四十岁前的人生。

这一切终于因为一个叫凌德功的金发洋人的出现而发生了改变。

那是一个梅雨季节的午后，下了整整一星期雨的漂来城，终于迎来了久违的阳光。

在过去的一个星期里，南货铺账簿上的流水加起来还不到三两银子，铺子里的南北通货也因为潮湿，露出了死一般的灰白色，湿漉而燠热的空气里，几乎全是霉菌绿茸茸的气味。唐望的心因此也像润湿在水汽中的干货一样潮湿，他觉得浑身发胀，每一寸皮肉里都发出了咕嘟咕嘟的水声。那多余的水分生成冷汗，不断从他身体里往外冒，每天到铺子打烊的时候，身上的长衫都湿透了。

然而今天一早，当虚弱的阳光刚从街道东头照过来时，唐望就惊奇地发现，身体里那些多余的水分都不见了，浑身上下充满着饱满而凝固的感觉。他的目光因此锐利，久违的阳光竟变成了金沙，它们簌簌落落地从天上掉下，掉满在青苔丛生的石板路上。

受这幻觉的刺激，他的左眼皮开始跳个不停。唐望相信，今天会有好运来找自己。

受到这样的鼓舞，他连忙让自己勤快起来，搬了几张长凳到门口，再把卸下的门板一张张铺上去，然后把开洋、紫菜、笋干等最容易发霉的干货放了上去。

“太阳至少应该出三天。”他乐观地预测了今后的天气走向。

念头刚一出现，金子一样的阳光中，便闪出一个金色的人影，从街道尽头一步一步走了过来。唐望吓了一跳，使劲儿晃晃脑袋，然后再次定睛望去——确确凿凿，那个人影是金色的。

刚刚肯定完自己的这个发现，金色的人影就已经走到了面前。唐望这才看清，眼前站着的是个洋人。

洋人的头发是金色的，皮肤白得透明，上面布满了金色的汗毛，阳光打在头发和汗毛上，让他的身体金光灿灿的。只是，他的眼睛却是绿色的，比绿宝石还绿的那种绿色。

自从十几年前，漂来城被洋人的军舰攻陷过后，在这里看见洋人已不再是稀罕事。但眼前的洋人，要比唐望以前见过的加在一起还要怪异十倍。唐望心里因此产生了奇怪的想法，怀疑这个金发洋人其实不是人，而是个还没修炼好的狐妖，绿眼睛显示出它的主人曾经是只碧眼狐狸。作为老资格的志异类读物爱好者，唐望的想象力因此受到激发，他恍然大悟：

洋人其实不是人，而是狐妖，他们坐着带笛声会喷气的铁壳船来到漂来的景象，只是狐妖们的障眼法。在他生活的王朝外面，根本就不存在另一个王朝，所有王朝外面的世界，都是狐妖们用幻术在凡人眼里制造的幻象，那些世界其实存在于王朝内部。这样想的时候，他的鼻子已经从金毛洋人身上浓重的龙涎香气味中，嗅到了一丝狐狸的气息。

这些匪夷所思的臆想，既让唐望觉得自己很天才，又让他难免心情沉重，开始担心狐妖们可能会对自己不利。这样想的时候，他眼睛的余光注意到，金发狐妖正不怀好意地看着他。他不得不强自镇定，像个真正的商人那样，也对狐妖露出一脸市侩的职业笑容。

直到唐望觉得脸上的笑容因为保持得太久而要凝结的时候，金发狐妖才停止了凝视。他对唐望怪异地笑了笑，然后便在铺子里四处张望起来。

走了一圈之后，狐妖在茶叶前面停下了脚步。他先是抓起一撮昂贵的龙井在鼻子下面嗅了嗅，然后摇摇头，又抓起一撮才卖十文钱半斤的低档红茶，也放到鼻子下嗅了嗅，脸上露出了满意的神情。

金毛洋人的这一系列动作，让唐望心急如焚，甚至觉得亲眼所见，茶叶的精气正顺着那双长满金毛的手爬进狐妖那钩子似的鼻子里。南货铺里的每一罐茶叶顷刻之间变得黯淡而干枯。

心里不舒服，但面子上又不能去阻止狐妖，唐望只好跑到门口，紧张地向外张望，希望没有人看见这诡异的一幕。

金发狐妖终于停下动作，再次向唐望看过来，脸上还是那种怪异的笑容。这次他开始跟唐望说话，说的竟是一口官话，那腔调甚至比驻扎在附近军营里的八旗兵还标准。

狐妖询问的是低档红茶的价格。

唐望一边强颜欢笑，一边如实作答。这个自称凌德功的狐妖听完回答后，满脸狐疑。这让唐望心里愈发没底，为了尽快把他打发走，他一咬牙，一脸谦卑地告诉狐妖，如果喜欢，他可以把整罐粗茶都送给他。

“你很聪明。”盯着唐望看了半天，凌德功突然说，一边说，一边脸上还挂着怪异的笑容。

因为猜不出狐妖话里的意思，唐望有些心慌意乱，连忙行动起来。他把罐子里的茶叶全部倒在一大张黄糙纸上，然后小心翼翼地折起糙纸的四角，再用一根红线包扎起来，将它交到那个自称凌德功的狐妖手里。

狐妖再没说半句话，直接把茶叶拿在手里，迎着阳光，向来时的方向折返而去，把金灿灿的背影留给了惊魂未定的唐望。

直到凌德功彻底消失后，唐望才终于确认，用茶叶贿赂狐妖的计策获得了成功，得了好处的狐妖应该不会再来骚扰他了。

但情况并未按唐望的预想发展。

第二天正午，趁着铺子里没有客人，唐望坐在柜台后面的靠背椅上，津津有味地翻阅着那本《聊斋志异》，希望能从中找到某种直接的启示，以印证自己的发现。

正看得起劲，忽然觉得眼前多了个阴影。他抬起头，看见昨天的金发狐妖又回来了，正站在柜台前，带着怪异的笑容看着自己。

唐望吓得从椅子上跳了起来，以至于都忘了将《聊斋志异》藏起来。一想到眼前的阴影其实已经出现了很久，唐望连冷汗都冒了出来。

凌德功好像没有责备唐望的意思，他从手上的布袋里，掏出了一枚晶晶发亮的银洋，扔在柜台上。

银洋在陈旧的松木柜台上，翻滚几下，发出了丁零当啷的脆响。

凌德功指了指银洋："茶叶钱。"然后示意唐望把银洋拿起来。

唐望只好乖乖地按照狐妖的提示，拿起了银洋。

凌德功又做了个吹气的动作。

唐望学着样子，也对着银洋吹了口气，然后再按狐妖下一步的提示，把银洋放到了耳朵边上。

嗡——一阵让人心旷神怡的啸声涌入了耳中。这下，唐望明白了：凌德功是想告诉他，银洋是真的。

心里暗暗说着罪过罪过，唐望把银洋揣进了怀里。银洋冰凉冰凉的，透过指尖，让唐望热腾腾的脑子清凉了下来。

凌德功脸上的笑意更加灿烂。他又从那个布袋子里变戏法似的掏出了另外十枚银洋，把它们叠成一摞放在柜台上。

这新的十枚银洋，是凌德功付给唐望的订金，他希望唐望能向他供应数量更多的低档红茶。

狐妖随随便便报了个数字。

唐望听完，发了半天呆。南货铺一年卖掉的茶叶总数都不及这个数字的零头。

他屏住呼吸，尽量不让自己激动，然后在肚子里算起了账。算账的结果告诉他，如果接下这笔生意，扣去各种成本，他至少可以挣到五百三十两银子。银子的诱惑战胜了心中的恐惧，唐望接受了狐妖的订单。

自此，唐望正式成为了荷商里奥公司长期的贸易伙伴。

最初，唐望只是为里奥公司采购闽浙两省出产的低档红茶。这些低档红茶在漂来港出发，顺着太平洋一路漂流到了大西洋，然后在阿姆斯特丹登陆，在被命名为支那宫廷红茶后，被散发到欧洲大陆的各个角落，为里奥公司和唐记南货铺换来了源源不断的利润。

这之后的第二年，一天，凌德功为唐望带来了五十斤洋糖。

这天的阳光和凌德功第一次出现时一样明媚，顺着阳光，凌德功从一个白色布袋里抓出了一把透明的细小晶体。这叫洋糖的新鲜事物，从凌德功手里簌簌地散落下来，撒在了临时用门板搭起的露天柜台上，被阳光一激，波光粼粼。

唐望注意到，跟黏湿的沙子似的土糖不同，雪白的洋糖看上去晶莹剔透，几乎无法让人将它跟调味品联想在一起。在凌德功的鼓励下，唐望大着胆子用手指拈起几粒放在了舌尖上。

这不像糖的洋糖竟比土糖更甜，而且没有土糖惯有的泥腥味。凌德功告诉唐望，洋糖来自南洋，是用大不列颠帝国出品的机器制造的，它们代表了制糖业光明的未来。

虽然，唐望并不相信凌德功的这些鬼话，但他不得不承认，大多数时候，金发狐妖的预言最后总会变为现实。因此，他接受建议，把洋糖放在了南货铺最醒目的位置上。

此后的一个月，所有来铺子购物的漂来人都注意到这种晶晶发亮的洋糖，然而好奇归好奇，却没人敢轻易尝试这个新鲜事物。这情况一直延续到本城道台大人的三姨太詹凤仙出现在南货铺。

在成为孔尚秋孔道台的姨太太之前，詹凤仙曾经在洋人租界的书寓里做过一阵子卖艺不卖身的清倌人，那时候有个南洋来的熟客曾给书寓送来过十斤洋糖。一向以敢作敢为作风泼辣著称的詹凤仙第一个尝了鲜。

从那轻飘飘的甜味第一次爬上她的舌尖起，詹凤仙就死心塌地迷上了洋糖。那不真实的甜味甚至让她觉得，连自己都因此变得像那些小小的结晶体一样晶莹透彻。结果南洋客送来的十斤洋糖，九斤都进了她的肚子。因为她是个吃了九斤洋糖的女人，所以打扮举止也从此发生了巨大的改变。她不再像书寓里的其他女子一样，继续穿旗袍裹小脚，她放掉了脚上长长的裹脚布，穿起了洋女人穿的贴身短装和马裤以及镶着蕾丝花边的漂亮长裙，她还学会了抽洋烟，喝洋酒。很快，在租界的华人圈里她一下子成了个万人瞩目的话题人物。

不久，洪秀全的长毛党人打进了漂来城。孔道台来不及逃走，只好躲进租界。在租界苦苦等待王师归来的道台大人当时有些颓废，常常跑去詹凤仙所在的风华书寓厮混，着实被她新潮的打扮和做派迷得头昏脑涨。一番苦苦追求之后，终于把她娶回家当了自己的三姨太。

因为当了道台大人的三姨太，詹凤仙便只好重新穿回旗袍，裹起小脚。这一番倒行逆施无疑把这位新潮女子给折磨苦了，每天她都觉得自己充满汁液的青春年华正如花一样地枯萎。在沮丧的煎熬下，每当黄昏来临，忧郁便会储满在她被旗袍和裹脚布束缚的身体里。为了抵抗忧郁，她只好躺到后院西厢房的竹榻上，吸上三锅福寿膏，让自己饱受压抑的欲望浸透在鸦片烟酥麻的气息中。在这晦涩的酥麻中，她总会不可抑制地回想起洋糖的滋味。因此当她从丫环小翠嘴里得知，唐记南货铺有洋糖卖时，没一丝犹豫，马上跑到唐望的铺子里，一口气要了十斤洋糖。

道台大人美丽的如夫人抢购洋糖的故事，一下子传遍了整个漂来。之后，先是孩子们缠着父母要买洋糖吃，后来一些比较开明的女人也开始偷偷尝鲜，最后男人们也慢慢接受了这种有些激进的调味品。吃洋糖成了漂来人一场时髦的社会运动。唐望趁热打铁，做起了洋糖批发生意。

因为来自唐望的订单源源不断，凌德功的里奥公司索性从大不列颠买进了一批制糖机器，在广州搞起了洋糖厂。所有从洋糖厂出品的洋糖都被唐望独家包揽了下来。于是，唐望的洋糖批发生意最终越过了漂来城地界，向四面八方扩散。事实上，我们可以发现，日后的漂来城正是沿着唐望当年批发洋糖的路线一步步扩张到今天这种规模的。

洋糖生意的意外成功，也让唐望变得野心勃勃，他压抑许久的商业潜能终于被激发出来。不到五年时间，他将唐记南货铺从两进门面扩展到二十进门面，后来还把对面那二十进门面也全部包了下来。唐记南货铺变成了盛唐南货行，铺子原来所在的小街最后变成南货行内部的一条过道。

在南货铺向南货行进化的过程中，铺子里买卖的洋货也在不断地推陈出新升级换代。

一开始老是凌德功来向唐望推荐各种新鲜洋货，后来却演变成了唐望主动向凌德功索要各种狐妖世界里的最新玩意。唐望的商店成了洋货实验室，不断为唐望提供着新的商业灵感。

这其间，孔三姨太詹凤仙总是扮演着引领潮流的导购角色。

每次一有新洋货在铺子里陈列出来，她就会第一个跑去把它买走。其中的一些饰品和服装，虽然这辈子她都不会有机会使用，但即便只是拿来当摆设，她也一样喜不自胜。靠着追逐洋货，她生命中那些最美丽的记忆被激活了。关于青春的场景变得栩栩如生，那时的她总是穿着洋装抽着洋烟，坐在书寓放满鸡冠花的天井里晒太阳。阳光轻易地透进那年轻的身体，让时光变得无忧无虑，并且可以被随意挥霍。

孔三姨太喜好洋货的作风，在潜移默化中影响着漂来城大户人家的生活方式。一些跟她一样出身低微却又得宠的姨太太们首先开始了对洋时髦的追赶，后来少爷小姐们也被姨太太们用洋货装饰得丰富多彩的生活吸引住了，开始尝试购置洋货。在这些家庭内眷们的社交生活中，关于洋货的话题出现得越来越频繁。以至于到最后要是一个大户人家的内眷不懂一些关于洋货的知识，甚至可能会受到歧视。

借着洋货成为时髦的东风，唐望开始了和大户人家拉拢关系的进程。这个一向精明过头锱铢必较的家伙在面对这些特殊顾客时，往往表现出惊人的大方和宽厚，不仅常常主动为他们扣去货款的零头，还会在他们没有带够钱时，把货品当做礼物奉送。在此过程中，唐望摸清了所有这些人家的背景以及每个成员的喜好。因为怕自己记不全这些信息，他还特地定制了一本牛皮面账本。每天早上醒来，他做的第一件事，就是把这本装订得越来越厚的账本拿出来，做功课一样地细细翻阅。这样，哪家的老太太要做寿、哪家的小姐要出阁、哪家的少主人添了新丁，他都能了然于心，然后在这些重要日子到来前，根据各人喜好，送上贺礼。最后，唐望如愿地跟这些人家有权势的男主人攀上了关系，无论从一品的四海总督、从二品的四海巡抚还是正三品的漂来总兵、正四品的漂来道台，都被纳入到唐望编织的关系网中。虽然在这些大人物的心目中，他是那样微不足道，但无疑他已经成为了他们记忆的一部分。

最初，这些投资并未给唐望带来可见的收益。凌德功也常常会表达出不解和不屑。唐望却总是用一脸高深莫测的微笑作为回应。

“世界其实并不是我们看到的那个样子。”

每次，唐望总是会用平淡得不能再平淡的语气向凌德功表述。虽然唐望很佩服狐妖们高超的法术，但他觉得与人类相比，狐妖们的头脑过于简单，显然无法理解那个隐藏在人情世故中弯曲而隐秘的世界。

不久，在曾国藩、李鸿章、左宗棠和张之洞这些军政新贵的鼓吹下，各地都开始搞洋务，建制造局。这其中自然少不了一向喜欢引领风气之先的漂来城。在四海总督韩凤阳的主持下，漂来也开始筹备建立四海制造局。

那些来自战争的记忆，让韩凤阳对洋枪洋炮留下了难以磨灭的印象。

在带领老家凤阳的乡团与长毛党人进行艰苦卓绝斗争的漫长日子里，时任漂来总兵的韩凤阳感染了严重的耳鸣症，无论清醒还是熟睡，耳朵里总是被嗡嗡声充斥着，那声音尖锐，而且无休无止，让本就为战事不利而忧心忡忡的韩凤阳变得更加沮丧。他百般求医，但所有医生都说不出所以然，汤药、针灸、驱邪等所有可能的疗法都被尝试了一遍，却终究没有效果。

这情况一直延续到孔尚秋从租界里为他送来洋枪洋炮的那一天。

洋枪洋炮是道台从洋人那里赊购来的，条件是免除十二家出资购枪购炮的洋行五年的关税。

这些乌漆麻黑的铁疙瘩被送达时，韩凤阳的耳鸣症正好又发作起来，凄厉的嗡嗡声让他坐立不安，因此当时洋枪洋炮在他眼里显得无比丑陋而笨拙，他心里甚至隐隐不快，暗以为孔道台一定是拿了洋人的回扣。

跟洋枪洋炮一起被送来的还有洋教习布什。因为看出了总兵的心事，他当即表示要给韩凤阳演示一下武器的威力。

在租界洋枪队为演示做准备的间隙中，布什开始喋喋不休地向总兵解释兵器的名称以及相关的技术指标。韩凤阳听得有些不耐烦，便粗鲁地从衣袖中掏出一根用艾草熏炙过的马鬃，放进了耳朵里。

送给他这个法宝的是一个叫李罡正的道士。李道长认为，韩总兵的耳鸣其实不是耳鸣，而是长毛党人对他实施的妖术，因此他需要经常用艾草熏炙过的马鬃掏一下耳朵。

马鬃开始在耳朵里穿行，前方似有无尽的虚空，无论韩凤阳怎样努力，马鬃似乎都无法触及尽头。心烦意乱下，他将马鬃拼命往深处捅了捅。然而他没能抓紧末梢，足有三寸长的马鬃倏地一下，掉进了耳朵。韩凤阳啊的一声尖叫，像只烫着屁股的猴子，向前蹿去，浑然没有发现，布什已将那门硕大的巨炮发动起来。他在大炮前停下脚步，将脑袋贴在炮管上，希望能让马鬃从耳朵里掉出来。冰凉的炮管在一瞬间变得滚烫，锐利的轰鸣声穿过他的脸颊向远方飞去，他耳朵里的嗡嗡声也被这轰鸣从脑袋里带了出来。他抬了抬头，隐约看见飞翔的火光中，有个黑色的阴影在飘摇。

在日后的叙述中，韩凤阳认为这阴影正是耳鸣的源头，那是一支长着翅膀的黑色长箫，是克虏伯大炮的迅猛冲力把它从耳道里轰了出来。当时，韩凤阳还发现了一件奇怪的事情，马鬃虽是从他左边的耳朵冲进去的，但当他从炮声的震颤中回过神来时，他的手却从右边的耳朵里拉出了那根细长的马鬃。恍惚间，他把马鬃高高举起，放在阳光下细细端详……惊魂未定的下属们此刻正从四面八方向他拥来，他发现，自己的耳朵里此刻宁静而空虚，仿佛夜晚的天空。

因为耳鸣症被离奇地治愈，韩凤阳决定给洋枪洋炮一个表现的机会。他把属下的千机营调拨给了布什。那二百名专门从事兵器盔甲保管修理工作的士兵成了最早的洋枪兵。

三个月后，韩凤阳的部队在长霞镇遭遇了长毛党的精锐，弓箭之外，对方还使用了火器。布什再三请战，韩凤阳终于同意让千机营一试身手。

在布什的指挥下，千机营的战法轻盈而诡异，克虏伯大炮和雷明顿洋枪以密集的火力，不断地从远处向长毛党发动攻击，彪悍的敌人处在了完全被动挨打的境遇下。等到主力部队发起冲锋时，敌军已全然没有抵抗之力。韩总兵第一次发现《三国演义》里诸葛孔明的那些精妙战法，在洋枪洋炮出现后，竟变成了一种可笑的游戏，战争已然变得完全不同。

因此，当曾国藩、李鸿章他们积极鼓吹洋务时，几乎没有一丝犹豫，韩凤阳就跟这些一起清剿过长毛党的同僚们结成了同盟，着手操办四海制造局，制造洋枪洋炮。

几乎在第一时间，唐望就得知了漂来城要办洋务的消息。他第一次清晰地意识到，这么多年来自己苦心结交达官贵人的目的所在。

于是，他开始像个勤奋的老农，前往每一块曾播下过种子的土地收获果实。那段时间里，凡是能和韩凤阳说上话的人，都在总督耳边吹风，提议起用洋货商人唐望，来具体操办制造局的采购任务。甚至连反对洋务的政敌们也一致认为，洋务虽荒唐，但如能交给唐望办，总归能把这荒唐降到最低程度。到后来，连总督都在自我暗示，要把漂来的洋务办起来，没有唐望的帮助是不可能的。

于是五月一个明媚的早晨，唐望终于等来了韩凤阳的召唤。此时，他已通过凌德功，了解了制造洋枪洋炮的所有程序。因此，和总督对答时，他胸有成竹，口若悬河，以至于韩凤阳不得不把这次对话看做是他个人政治生涯中的“隆中对”。

之后，采购事务就被全权交到了唐望手里。唐望的预算方案几乎没有遭到任何质疑，就被批准了。

事后，唐望把预算扣去成本后所得的利润分成了三份，一份留给自己，一份按韩凤阳的暗示，给总督最喜欢的六姨太在租界里造了一座西式花园，花园里除了三座阔气的大洋房，还有中式的内湖。最后一份，唐望则把它变成了新一轮的种子，以洋货和银洋的形式被陆续送到了漂来各类大人物的府第上。

为了替四海制造局采购机械和物资，1873年6月，唐望抱着必死的决心，登上了“威廉一世号”远洋轮。

因为要去狐妖们的幻象世界，唐望的心里充满狐疑和恐惧。一进轮船客舱，他便把门紧紧关了起来，将自己封闭在那间狭窄的斗室里。他躺在床上，什么也不干，只是默默地倾听轮船那诡异而单调的轰鸣声。船一直在颠簸，其中一段时间，颠簸过于强烈，唐望甚至怀疑自己是在腾云驾雾。有好几次，凌德功跑来找他，要他到甲板上去看一看大海，但都被唐望固执地拒绝了。因为客舱的窗帘始终都没被打开，昏暗的空间便让他无法感知时间的变化。他只知道自己的胡子越来越长，一直到上面的胡子遮住了嘴唇，他才重新见到了阳光。凌德功告诉他，远洋轮已到达了本次海上航行的终点——阿姆斯特丹。

由于连日的颠簸和不见天日，最初的几天里，狐妖的世界在唐望的视野里呈现为一片不断在颠簸中变形的浮光掠影。狐妖们的房子像一座座丘陵在宽广的街道上此起彼伏，不少房子看上去比塔还高，没有梁、没有椽子，全是用灰蒙蒙的石头和洋灰搭建的，街道上到处回响着那种铁皮船上的轰鸣声，浓浓的白气和黑烟会随时随地从房子的缝隙里不断向外面渗透。还有一种铁做的房子被建造在轮子上，虽然狭窄，但很长，发着呜呜的长啸，以不可阻挡之势在一种看不到尽头的轨道上滑行。

在凌德功的带领下，唐望也进入到这种叫做火车的铁房子里。凌德功告诉他，火车将把唐望带到一个叫法兰克福的地方。在那里，他能买到他所需要的那些机器和材料。旅行开始前，凌德功还带着他跑到一个被各种各样电线连接起来的房子里，里面有个穿制服戴帽子的洋女人。洋女人看上去茁壮而快活，有些夸张的胸部几乎快把制服撑破。根据凌德功的口述，她在一台奇怪的机器上按出了滴滴答答的响声。凌德功告诉唐望，这些声音将顺着其中某一条电线被马上送到千里之外的法兰克福，这样当他们坐火车到达终点站时，那里的朋友就能来车站接他们了。

坐在那种叫做火车的铁皮移动房子里，看着两边的景色快速地向后倒退，唐望的心里忽然有些说不出的悲伤。他隐隐约约地感到，今天他在狐妖的世界看见的一切，将来会全部呈现在他所居住的那个世界里。那里所有今天的生活都将不复存在。

3

离秦雪的住处越近，雨下得越大。

雨好像是以渐进的方式，分布在前往她家的路上。快到目的地时，毛毛雨终于演化成一场滂沱大雨，瀑布一样劈头盖脸地往下浇，车顶上发出“空洞空洞”的击打声，天上不知什么时候开始电闪雷鸣。

秦雪住在本城一处著名的高档住宅区，地段一流，房子都是独栋别墅，住在里面的都是所谓的成功人士。

住宅区所在的地方，西边是高尔夫俱乐部，东边和南边弯曲着三十米宽的嫣然河，河水清澈，这在到处都是工厂和居民区的漂来城几乎可说是奇迹，环保局为了保持河道清澈，据说每年都会投入不少于三千万的经费。河的两边种满了粗壮的柳树，柳树外面有小树林。住宅区的北面是大约一百米宽的树林和草地，再往前是繁华商业区。本世纪最富有也最神秘的华裔美国人 X 先生在这里建造了金色天堂梦幻乐园，随后一堆商业场所和写字楼也跟着建了起来。到 2002 年时，这条金色天堂路便成了本城新的中心地段。

在这个寸土寸金、闹中取静的地段里，秦雪所在的水流云在园是唯一的住宅项目。

之前，碰到莫尼卡·王周末不加班，有时候她会让我陪她到金色天堂路逛街，走累了，我们便会到冰广场的顶层咖啡馆坐一坐。在那里，她的目光总是会定格在绿水青草环绕的水流云在园，她的呼吸因此变得悠长，胸部的曲线跟着缓慢而有力地起伏，原本英武有余的表情柔媚了，此刻，我也会一言不发，只静静地看她脸上那近乎于安详的美丽，并打心眼里为她着迷。

雨水让视线几乎无法触摸到沿途的路牌，我却毫不费力地把车开到了水流云在园的门口。

小区保安穿着雨衣，在车窗前彬彬有礼地问了半天，又到门口的保安室打了个电话，终于确认，我确实是27栋业主请来的客人。

等到我把车在27栋门口停妥，我看了看表，差不多是晚上九点。

车位离别墅还有十多米的样子，看着淋上一秒钟就能把人浇透的雨水，我开始为如何跑到别墅前的回廊而犯愁。

这时，那幢三层别墅的门突然开了，一束温暖的黄光从门里漫出，然后我看到一个穿米黄色毛衣和棕色长裙的女人拿着伞，出现在门口，她支开伞，疾步走来。大雨让她的脸部轮廓水一样不可捉摸。凭直觉，我知道走来的是秦雪。

果然是秦雪。

她把伞遮在车门前，手指关节在车窗上轻轻敲了几下。我下意识打开门，眼睛和耳朵一下子被大雨哗啦啦的情景占据。没来得及多想，我便随着秦雪的节奏，疾步向门前的回廊走去。

终于进了屋子，大雨只稍微溅了几滴在我背上。但为了给我打伞，秦雪却完完全全淋湿了，齐眉的头发和鬓角的长发耷拉在脸上，毛衣和裙子也粘成一片。她白得有些透明的脸露出些歉意的笑容。

“不好意思，先去收拾一下。”她微微欠身，很有礼貌地向我点了点头。

“去吧，别感冒。”秦雪的彬彬有礼让我很不习惯，我也连忙欠了欠身。

“好，你随便坐，桌上有水果，电视机遥控器也在那里，先看会儿电视吧。”

我点点头。

秦雪匆匆走上楼梯，木制拖鞋踢踏踢踏地响着。我在沙发上安静地坐下来，耳朵却还在追赶她的踪迹。

我听到她到了楼上，在几个房间里匆匆走来走去，好像还打开卫生间的淋浴龙头，水哗哗地放了出来。秦雪好像把所有洗澡要用的东西都准备好了，开始冲澡。

这时我才注意到，整个别墅的隔音效果似乎还不错，外面那么大雨声，里面竟听不到一丝一毫，如果不是秦雪还在楼上走动，别墅里甚至安静到了死气沉沉的程度。但房子里的隔音效果却又极差，每一丝声响都会像水一样，沿着地板和护墙板上的木头纹理四处流淌，所以我甚至能听到，秦雪的手正在揉搓头发发出沙沙声。

我忽然意识到，这么大的房子里只住着秦雪一个人，连保姆都没有。

不久楼上的水声停了，我好像听见浴巾在秦雪的皮肤上摩擦，脑子里随即联想她为某个名牌沐浴乳所做的广告，其中有个镜头就是她刚刚洗完澡，用浴巾擦拭身体，脸上现出享受的神态。“SILK 沐浴露，总是让你的皮肤有诗一般的感觉。”秦雪用近乎缥缈的声音这样说。

后来在一次校友会上，同学中一位当了广告公司创意总监的家伙告诉我，广告语正是他的精心之作。大学毕业前，创意总监曾一度是个蹩脚的校园诗人，听说过他诗歌的大约不会超过三百人，而且这三百人也差不多都是和他一样蹩脚的校园诗人，但是他编的这句广告语却通过秦雪的口，成为了他所有创作过的句子里最家喻户晓的一句，几乎全体漂来人民都通过这句话，把沐浴露和诗歌联系在了一起。

踢踏，踢踏，木拖鞋的声音又响起来。

不久，秦雪裹着厚厚的浴袍出现在楼梯口。那件白丝绒浴袍和广告里如出一辙。

好像被秦雪浴后的清新之态吓着了，客厅里的灯下意识地暗了一下，我甚至听见电流在穿过灯泡时，发出嗤的一响。

“不好意思，这么晚，还叫你过来。”秦雪在另一张三人沙发上坐下，拥着浴袍找了个最舒服的姿势，半倚在沙发上。

尽管洗了半天热水澡，她的脸色看上去还是那样苍白。

“没关系。”我坐在对面，让自己尽量冷静地观察。她没有像以前接受采访时那样，把真正的自己藏在另一边。她的神色显得坦诚，我看到了疲惫，还有不安。

“在你之前，我找过其他人，不是联系不上，就是正好没空，打开通讯录，第一页正好有你的名字和电话，虽然不熟，还是忍不住给你打了电话。”秦雪漂亮的睫毛耷拉着，一副好像做错了事的样子。我不知道怎样作答，只好心存疑惑，不断点头。

客厅里开始了长时间的沉默，只有我们的呼吸声在宁静中起伏。不时的，吊灯又毫无规律地时明时暗了几次，每次都发出电流的嗤嗤声。

“对了，看电视，还是听音乐？”秦雪差不多已经完全躺倒，她微微抬起头，问我。

“音乐吧。”我说。

“喝什么？咖啡、茶、果汁、啤酒？还有红酒，我有1982年的玛尔戈。”

“茶。”我尽量言简意赅。

秦雪站起身，在客厅和厨房间不断地走来走去，很快就有音乐响起，是排箫演奏的老电影插曲，第一首是《教父》里那首拉丁风格的插曲。一杯绿茶被放到我面前。秦雪给自己冲了杯咖啡，然后又在沙发上半倚下来。

我喝了口茶，终于找到了开场白：“找我什么事？”

“不好意思，就是一个人待着心慌。想找人说话，认识的人都没空，正好在通讯录上看到你的名字，就决定打电话试试。”

我呆了一下，觉得理由过于荒诞，本想问她为什么心慌，但一想大家不是很熟，即便问了，她也不一定说实话，便决定作罢，想起电灯泡总在闪，觉得还是聊这个比较稳妥。

“灯怎么老闪？”我问。

“啊，老毛病了。”秦雪懒洋洋地朝天花板看了一眼，那是一个挂着八枚灯泡的欧式仿古吊灯。

“电路问题？”

“好像不是，物业的人查过好几次，还把供电公司也找来了，就是查不出原因。”

“除了灯老闪，还有其他问题吗？”

“其他问题？”秦雪又抿了口咖啡，“你听，唱机的声音是不是也不太一样？”

受提示，我注意到，音乐声果然有气无力，让排箫天生的抑郁感一下子翻了几倍。听着这样的声音，人也似乎变得有气无力，甚至连眼睛里看到的东西也一律呈现出有气无力的状态。

“嗯，好像有些古怪。”

“有兴趣，可以去玄关看电表，保证你这辈子没见过这样的怪事。”虽然在描述某种不可思议的情况，秦雪的语气却出奇的平淡。

我走到玄关，发现电表的数字盘发了疯似的，在飞快转动，几秒钟就走掉了上百度电。

“怎么会这样，那一个月要用多少电啊?”我回到沙发这里，问秦雪。

“天晓得。”秦雪无奈地撇了撇嘴，“因为查不出原因，电力公司觉得理亏，所以只好对小区电费实行包月制，一个月每家只象征性付个三十元，就算完事。电表基本是摆设。”

“整个小区都这样?”我还是不太相信。

秦雪转了个身，潜水一样，把脸埋进了沙发坐垫里。

她的背影圆润而松懈，时间已经把当年的青涩塑成了今天的熟透，虽然动人依然，却有终要凋谢的暗示在里面。我想起一条最近流传的八卦消息：秦雪的经纪公司正打算让她转型，走性感路线。

“为什么不想办法解决?”

“解决得了，早解决了。问题是谁也不知道问题出在哪里。”

“总是供电局，之外，还能是什么?”

“但供电局的人说，已经把电路测了好几遍，电路肯定没有问题。”秦雪蛇一样地扭了扭身子，在沙发上翻了个身，把背影重新藏到了身体后面。

“官僚机构嘛，能推脱就推脱的，想过别的办法吗?”

“这里的业主也都算神通广大，该用的劲都用过了，就是没辙。”

“把房子卖了，”我半开玩笑地提议，“不是说房价已经翻了好几倍吗，乘机出货挺划算的。”

“这事你也信?人人都说这儿的房子值钱，真正愿意接盘的人却压根没有。出得起价的人，大多有渠道，知道这里的电力供应有问题。不知道这儿情况的人，又不可能买得起。”秦雪无奈地叹了口气。

“别管这么多，搬出去再说。”

“能搬到哪里去?总不能搬到比这儿还差的地方去，虽然电力供应有问题，房子其他方面都还不错。人都一样，比现在好，都没意见，要差一点，就怎么也接受不了。经纪公司跟我分析了，要搬到更差的房子去，难免有人议论，会认为我走下坡路了。这样的消息传多了，最后一定会变成真的。”

秦雪的声音听上去像耳边的音乐一样有气无力，不过神情还算平静，完全看不出她自己对此事的态度。我不知该如何安慰她，只好拿起茶几上凉了半天的茶，喝了一大口。

“对了，为什么不请保姆?至少房子里，能有个陪你说话的人。”我想出了新的话题。

“请过，但待不了几天，就要走，加多少薪水都不肯留下。”

“因为电的关系？”

“可能。”秦雪也拿起面前的咖啡，喝了一口。

“父母呢？”

“我怎么忍心他们跟我一起住。”秦雪脸上终于有了些忧伤的感觉，“你也知道，我过得乱七八糟的，要让他们看到，肯定难过死的。人嘛只有骗来骗去，才能大家都高兴。不常见面，还能互相牵挂，要天天一起，烦都把对方烦死了。现在这样最好，我买了房子给他们，有时逢年过节也会回老家看看，平时电话没少打，他们也觉得我挺孝顺。我已经认命了，知道以后会跟他们越来越远。也只有越远，才会越亲。”

“所以只好一个人住。”

“是啊，只好一个人住。”

秦雪的眼神有些呆滞，灵魂出了窍似的。

接着我们又聊了些别的，但不管聊什么，聊到最后，总会沉重起来。后来就都懒得开口，任由加倍有气无力的排箫曲在耳边回响，把各自的心事都带到有气无力的角落里，随它慢慢消耗。

不知不觉，半夜一点了。秦雪打了个长长的哈欠，扭着身子从沙发上站起来。

“好，睡觉去了。”她的声音听上去已经被睡意占据，含含糊糊的。

我意识到这可能是送客的暗示，连忙识相地从沙发上站起。

“也该回家了。”我努力在已无知觉的脸上堆出微笑，向秦雪点了点头。

“能不走吗？”秦雪脸上满是企盼，“今晚我特别怕一个人。”

中了邪似的，我想都没想，就点了点头：“好吧，我在客厅休息，有事你叫我。”

“谢谢。”秦雪在睡眼蒙眬中浅浅一笑，“不过，我不想一个人睡。”

她的话让我心里扑通一跳，觉得这可能是暗示，但她脸上的神情又似乎很纯真，让我有点摸不着头脑。

不容我多想，秦雪的右手已拉起我的左手，把我拖到了楼梯那里，示意我换上和她一样的木拖鞋。

不久，我听到两双木拖鞋同时在楼梯上传出踢踏踢踏的声音。

很快，我进到她卧室。没想到她已经为我准备好毛巾、睡衣什么的，睡衣是崭新的，但换上后，我发现很合身，好像是比着我的尺寸做的。

洗完澡从卫生间出来，房间的灯关了，二楼的窗户已被打开。窗外没了雨声，雨后清新的空气正在扑面而来，把我的睡意突然驱散了。

借着亮得晃眼的月光，我看见秦雪正仰卧在那张足有两米宽的大床上，眼睛闪闪发亮。我有点不太放心地在她身边躺下。

“好了，这下可以安心睡个好觉了。”秦雪好像在鼓励自己，还很夸张地舒了口气，然后把身上的浴袍拿开，钻进了被窝，“不介意吧？睡觉的时候不喜欢身上有多余的东西。”

“不介意。”我心里打鼓，不知道接下来该怎么办。我实在看不出秦雪有挑逗我的意思。虽然和关系不深的女人也有过几次上床的经验，但总觉得这次比较怪异，让人摸不着头脑。

想了半天，终于还是决定把手伸向秦雪，从她的头发慢慢地向下摸索。秦雪没有迎合也没有拒绝。

我的手终于摸索到秦雪修长的腿上，然后又由腿伸向别处，那里竟然湿透了，好像有无尽的欲望在涌动。

我终于放心了，确认秦雪刚才确实是在邀请我。

我把身体靠近过去，抱住了她。她的身体柔软，但在她的皮肤上，我却感觉不到她的热情。

“不好意思，不知道出了什么问题，那里一天到晚都是湿的，脑子里却好像总是没有感觉。要是你想，我没意见。”秦雪的声音不愠不火，让我猜不出她是在调情，还是在陈述事实。这已是她今天第三次说不好意思了。

不过，欲望已被撩拨起来，我失去了进一步琢磨的耐心。

没费一点力气，我便进入了她。虽然刚才口气平淡，但她的身体却在配合我，双臂和双腿紧紧交缠在我身上，好像用尽了全身力气，把我勒得几乎透不过气来。好像她不是她，而是一只即将落水的猴子，而我也不是我，而是水边的一棵大树。

我的自我感觉愈发良好，加大了身体摆动的幅度。秦雪却没有反应，脸上的表情看不出丝毫的意乱情迷，眼睛一动不动，怯生生地望着我，好像我们此刻不是在做爱，而是在百无聊赖地等待。我不得不让自己闭上了眼睛。

重新睁开眼睛，我看到秦雪还是一副很平静的样子，但手和腿还紧紧地勒着我。我的下体正在慢慢离她越来越远，但她好像并不愿意接受这个事实，反而用力地将小腹贴紧在我的小腹上，那柔软的毛发藤蔓似的在我皮肤上爬行，好像在努力编织彼此间的血肉联系。我也下意识地紧紧搂住了她，轻轻地在她耳边问："要我做什么?"

秦雪用力地摇了摇头："这样抱着就好。"

于是，我让自己一动不动地抱着她，静静地感受她柔软胸部后面的呼吸和心跳。

不知过了多久，窗外传来了的笃的笃的敲击声，声音很轻，却很脆，在深夜听来，真有几分诡异。

我的手麻了，腿也麻了，秦雪抱我的动作也不如刚才有力了。我假装问话，将身体顺势从纠缠中挣脱了出来。

"外面什么声音?"我问。

"哦，老佛爷在敲木鱼。"秦雪看到我从她身上翻下，也跟着翻了个身，俯卧在床上，但脸还是歪在一侧，一动不动地盯着我看。

"老佛爷?"

"邻居。老头信佛，晚上睡不着会起来敲木鱼。这儿的人都习惯了。你要嫌烦，把窗关了。"

"不用，声音不算吵，只是好奇。"我心不在焉，脑子还在使劲儿回想晚上的一切，总觉得不像真的。我忍不住伸出手，在秦雪的背上摩挲，上面有温度，有呼吸产生的起伏，还有皮肤下的心跳。然而，这并没有让我产生丝毫的踏实感。

"不想说话吧?"我问，发现秦雪正盯着我看。

秦雪茫然地摇了摇头，然后将脑袋歪到另一侧，把散发着洗发水味道的后脑勺留给了我。她的身体弓着，正好依偎在我怀里，她拉起我的手，放在她胸前，好像在告诉我，就这样抱住她，不要说话。

的笃，的笃，的笃，木鱼的敲击声还在断续，我一下一下数着，好像又回到小时候那些下雨的晚上，一下一下数着那从屋檐上掉落地面的水滴。

一夜没合眼，本以为早上起来会很疲惫，却没想精神还不错。第一缕阳光从窗口照进来时，我下意识地想到了莫尼卡·王，心里忽然有些愧疚。我连忙起床，偷偷拿了手机跑进卫生间。

“是我。”耳机里的铃声只响了三下，莫尼卡·王办公桌上的电话就被接了起来，没等她开口，我先打了招呼。

“知道。”莫尼卡·王的声音听上去干涩，有一种连呼吸都变紧的意味，明显疲劳过度的感觉。

“事情办得差不多了吧?”

“差不多。”

“今天能早下班吗?”

“Maybe。”莫尼卡·王又开始无意识地往外蹦着英语单词。

“要不一起吃早饭?”我提议，“你们写字楼二层有家粤菜馆，据说里面早茶不错。”

“What? 这个你都知道?”莫尼卡·王听上去有些吃惊。

“网上看到的，一帮闲得没事干的吃货，把本地值得一去的吃饭场所都列出来了，里面有那家粤菜馆，叫‘老董记’吧?”

“唉，什么人哪?”莫尼卡·王叹了口气。

“定了，我一会儿去你那里。”

“嗯……”莫尼卡·王好像在考虑我的建议，“Sorry，困了，想先眯一下，要不一会儿上班没精神。”

“也是。”我做善解人意状，连忙表示，“你休息吧。”

“对了……”莫尼卡·王有些欲言又止。

“什么事?”

“算了，还是等我有精神了，再跟你说吧。”

“好，我等你电话。”

“Bye……”莫尼卡·王在那头把电话放下。我有些怅然若失。

回到卧室，我发现秦雪正瞪大眼睛看着我。我挠了挠头，试图跟她说些什么。

“给女朋友打电话了?”没等我开口，秦雪抢先问起来，但看上去并不怎么在意。

“没有，”因为不想纠缠，我随便找了个借口，“今天《炮手》新刊上摊，我问下情况。”

“说谎的话，要控制好目光，别闪来闪去的，否则稍微有点阅历的人都看得出来。”秦雪笑眯眯地看着我，语气颇为嘲弄，但脸上没有丝毫的不悦。

“演技派啊，一下子就看出症结了。”我连忙改变策略，耍了句贫嘴。

“虚伪。”秦雪一脸妩媚，撇了撇嘴，“女朋友人还不错吧？”

“人不错，就是个性强，跟她一起总有被牵着鼻子走的感觉，所以得常常想办法哄着。”不知怎么搞的，此刻我竟然觉得可以跟秦雪无话不谈。

“很累？”

“不算累，她一天到晚忙得不可开交，少有时间来累我。”

“那是女强人啰？”

“嗯……”秦雪的说法让我觉得新鲜，都不知该怎样措词了，“仔细想想，其实只是过着女强人的生活。她本人不强，一旦工作上的惯性停下来，甚至会表现得很脆弱。”

“嗯，真是复杂。”秦雪若有所思地点了点头。

“还真是。”因为秦雪的这一番追问，我对莫尼卡·王好像突然有了新的认识，同时还第一次发现我其实一直都没试图理解过她。

“在想什么？”就在我努力梳理记忆，打算重新认识莫尼卡·王的时候，秦雪支起俯卧的身体，双手托腮，好奇地看着我。

“没什么。”我让目光尽量凝固，如此沉默片刻后，才答了一句。

秦雪叹了口气，泄气的皮球似的摔回到床上。

4

犹豫了许久，唐望才终于下了决心，要将自己心中埋藏了十七年的秘密告诉唐喻。此时离唐喻唐妙两兄弟启程前往德国已经不到十二个时辰。

这是光绪十二年的春天，也是狐妖们所说的那个公元1886年，这一年在北洋大臣李鸿章的主持下，第三批船政出洋生正要启程去英国留学。

当年李鸿章奏请派遣第一批船政生往西洋留学时，四海总督韩凤阳还准备等着看他笑话。但没想到这事被李鸿章搞得越来越红火，派遣活动不仅发展到第三期，而且第一期回来的学生还被委以重任，在北洋水师和新军中担当了要职。对此，韩凤阳很懊恼，一方面，是因为又被李鸿章他们抢了风头；另一方面，多年混迹官场的本能告诉他，新军将在未来的军政大局中变得越来越重要，如果不趁早布置自己的势力，将来就没了跟人讨价还价的筹码。

为此，在李鸿章他们操办第三期船政出洋生时，韩凤阳也准备以四海总督府的名义派遣自己的出洋生。他甚至让自己最宠爱的三儿子韩叔政也加入了这支留洋队伍。出洋计划的具体实施者自然又是唐望。

多次试探之后，唐望慢慢猜透了总督心里的小算盘，知道这次派遣的学生是他精心布局的二十个棋子。二十个人，十个是被层层选拔上来的平民子弟，另外十个是跟韩家渊源深厚的官宦子弟，其中还有韩家三少爷。

搞清楚了来龙去脉，唐望马上行动起来，一边操办总督的事情，一边也打好了自己的小算盘。他要在总督的棋子边上布下自己的棋子，那就是儿子唐喻和侄子唐妙。

不久，唐望为出洋生联系好了一家位于慕尼黑的士官学校，在那里总督的棋子们可以学到一切关于现代战争的知识和技能。与此同时，唐望也为子侄们联系好了跟士官学校同处一地的慕尼黑大学。不过，选专业的问题却让唐望颇为头疼。在克虏伯公司的代办拿来的申请表上，他看到许多陌生的名词，发现狐妖们使用了一种与漂来城完全相异的知识系统，便只好跑去向金发狐妖凌德功讨教。

作为一个狂热的技术主义者，凌德功当时正着迷于爱迪生的电灯泡和本茨的三轮汽车，所以一听到唐望的问题，就毫不犹豫地表示，即将到来的新世纪，是一个工程师们的世纪，各种新发明将成为经济生活最大的驱动力，因此可以预见，在未来，一个好商人必须同时是一个好工程师。

因为是在说他最拿手的话题，这个日渐颓唐的金发狐妖一下子精神焕发，唐望注意到他那早已灰暗的金发金毛，突然又开始闪闪发光。于是，唐望不可避免地被这描述深深打动了。在凌德功的建议下，他决定，让唐喻学电力，让唐妙学机械。

很快，唐望为留学计划安排好了每一件事、每一个细节。他还为唐喻和唐妙在慕尼黑银行开了个户头，把十分之一的积蓄都存了进去。钱是用来让唐喻和唐妙跟军政出洋生们搞关系的，唐望对子侄们千叮万嘱，只要对方有需要，就尽量想办法满足，尤其是其中的韩三公子，而且，在这样做时，千万不要显出半点给了别人好处的小家子气，要谦卑，要让对方觉得肯接受好处是给自己面子。

虽然唐喻和唐妙并不理解其中的奥妙，但经不住他反复的苦口婆心，满口答应了下来。这其间，唐望还安排他们跟韩三公子一起吃了顿饭。唐望用一种近乎谄媚的语气，请求韩叔政在慕尼黑时要多多照顾这对堂兄弟。

一切都已安排妥当。然而随着子侄们启程的日子越来越近，唐望却忽然被一种近乎绝望的想法抓住了。

那年的初春，漂来城出奇地阴冷潮湿。三天前，纠缠了十多年的坐骨神经痛再次找上了唐望。坐在南货行的账房里，剧烈的疼痛让唐望坐立不安。最后，这位意志坚强的商人终于决定向疼痛屈服，打算回家在床上趴一天。

路上，他特地去了回春堂，买了贴狗皮膏药。按照以往的经验，狗皮膏药通常会在第二天产生疗效，疼痛到时候就将烟消云散。

但是第二天早上，当他睁开眼睛时，发现疼痛不仅没有消失，反而变本加厉。无奈，他只好连续第二天躺在床上打发时间。那驱之不散的疼痛，让他对自己的健康状况产生了深深的忧虑。他注意到不知什么时候开始，他的身体已经布满褶皱，每一寸皮肉都变得松弛不堪。好像只是在不知不觉间，他就完完全全地变成了一个肥胖的老人。他被这个突如其来的发现吓坏了，回想起当年坐着带轮子的铁皮房周游欧洲时的情景，还回想起第一次邂逅凌德功的往事，一切都恍若梦中，根本不像真的发生过。于是那种认为洋人是狐妖的想法再次占满脑海，他有些神经质地怀疑，过去十七年的生活都是狐妖们制造的幻觉，他的生命就在这幻觉中如水一样地流逝了，自己在其中抓不住一点想抓住的东西。

即使在坐骨神经痛缓和之后，这样的想法还在折磨他。第三天早晨，他依然无精打采，一个人坐在客堂间的太师椅上发呆。

这时，漂来城下起了这一年的第一场雷雨。唐望的目光穿过满是眼屎的眼帘，空洞地落在了被豆大的雨点充溢着的天井里。他眼前白茫茫的一片，似乎找不到一个明确的焦点。一想起明天上午，子侄们就要在漂来江的码头上坐船前往狐妖们的世界，心里就愈发伤感，他不知道该不该把这个隐藏在心中多年的秘密告诉他们。

这样犹豫时，天色愈发阴沉起来，一阵电闪雷鸣过后，外面狂风大作，天井里几株本来长得茂盛的茶梅顷刻之间被打得七零八落。一些花瓣被强风吹进客堂，落在了唐望感觉麻木的脸上。那冰凉的触感让他心里产生了决绝的念头，他要把秘密告诉唐喻。

之所以选择唐喻，并非出于偏心。事实上，唐望一直认为侄子跟自己的关系要比儿子更为亲密。

早在七岁那年，唐妙就对南货行的生意表现出异乎寻常的兴趣。这个大眼睛男孩生来就有些孤僻，从不喜欢跟同年龄的孩子一起玩，也不太爱说话，对什么事情都保持冷淡而审慎的态度。但唯独来南货行时，他会变得乖巧而热情，对铺子里的每件物品都充满好奇，常常一待就是一整天，甚至睡午觉都不舍得离开。有时候，他还会主动扮演南货行伙计的角色，如数家珍地向顾客介绍各种各样新式的洋货。他不仅能说出每件洋货的性能用途，还常常会创造性地添加一些优美的词藻，将顾客的情绪煽动起来。事实上，唐妙这些天花乱坠的说辞，后来还让孔三姨太詹凤仙极为着迷，每次来南货行，她都会指定让唐妙陪自己在铺子里转悠。这个平时看上去有些懒洋洋甚至颓废的女人，只要听到唐妙那些美妙的说辞，就会容光焕发眉飞色舞。看得出，她已经打心眼里喜欢上唐妙，有一次甚至提出要认唐妙做干儿子。然而不解人情世故的唐妙没顺杆子往上爬，白白错过了认干亲的机会。不过，这之后他和詹凤仙之间的深厚友谊却一直在延续。只要每次办寿宴，詹风仙总会把唐妙当贵宾邀请过去。借此机会，唐望得以和道台大人进一步拉近了关系。在心底里，唐望甚至以为，唐妙才是南货行生意最合适的继承人。

跟唐妙相反，唐喻对家族生意却表现出惊人的淡漠。他不仅很少到铺子来，也很少问及家族生意的具体内容。每次唐望问他将来的打算，他总是千篇一律地敷衍，考功名，为朝廷效力。

虽然，儿子的冷淡让唐望很失落，但他也承认，儿子是个有头脑的人，总是善于抓住问题的关键。在这个国家，做官显然要比做个生意人更为牢靠。为此，唐望甚至暗中计划，要在必要时为唐喻的未来进行投资。而学塾的老师也满怀信心地告诉唐望，唐喻的记忆力超强，悟性又高，深奥如《周易》、《尚书》之类的篇目，也能理解个七七八八，见地甚至远在本地的一些博学鸿儒之上，考个功名应该不成问题。

然而，偏偏就是这个被誉为天才的唐喻，参加了三次院试，却连个秀才都没考上。按唐喻自己的解释，每次一进考场，不知为何，脑子里就会一片空白，好像他在考场的时间和记忆被某种神奇的力量抽走了，等他醒悟过来，考试已经结束。所以每次只能交上白卷。

唐望本来还担心，儿子会无法承受如此重大的打击，但他没想到，每次事情发生后，唐喻平静得好像这一切都与他无关似的，完全看不出他对这些事件的真实想法。相比之下，唐妙总是在多愁善感，常常为一些不值得关注的事情而忧虑。虽然唐妙很善于保护自己，总是努力在隐藏自己的心事，但对唐望这种饱经世故的人来说，唐妙的掩饰反而让唐望能更清晰地看到他内心的脆弱。

权衡再三，唐望明智地选择了儿子作为自己的倾诉对象。

果然，当唐望一字一句地将隐藏多年的秘密说给儿子听时，唐喻甚至连眼睛都没有眨一下。脸上仍是一贯温厚的微笑，语气诚恳、坦然而无一丝惶恐，只轻轻地说了句“我知道了”，便把唐望下了很大决心才决定吐露的心事给打发了。

看着儿子平静得不能再平静的神情，唐望不得不开始确信，儿子有一副天生的铁石心肠。多年的商场生涯，虽然也让唐望的心肠越来越硬，但是跟儿子比，自己还是显得过于软弱了。

事实上，唐喻当时根本就没有注意倾听父亲的陈述，他正为第二天就要离井漂来，有些莫名的兴奋。他预感到远方的世界里有某种神奇的事物正在召唤他，他都已经等不及了。但脸上他没显出半点兴奋，几乎没费什么力气，就让自己摆出了倾听的姿态。唐望在陈述洋人是狐妖的说法时，显得毫无章法，只是翻来覆去地说着一些相同的话。这让唐喻甚至有了多余的精力去打量父亲的模样。他发现苍老正像春天的杂草一样，长满唐望的身体。他那头黝黑发亮的头发出现了断断续续的灰白色，原来白胖红润的脸像只过期的柑橘，正慢慢向内瘪去，而中年以后日渐肥胖的身躯又整整扩张了一大圈，肚子像个倒扣的簸箕，压在他粗短的腿上。这样的观察，让他忽然理解了父亲此刻的啰嗦和惶恐：他已经成了个真正的老人，面对分离这样的事情，他有些伤感过度，嘴里那些怪异的说辞，其实只是在倾诉伤感。出于同情，唐喻加强了自己倾听的姿态，表现出十二分的真诚。

直到唐望的叙述结束很久之后，唐喻才意识到父亲低沉而慌乱的声音已经停止了，他连忙定睛向他望去，发现唐望正可怜巴巴地看着自己。唐喻知道他在等待自己的响应。他对父亲笑了笑，然而发现嘴巴边上空空的，找不到任何一句安慰的话语，只好轻轻地说：“我知道了。”唐喻注意到，父亲的脸上被深深的失望和疲倦充满了。就在他思索该如何补救时，唐望却已开始朝他挥手。虽然心中满是愧疚，唐喻还是头也不回地转身走了。理智告诉他，无论怎样安慰，面对不可挽回的时光，任何人都会像父亲那样惶惑无助，这种由时间流逝制造的惶恐，最后只能在时间的流逝中被消耗掉。唐望的颓唐反而激发了唐喻心中那些坚硬的东西，他下定决心，要在衰老像抓住父亲那样抓住自己之前，决不为任何没有成效的事情浪费半点时间。

这样想着，唐喻回到了书房。为了稳定自己有些波动的心绪，他再次打开行装，一件一件清点自己要随身携带的物品。

这一去就四年，他为此做了充分的准备，行李中仅马褂就置办了六件，都是对襟的，四件长袖两件短袖，其中两件宝蓝，两件库灰，一件酱色，一件天青，料子有四件是缎子的，一件是铁线纱的，还有一件是紫羔皮底料的翻毛马褂。另外还有长衫两件，长袍三件，皮袍一件，单裤三条，夹裤三条，棉裤一条，皮裤一条，两顶金线镶边的缎子小帽和一顶俗称“拉虎帽”的皮帽，薄底鞋六双，厚底鞋四双，靴子三双，另有底衫裤、袜子各十几副。日常用品方面则一切从简，只有一把用金粉画着牡丹的墨色折扇和一把画有山水并配着李白《九华山联句》的白底折扇，另有油纸伞一把。文房四宝方面，唐喻为自己准备了三块端砚，九支徽墨，二十四支大小不一的湖笔，还有宣纸若干。此外，唐喻还特地带了一套《诸子集成》和一套《十三经注疏》，虽然两套书的大部分篇目，他已背得滚瓜烂熟，但他还是打算到德国后，经常把它们拿出来温故知新。这样在学习洋人的奇技淫巧时，可以让自己的心智不会受到蒙蔽。两套书几乎占去了半个牛皮面的樟木树皮箱子，唐喻还在其中夹了一百回本的《镜花缘》和魏源的《海国图志》，这是他所能找到的仅有的几本描绘海外世界的书籍。

从有记忆那天开始，唐喻就一直坚信在他所生活的这个坚硬的世界之外，还存在着一个神奇的未知世界，他时时刻刻都能感受到这个未知世界对他的召唤。他相信在那个未知的世界里，时间和空间只是表面之物，可以被任意穿越和替换。他自己也不清楚，为什么心里总是会产生这样一些奇怪的念头，好像这念头不是来自别人的启示，而是生发于自己的内心。

六岁那年，凌德功第一次来家里做客，唐喻看着这个鹰钩鼻子的金发洋人，脑子里忽然闪过一个清晰的念头：十四年后，他会离开漂来，去洋人的世界。当时，他脑子里甚至还闪出了“慕尼黑”这样一个奇怪的地名。

但这些事情，他从来没对别人说过。那种给了他预示的力量，似乎也在不断提醒他，必须独自坚守这些秘密。因为他和所有人都不一样，他能承受和理解的东西，别人未必也能承受和理解。这让唐喻不得不时时刻刻与每个人保持距离。为了不让人觉察到这刻意的距离，唐喻努力学习了所有与亲切温和有关的技巧。凡是认识他的人，无论男女老少，都会觉得他是个容易接近的人，一个随和到能让人不由自主产生亲切感的人。

在这一点上，唐喻觉得自己和堂弟正好是两个极端。在内心，唐妙是个感情如脱缰野马般奔放的人，但因为这感情过于炽烈，连他自己都被吓着了，反而常常会表现得胆怯并且孤僻，让每一个认识他的人都错以为他难以接近，对他保持了敬而远之的警惕。人们眼中的唐喻和真正的唐喻截然相反，同样，人们眼中的唐妙和真正的唐妙也截然相反。虽然原因不同，但唐喻觉得唐妙和自己一样，都是那种生来就要孤独的人。这同病相怜的孤独感让唐喻把唐妙当成了自己在这世界上唯一的朋友。虽然唐喻没有向堂弟表达过这样的意思，但唐妙似乎能感觉到这种友谊。因此从小时候起，别人眼里孤僻异常的唐妙，面对唐喻时却总是很健谈。有时候，两人甚至还会因为某些问题产生激烈的争论。

把随身携带的物品清点一遍之后，唐喻又沉住气把它们重新整整齐齐码放回箱子。

箱子还是新的，带着浓重的硝味。这种牛皮面的樟木树皮箱子，能像普通的樟木箱子一样防蛀防霉，同时又不像普通樟木箱子那般笨重。唐喻在漂来城著名的皮货店另草斋一共定做了三个这样的箱子，花了三十两银子。本来，他还准备给唐妙也同样定做三个，但被唐妙拒绝了。

唐妙为这次远游只准备了一个竹编的小箱子，宽不过一尺，长不过一尺半。

唐妙有些好奇，不知道在南货行零星呈现的洋货组成一个完整的世界时，会是怎样一副模样。一想到这个问题，他就嘴唇发白浑身颤抖。

多年前第一次在南货行看见怀表，唐妙就曾被这个问题激动过。他想不明白，为什么在那个世界里人人都要佩戴一只怀表？为此，他甚至怀疑，在那里阳光、影子、启明星和潮水这些兆示时间变化的现象可能都是紊乱的，这让人们对于时间的感觉也变得同样紊乱，因此不得不造出钟表这种奢侈品，以指导人们的生活。同时，表上的每个刻度只相当于此地的半个时辰，这说明时间在那里被掰成了两半，等等。

诸如此类怪异的想法总是随着每件新洋货的出现，不断刺激着他。但每次惊奇过后，都会留下更大的空虚。唐妙越想象，就越是想象不出那个彼岸世界的全景。这让他对它的渴望，变得一天比一天强烈。因此，当唐望小心翼翼地来询问他是否有兴趣出国留学时，他没一丝犹豫就答应了。

这之后，唐妙就痴痴呆呆地被包围在满脑子的兴奋之中。平时那愁眉紧锁的面孔，开始被一种闪着异样光彩的笑容所充满。每天一有闲暇，他就会在心里无休无止地丈量时间在光线中流逝的痕迹，每丈量一次，他都会抱怨时间过得太慢，好像天井里那些爬在青苔边上的蚰蜒，即使用尽所有力量，也只能向前爬过去一点点。

兴奋与煎熬的交错，让唐妙日渐消瘦，他忽然在嘴唇边上嗅到了一丝带着危险气息的铁锈味。唐妙原以为这气味属于爱情。早在九岁那年他就曾经闻见过这种气味，因此莫名其妙地打定主意，要去爱上那个比他大十五岁的成年女子，他甚至还对这个丰腴的女人产生了与年龄不相符的欲望。正是这场暗恋，让唐妙爱上了南货行里的那些洋货。自此，他心中那些被压抑的热情，终于找到了一个可以藏身的港口，不再像脱缰的野马那样，四处撒欢了。

所以，当癫狂再次发生时，唐妙还真的舒了一口气，他以为自己对彼岸世界的渴望，终于替代了危险而绝望的爱情。

但是，那天，在“麦哲伦号”蒸汽船解开缆绳的一刹那，唐妙忽然发现，原来的兴奋一下子荡然无存，若不是轮船已经离开码头正顺着漂来江的潮汐向下游漂去，他可能会不顾一切地跑下船去。

就在前一天的傍晚时分，孔三姨太詹凤仙特地把唐妙找了过去。唐妙见到她时，她身边的空气里还萦绕着一片福寿膏的烟雾，充满颓废气息的鸦片味在人参、当归等药材的烘托下，好像一股饱藏在喜气洋洋中的忧伤，让人既心醉，又心碎。烟雾后面，时年三十二岁的詹凤仙懒洋洋地躺在竹榻上，手里还怅然若失地拿着那根银质的烟枪，她的身体软绵绵的，上面没有一丝神气，与其说是躺着，还不如说是被随便搭拉在了床榻上，原来紧绷的盘龙髻闹花鬓也随着身体一起松弛了，一些片断的发丝从簪子的束缚中逃逸出来，凌乱地搭拉在她汗津津的脸上和脖子上，旗袍最上面的那颗软扣也被漫不经心地松开了。看到唐妙进来，她的右手云一样地向他飘了过来，中指和无名指的指尖上吊着个油绿色缎子作底上面绣着粉色牡丹的香囊。然后唐妙看到她纤巧而苍白的嘴唇无力地张开了，他的耳朵里好像听到了一种若有若无仿佛不是来自此时此地的声音：“拿去。”

唐妙吃惊地看了詹凤仙一眼，然后才小心翼翼地从她手上接过了香囊。那一刹那，他的指尖不小心碰到了她冰凉、柔软而光滑的无名指，他吓得低下头，脸不由得红了起来。

詹凤仙对此并无觉察，只是继续在用那游移不定的声音说：“这是我做姑娘时攒下的宝贝，虽然你不想认我当干娘，我还是一直当你是干儿子。把这些带着，就当是我给你的零用钱。看到有什么稀奇的洋货，也记得给我随便买几样回来。这些东西里，最值钱的应该就是那颗钻，以前一个秃顶洋人送的，他说他在一个叫奥妃丽家的地方有钻石矿，里面全是那么大的钻。他随随便便把这么大颗钻送我，就是要让我看看他的身家，好让我跟了他……”

唐妙注意到，说着说着，詹凤仙没有血色的脸上泛起两抹红晕，目光愈发迷离，焦点却空空的，好像被空气吸走了，消失在时间的另一端。

“他说要带我出洋去见世面，还说人活一辈子，没去巴黎看过万国博览会，就等于白活了。可惜他老得连头发都没剩下几根，要不然我就狠狠心真的跟他走了。唉，我要再年轻二十岁就好了……”

詹凤仙忽然咻咻笑起来，唐妙却从这中气不足的笑声中，听出了些许悲伤。他下意识地抬起头，第一次长时间地凝视詹凤仙的脸。他看到，她的眼圈红了，上面那些细微的鱼尾纹，鳞片似的忽闪忽闪着。然而那时唐妙的心里还被即将奔赴远方的喜悦占据着，怎样努力，终究还是生不出半点同情来。

但是，在船离岸的一刹那，波光粼粼的江面，让唐妙的眼前闪现出詹凤仙那双美丽的眼睛和眼睛边上悄悄冒出的鱼尾纹，他的脑子突然滑过一个清晰的念头，未来的四年，这双眼睛还将进一步变老，而他却不能在此之前抓紧时间凝望它们。这个念头鞭子一样抽打在他心里，疼痛的感觉让他在没有离开漂来之前，浑身就已被乡愁充满。他吓坏了，连忙跑回客舱，从竹编箱里拿出了一包“达勒姆公牛”牌香烟。这是三个月前他从南货行的柜台里偷偷拿出来的。凌德功曾对他说过：“香烟是祛除忧愁的最佳药物。”

唐妙将这祛除忧愁的洋货拆开，拿了一支，根据记忆里凌德功抽烟的样子，把它点燃，放进嘴里深深地吸了一口。一股呛人的气味冲进了他的肺他的眼睛，他咳嗽不止，眼泪顺理成章地流了出来。他抬起头，忽然看到唐喻不知什么时候已进了客舱，正坐在他对面静静地看着他，脸上的神情似笑非笑。

5

离开水流云在园后，不知怎么搞的，总觉得什么地方不太对劲，但想来想去，除了疲惫和空虚，又确实找不出其他不适。

回到家，我把昨晚吃剩的方便面和喝一半的可乐都扔到垃圾桶里，然后里里外外收拾了一通。

这样忙来忙去，差不多用了半个小时，心里那种莫名其妙的不踏实感，还是像块坚硬的石头挥之不去。

想来想去，觉得无论如何得给自己找点事情干干，单位是不想去了，那个绯闻报道差不多把我给写吐了，让我对一切与《炮手》有关的事物都持厌恶之情，而且按惯例，杂志已经出了，去了也无事可干。

于是，又把DVD打开，准备接着看昨晚没看完的《红辣椒》。但机器不知出了什么毛病，忽快忽慢的，快时，那些敦实肥厚的女郎个个情急火燎，说话做事都抽风一样停不下来，慢的时候，又个个十足矜持，即使宽衣解带，也好像是在进行正步训练，每招每式都充满了停滞感。

我忍不住照准机器一阵猛敲，结果青烟冒起，机器报销。布拉斯大师那些妙不可言的肥女郎，一股脑躲到了雪花后面。

盯着那些毫无意义的雪花看了半天，脑子里一片空白，我甚至都没意识到DVD已经坏了。

大约又过了十几分钟，我才终于确认，即使这样盯着电视机看下去，也不会再有好转的迹象。

没辙，只好重新想办法打发时间。

开始还想给莫尼卡·王打电话，但一想每天十点以后正是她最忙的时候，打过去也自讨没趣，便只好作罢。

我拿出通讯录，试图从那些密密麻麻的名字里，找到一个可以随便说话的人。

翻了半天，心里却越来越没底，总觉得没事给人打电话有些不着边际，就在这时，我看见了一个对我而言正在变得陌生的名字——韩费。

韩费是我大学时代的同学，曾经也是个文学青年，毕业后进了本城电力局当秘书，没几年就升任办公室主任，最近又被任命为局长助理，放进了后备正局级干部的考察名单。

一想到电力局有个当领导的同学，我把自己也算成了在本城电力事务中有点背景的人士，就自作主张，要帮秦雪去反映情况。

摁完通讯录上那串代表韩费的数字，拨号音响了没几下，一个听上去很陌生的男中音在电话那头表示，他就是韩费。

我也开门见山，开口便表示有事要他帮忙。

韩费很客气，应承只要帮得上忙，一定想办法，不过现在手头有事，约我中午吃饭的时候详谈。

在中午之前，我终于把韩费从消散的记忆中拣了回来。

在我们那届中文系学生中，说话细声细气的韩费可以说是极少数既爱写诗又确实有点这方面才能的人。大四那年，作为校园诗人的韩费甚至引起过本城最著名的诗歌杂志《离骚》的注意，当时从文坛内部传来消息，《离骚》的冬季号将发表两首韩费的作品。

那时候，《离骚》几乎相当于本城诗歌青年心目中的麦加，是个写诗的人只要在《离骚》上发了作品，就好像拿到了诗歌界的ISO9002认证。在此之前，谁称自己为诗人，至多只算自娱自乐，没人会当真。

可想而知，这个来自文坛内部的消息像那颗恰巧落在邱少云身上的燃烧弹，把韩费整个给烧着了。虽然表面上看，他反而表现得异常平静，每天绝不乱说乱动，只一个人坐在角落里发呆，但如果仔细观察，你就会发现在石头一样凝固的姿态下，他的身体老在不经意中颤抖，牙关咬得很紧，嘴际线的尽头，两个硬硬的小疙瘩鼓了起来，时不时嚅动几下，这让他原本瘦削的两颊变得丰满而有力。

这段时间里，他的饭量明显少了，人消瘦了，那头飘逸的长发，因为懒于梳理，完完全全地披散了。如果有风，他又正好走在路上，他的发丝就会往各个方向散开，像团黑色的火一般舞动着。

但好景不长，不久，从《离骚》杂志传来消息，在定稿前一刹那，韩费的诗被撤了下来。

后来，一位常年关心韩费成长的文坛内部人士，向他透露：韩费的两首诗被换成了两首打油诗。其中一首的作者是本城一位局级老干部，作协那边有头头特地向《离骚》打了招呼，表示老同志长期坚持诗歌创作，还在职权范围内给了文学事业很大支持，所以这次无论如何都要给他在《离骚》上发一首，以完成他多年的心愿。而另一位作者，是本城一家利税大户的老总，多年来一直心甘情愿给《离骚》当冤大头，上次杂志社去云南开笔会，就是他买的单。为了让老总继续当好冤大头，《离骚》杂志的编辑们始终在努力引领他往文学创作的道路上走，正好前两天那哥们喝高了，诌了一首超现实风格的打油诗，编辑部方面一致认为，要趁热打铁，将打油诗及时登载到《离骚》上，这样就可以生米煮成熟饭，从此把那冤大头彻底屈打成招为一名诗人。

因为这两个临时的变故，就不得不相应地从原定稿件中撤下两篇，看来看去，除了韩费，其他人似乎都有得罪不起的地方。而且韩费毕竟年轻，以后还有机会，就把他给牺牲了。

这个意想不到的变故就此毁了韩费的文学梦。在换了个发型以后，他就下定决心，从此彻底告别他的诗歌青年生涯。

如此一晃便是十年。

中午，我终于在电力局附近的一家潮州酒家重新见到了韩费。

跟十多年前比，韩费明显发福了，肩膀宽了，长脸变成了圆脸。

见了面，少不了一阵寒暄，各自问了问近况，装出一副对方的生活还和现在的自己有莫大关系的样子。如此例行公事完毕，便转入正题。

“其实是为朋友的事情。”我沉吟片刻，努力寻找合适的措词。

“嗯。”韩费点了点头，面带微笑，鼓励我继续。

“知道水流云在园吗?”

“知道。”

“有朋友住那里，家里的电流不稳定，灯和电器什么的，一会儿好一会儿差，跟那边的电力公司说了，没给解决。你也知道，这些给公家办事的人，最在乎上面的意思了。”

韩费目光闪烁，沉默了片刻，然后肯定地点了点头：“行，明白了，这种事情没问题。”

想不到韩费会这么爽快，我心里不由得一阵温暖。因为这点毫不可靠的感动，我开始动情地跟他聊起些感伤怀旧的话题。韩费一直没说话，只静静地在一边听。看到我情绪激动时，还不失时机地给我往杯子里倒酒，然后碰一碰杯。

如此过了一个多小时，韩费开始不断低头看表。

等他第六次低下头时，我才意识到他在暗示我，他要回去上班了。我连忙识趣地闭上了嘴，主动表示，散了吧。

从饭店签完单出来，韩费又陪着我走了几步。

快分手时，他犹豫片刻，好像下了很大的决心，突然说："水流云在园的事情，你最好不要再跟别人提了，为你好……其实，住那里的人，哪个不比你有背景，他们都解决不了的问题，你帮得上吗？"

韩费的语调平静，听不出丝毫感情色彩，在马路上热烘烘的喧闹声中，冰一样地锐利。

说完这句话，他向我摆摆手，转身向电力局那幢新建的回字形大楼走去，把我扔在了原地。

好半天，我才回过神，终于想明白了三件事：一、韩费不是第一次听说水流云在园的事。现在回想起来，刚才饭桌上我提及此事时，他的神情其实有些慌乱和不安。二、他刚才满口答应我，只是敷衍，他根本就没打算插手此事。三、水流云在园电流不稳的问题，后面可能隐藏着不可告人的秘密，根据韩费的提示，如果我对此追根问底，还可能会给自己带来麻烦。第三点也可能是韩费在故弄玄虚，事情有可能是当初安排水流云在园地区的电路时，电力局方面有失误，但现在只能将错就错。因为真相一旦暴露，电力局的某个头头可能要为此负责，这个头头甚至可能就是韩费本人，而电力局上上下下也说不定会因此被扣掉奖金若干，大家都有利益在里面，所以就把它当秘密隐瞒了起来。

对这个秘密，我毫无兴趣，也没打算跟电力局过不去。但把这些事情都想明白以后，我难免心情沮丧。

回到家，我一头倒在床上，想好好睡上一觉。努力了半天，还是毫无睡意，刚才沮丧带来的疲倦，在脑袋沾上枕头后，忽然不知去向。

我又开始无边无际地心浮气躁，失败感让我变得偏执，自己跟自己较劲，觉得所有的沮丧都和水流云在园的电力问题有关，若不能把问题解决了，简直就是世界末日。

被这个奇怪的想法煎熬着，我像热锅上的蚂蚁，在屋子里来来回回地走个不停，但脑子里还是毫无头绪。所谓病急乱投医，我竟然莫名其妙地想起了那个叫“职业电力杀手”的家伙。

认识“职业电力杀手”纯属偶然。

2000年前后，网络一下子红火起来，社会上流行在网络聊天室里搞网恋，我赶时髦和一个叫“小叮当”的神秘女子网恋起来。小叮当名字虽小，年纪却不小。神秘的面纱下，其实是本城一家娱乐经纪公司老板的糟糠，根据她老公的年龄推算，她没三十七八，也至少三十五六，属于那类青春已逝、衣食无忧的有产中年妇女，因为每天有大把时间需要打发，就化名小叮当，在一个叫镜花缘的聊天室里扮青春少女，不时地跟那些毛还没长齐的小男生搞些没有多少害处的网恋。

一次我到他们家去采访男主人，意外发现了小叮当的秘密，偷偷记下网址，回家后注册了个小灵通的网名，登录上去后，马上就被她注意到了。

我猜想，之所以会让她对我一见如故，大概是因为我的名字。小灵通和小叮当，两个名字就像一个模子里出来的，都带着点上世纪七八十年代少儿广播节目的特殊痕迹。那时候，少儿节目里做奶声奶气状的主持人都会给自己起这种调调的花名，不是小叮当，就是小灵通，或者小铃铛、小领巾等，只要进行曲般的开始曲或者“时刻准备着”的口号响起，有此类名字的人物便会欢蹦乱跳出来，讲讲故事或者谈谈人生理想接班人之类的事情，这对在那个匮乏年代里度过童年的人来说，几乎是最高雅的娱乐活动。

所以，没费力气，她就和我对上了眼，而且大家装嫩的样子，都差不多是那种奶声奶气的广播腔，所以很快投机起来。

之所以会跟小叮当搞此类隔靴搔痒的勾当，并不是对这个半老徐娘有什么非分之想，只因为她老公消息灵通，嘴巴又紧，所以只好借着网恋，从她嘴里套一些她老公在枕头边上泄漏的猛料。

显然，我们的装嫩风格在那个充满搞怪风格的聊天室里，实在太腻，小孩们都受不了了，纷纷从镜花缘里逃走了，只有一个叫“职业电力杀手”的ID继续留在了这里。

印象里，“职业电力杀手”天天保持不变的姿态，一直默默地挂在镜花缘，既不跟人搭话，也不关心任何话题，与之相应，别人也好像商量好了似的，从不跟他搭话。

大约在半年前，我才第一次破天荒地和他搭腔。

当时我们刚刚做完新一期《炮手》，在又一轮筋疲力尽毫无意义的忙碌之后，我习惯性地感到无聊。

正好那天晚上莫尼卡·王又要加班，我无法通过谈个恋爱搞点浪漫的事情来打发时间，到了该睡的时候，只好老老实实地上了床。

努力了半天，还是睡不着，只好起床找别的办法打发时间。

换了好几种办法，最后打开电脑，爬到了网上，登录了镜花缘。

盯着镜花缘的页面看了半个小时，一个可以聊天的人也没有出现，只有“职业电力杀手”一如既往地在那里醒目着。

我一遍一遍敲下回车键，将我的名字一遍遍填满屏幕。因为无聊到心里发慌，我开始不断点击同一网站的其他聊天室，从一个转到另一个。

在此过程中，我发现那个叫“职业电力杀手”的 ID 几乎挂在了每个聊天室里。只是和在镜花缘一样，它保持了一贯的沉默。

如此机械地操作了好几次，我点开一个叫花果山的聊天室。

花果山和镜花缘一样冷清，除了“职业电力杀手”，没有其他人存在的迹象。也许是聊天室只有他一个人的缘故，职业电力杀手一改往日风格，正在这里不断地敲回车键刷屏。

“职业电力杀手？”我心里一动，在键盘上这样敲了一句。

“是。”沉默了很久，职业电力杀手才总算敲出了一个字。

“什么意思？”

“就是职业电力杀手的意思。”

“还是不明白。”

“知道职业杀手是什么意思？”

“知道，也就是说，你用电杀人？”

“不是，是专门杀电的杀手。”

“杀电？”

“是啊，譬如你想不付或者少付电费，就可以找我帮忙，当然，我会适当收点费。”

“搞笑？”

“也许。”

“也许？”

“如果你不是来找我帮忙的，那我就是在搞笑。”

“那么说来，你是个电力工程师。”

“你可以这样认为。”

“你帮人偷电，不会被电力局发现吗？”

“再次强调，是杀电，不是偷电。所以电力局即使发现你们家已经好几个月不交电费了，也拿你没办法，因为他们肯定找不到任何偷电的证据。”

“哦，这么神奇？”虽然认定对方在胡扯，但是这种充满想象力的胡扯方式，却吸引了我。

“当然。”

“怎么做到的？”

“从电力冥想学的角度看，解决所有电力问题最有效的方式，恰恰是最简单的方式，串联和并联。不过，同样是串联和并联，在不同的人那里，会发挥不同效力。庸手只会用串联和并联连接灯泡或插座什么的，但真正的绝顶高手却能用串联和并联制造所谓的电力效应场，这就像用红绳编织中国结，你可以用不同的编织方法编出不同含义的中国结，同样你也能利用不同的串联和并联法，制造出具有不同作用的电力效应场，所谓杀电就是在你们家的电路上制造一个电力效应场，不用通过连接就能和外面的电网发生感应，好像隔空取物，把外面的电吸引到你们家来……”

职业电力杀手把话题越扯越远，我慢慢放松下来，也跟着瞎扯起来。扯到后来，职业电力杀手便问我，为什么这么晚了，还待在网上，我便把失眠的情况告诉了他。

“失眠？这事情好办。”

“哦？”

“失眠问题，本质上也是个电力问题，没有电以前，人基本不失眠，有了电以后，人才开始失眠。因为大家觉得实在睡不着，还可以找点别的事情做。要没电，大家就没了别的盼头，天一黑，只好踏踏实实躺床上去，这样即使睡不着，也只好睡着了。”

“哈哈，真有你的。”

“好吧，我帮一帮你，切断你们家的电力供应。放心，明天天一亮就给你恢复正常。”

看到这段话，我正想着如何继续跟他瞎扯，但突然眼前一黑，灯、电脑和所有闪着指示灯的电器，都一下子黑掉了。

我吓了一跳，还真以为职业电力杀手有什么惊人的能耐，后来才想起，早上出门时，在楼门口看到过物业公司的公告，说过夜里一点半到三点半，电力局将在本地区检修电路，届时会拉闸停电。这样一想，心里就踏实下来。

不过，我还是怀疑，职业电力杀手可能是电力局的人。但一想，又觉得不太可能，即便是电力局的人，他怎么会知道我刚好住在停电区域内？如此想了一阵，我竟不知不觉睡着了。

第二天醒来，因为看到一切正常，便把整件事情和职业电力杀手当做一个小插曲，完全抛到了脑后。

职业电力杀手显然还记得我，一见我登录到花果山，还没等我开口，他已开始主动跟我打招呼。

“上次睡着了吗？”

“睡着了。”我有些迟疑。

“早就说过吧，只要断了电，就不存在失眠问题。”

“那次断电真的跟你有关？”

“你不相信？”

“将信将疑。”想了半天，我终于找到一个让彼此都有余地的说法。

“那天，你们那地方的供电所虽然通知你们晚上一点半停电，但他们实际拉闸的时间是两点钟，而我那次给你断电的时间是一点十二分，你想想，实际情况是不是这样？”

“是吗？”虽不愿相信职业电力杀手的说法，但我又实在找不出反驳的理由。事实上，我根本就不记得那天晚上断电是几点。

“这次找我，又为什么？该不是大白天也失眠吧？”

“没事难道不能找你？”我还是有点犹豫，不知该不该把水流云在园的事情告诉他。

“虚伪，所有找我的人都有求于我，没人例外。说什么事吧。”

犹豫了片刻，我把秦雪家的情况说了出来。但没透露具体地点，只简单描述了我亲眼所见的景象。

“这样啊？我觉得最可能的情况是那地方电网供电不足。”职业电力杀手沉思了片刻，才重新开始往电脑里敲字。

“不会吧，怎么会供电不足?”

“不是电力局方面供电不足，而是那个地方的电网有问题，有可能是什么人从电网里偷电，而且数量巨大。”

“还是不明白。”

“好吧，把自己想象成一条鱼，而电就像你生存必需的水。你现在生活在一个大水缸里，电力局每天都会根据水位高低往缸里加水，但现在缸破了个洞，所以怎么往里加水，总还是觉得水位降得太快了，水缸怎么都满不起来。这样，你大概明白了吧?”

我想了想，还是无法集中精神，连这样一个浅显的比喻都理解不了，我叹了口气，继续往电脑里敲字：“算了，你还是告诉我，有什么办法吧?”

“最好的办法是把洞补上。不过，要把问题查清楚，然后再把电网改造好，可能需要很长时间，所以可以用些小花招，暂时把自己的用电问题给解决了。”

“哦?”我眼睛一亮，有些兴奋，加快了打字的速度，“怎么做?”

“一般江湖郎中的做法，是给家里安个稳压器，把这个复杂的问题仅仅理解成一个简单的电压问题。但就像我跟你说过的，所有的电力问题，都不属于三维世界，因此靠稳压器、变压器根本解决不了真正的问题。”

“你会怎么办?”

“还没想好。”过了很久，职业电力杀手才慢慢打出了这四个字。

6

在海上航行了六十一天，“麦哲伦号”终于到达了德国的汉堡。为了标记海上那些难以分辨彼此的日子，唐喻每天都会根据记忆临摹一页颜真卿的《麻姑仙坛记》，只要数一数临摹帖子的数量，他就能推算出每一天在《太阴历》中的位置。这样每一天都和上一天有了区别。这浸透墨汁的宣纸一寸寸增厚着，让唐喻可以确信，他们离目的地已经越来越近。

这六十一天的时间，也让唐妙从一个滴酒不沾的文弱少年变成了一个真正的酒鬼。

从看到唐妙在客舱里拿出香烟的那一刻起，唐喻就意识到，唐妙的身上发生了非同寻常的变化。虽然，唐妙抽烟引起的烟雾把唐喻也呛得眼泪横流，直觉却告诉他，唐妙流出的是真正的眼泪，这一直在掩藏情感的多情少年，终于把自己彻底放开了。

在“麦哲伦号”停靠香港之前，唐妙抽完了五包“达勒姆公牛”牌香烟，还一反常态地跟船上每一个人都打了一遍招呼。过马六甲的时候，唐妙和船上的绝大多数人都混熟了。但是，唐喻注意到，这一反常态的做法并没有丝毫减轻他的忧伤，随着船越开越远，他的沮丧也一天多过一天。

船停靠科伦坡时，因为看到码头上走来走去的，都是些肤色黝黑五官奇特的印度人，唐妙终于在没有香烟掩饰的情况下，就让自己眼眶湿润了。

近乎绝望的情绪，让唐妙的嗅觉异常灵敏。一天，他闻到船上有一种古怪的烧酒气味。循着气味，没费吹灰之力，他就找到了那些躲在底舱酗酒的水手。

常年没有尽头的航行，让水手们早就尝到了唐妙正在经历的心情。他们偷偷把过期燕麦，放在一个夹杂着老鼠屎和死蟑螂的大木桶里，酿出了一种味道古怪的劣质烧酒。借助酒精，他们得以逃脱忧伤无休无止的追踪。

因为看到唐妙亮出了明晃晃的银洋，酒鬼们终于同意让他分享他们的私酿。

唐妙终于品尝到酒精神奇的忘忧功效，“麦哲伦号”的底舱成了他每日必去的避难所，他没日没夜地酗酒，让时间昏昏沉沉地流连在水手们酒后的喃喃细语中。

被酒精浸泡过的喃喃细语，不再像编码精巧的固体，而变成了一些真正的液体，它们柔软、散漫、充满了无迹可寻的渗透力，让唐妙接触到一种别开生面的语言教习。船到汉堡的时候，他已经在昏昏沉沉中，学会了各种各样的骂人词语和淫秽长句。其中有苏格兰口音的英语，有翡冷翠口音的拉丁语，有带巴伐利亚方言特色的德语，还有来自于里斯本的葡萄牙语。其中最让唐妙受益匪浅的，是那个叫康拉德的船长。这位船长能同时用波兰语、俄语、法语和英语等四种语言骂人，一些时候在一个淫秽的长句里，他甚至能将四种语言天衣无缝地组合在一起，把淫秽感提升到一个异乎寻常的高度。

酒精和淫词秽语混合在一起所产生的神秘力量，让唐妙在晕眩中掌握了打通一切语言阻隔的才能。从此，他成了个真正的语言大师，在游历欧洲的过程中，每到一地，不用一个月他就能和当地人毫无阻隔地对话，甚至连那些最生僻的土语和黑话都无法难住他。

看着堂弟的行为一天比一天荒唐，唐喻却没有半点要去劝阻他的念头。他甚至还帮着唐妙在那二十个官派出洋生和督导的学官面前掩饰。

不知为何，面对唐妙，唐喻总会有隐隐约约的愧疚之感，并下意识地想为他做些什么。这奇怪的愧疚感一直深深地困扰着唐喻，以至于他不得不将之视为自己的人生之谜。

漫长的六十一天旅程终于在汉堡被终结。

当唐喻的双脚从栈桥上落在港口湿漉漉的水泥地上时，他心中那铁一样坚硬的部分在告诉他：那个属于他的历史开始了。

唐喻记得，那天汉堡的天气很阴沉，空气潮湿，到处都弥漫着灰蒙蒙的雾。工业革命时代的煤尘污染让城市看上去有着铁一样的颜色，跟还要依靠人力来驱动整个城市的漂来比，作为欧洲城市的汉堡显得更为强硬并且阴冷。

本来，出洋生们因为终于到达了目的地有些喜不自胜。但看到这种灰冷的景致，他们刚刚显露出来的明朗笑容，便被堵了回去。倒是原本多愁善感的唐妙，在经过六十一天的煎熬后，忽然变得对一切都满不在乎，嘴角上挂起了一丝嘲讽的笑容，脸上满是懒洋洋的神情，躲在大队人马中晃来晃去，有一搭没一搭地观望这个充满陌生面孔和神奇事物的异域。

同样镇定自若的，还有唐喻。

从船停靠的那一刹那起，唐喻就忍不住觉得，眼前的每件事物都似曾相识。钢蓝色的空气，线条坚硬的花岗岩和混凝土建筑，皮肤粗糙的白种人，对他来说没有一样是陌生的，他比熟悉漂来还要熟悉这里。他甚至以为他并不是第一次来汉堡。

在港口，德国外交部派来的官员和克虏伯公司的代表，早就等在了那里。三十个出洋生分乘十辆马车，被拉到一家到处装饰着爱奥尼克柱和人像浮雕的大旅馆，在那里休息一个晚上后，他们被送到了火车站，坐上了开往慕尼黑的列车。

在慕尼黑的火车站，唐氏兄弟和士官生们道了珍重，便开始各奔前程。分手前，细心的唐喻特地向德国方面的接待人员要了士官生们的住址，还和韩三公子约定，要经常保持联络。

处理完这些必要的细节后，唐喻准备把行李往马车上搬，这时他惊奇地发现，不知何时，唐妙已经和三五个在大厅候车的德国妇女打成一片，他满脸的眉飞色舞，口若悬河地跟她们说着些什么，引来这些年龄从二十到四十不等的女人们一阵阵惊呼和大笑。显然，唐妙说的每句话，她们都能听懂，而且还被他说话的内容打动了。

此时，唐妙也注意到，堂兄正在观望他，他又叽里咕噜地和女人们说了几句，便反身向唐喻走来。女人们有些依依不舍，在唐妙离开前，有几个甚至还轻轻地吻了吻他被海风吹硬的脸颊。唐喻知道，这是关系亲密的洋人之间才会有的礼数。

回到唐喻身旁的唐妙，似乎并不打算解开堂兄的疑惑。他一脸的满不在乎，苦力似的将行李箱直接扛在肩头，然后一声不吭地向停在车站外面的马车走去。

但在唐妙经过自己身边的一瞬间，唐喻注意到他刚才还略显轻佻的眼神中，突然蒙上了一层阴霾。那眼神像是属于一个六十岁的老人。唐喻以为，那正是在旅程开始后便把唐妙彻底击溃的东西。

唐喻忽然忍不住对这个比自己小三岁的堂弟产生了同情之心。他隐隐约约地感觉到，这个少年人的孤独变得比以前更强烈了，他那狂飙突进式的开朗，不是在打开自己，而是在更努力地把自己遮掩起来。

马车里空间狭小，让人透不过气来，除了唐氏兄弟，克虏伯公司的保罗也坐在车上。连日的颠簸让唐喻的身体已经疲惫到极点，眼前的逼仄感正进一步钝化他的感官，但他还是努力不让疲惫感显现出来。他保持着不愠不火胸有成竹的样子，甚至还在脸上带着微笑。但耳边的声音却听上去越来越遥远，这让他觉得自己变成了一个彻底的旁观者。他听到唐妙已经和保罗热烈地交谈起来。德国人说话的腔调有些硬邦邦，每个转折处都会现出一个个能把人刺痛的折角。但同样的语言在唐妙嘴巴里说出来时，却有一种吴侬软语的味道，同时语调上也更加抑扬顿挫，似乎唐妙不是在说，而是在唱。在白茫茫一片的视野里，唐喻看到，保罗望向唐妙的眼神都有了些虔诚的意味，说话的语气毕恭毕敬，似乎唐妙正在变成一个真正的发光体。

到了目的地后，趁着唐妙把行李箱搬去公寓的间隙，保罗用结结巴巴的汉语告诉唐喻，刚才唐妙在马车上，用德语即兴创作了一首带有浪漫主义风格的诗，保罗表示，这是他迄今为止听过的最美妙的德语诗。

保罗为唐氏兄弟安排的落脚处，是一处新建的公寓大楼。唐氏兄弟的房子位于这幢四层大楼的第三层，公寓里除了三间卧室，还有客厅、厨房和卫生间。因为觉得这样的居住环境与他以往住过的房子都不一样，把保罗送走后，唐喻便将房子里里外外仔细地研究了一遍。

房子里首先吸引他注意力的，是被保罗称之为爱迪生灯泡的东西。这种玻璃制品被安装在每个房间的天花板上，据保罗说，到晚上，只要一拉灯绳，这些泡状物体便会发光，房间里就会像白天一样明亮。为了证明这一点，当时保罗还特地拉起窗帘，演示了一遍。当遮暗的房间被灯光照亮时，保罗告诉唐喻，在爱迪生灯泡上制造这种明亮奇迹的，是一种叫做电的东西。它们是在远处的发电厂里制造出来的，然后顺着街道上空的电线，被传送到每一座房子里。

听完保罗的描述，唐喻不由得对电产生了浓厚的兴趣，他要保罗给他描述一下电的形状，或者想办法把爱迪生灯泡卸下来，让这种叫做“电”的东西流一点出来，给他亲眼见识一下。唐喻的请求把汉语本就不太灵光的保罗弄得满头大汗，幸亏唐妙在一边，才解脱了他的困窘。离开漂来前，唐妙正好听说过，租界的洋人正打算兴建发电厂，为此他特地请教了凌德功。当时凌德功费了好大工夫，才总算把事情说了个大概。后来这些解释经过唐妙长时间的消化，变成了一个只有十个字的比喻：“电者，气也，不可见，有神通。”而这个解释，现在也让唐喻没费吹灰之力，就彻底明白了电的属性。

在把每根灯绳都拉过一遍后，唐喻被一种狂热的痴迷给点燃了。他试着拧下其中一个爱迪生灯泡，把食指插在灯座上，然后让唐妙拉下电灯开关。一股酥麻的感觉顺着他的食指传递到全身，让他动不了说不出，心脏扑通扑通跳得很快，好像随时要从胸腔里挣脱出来似的。幸亏，唐妙及时注意到唐喻的辫子竖了起来上面还开始冒烟，感觉到事情有点不太对头，便连忙关掉开关，才将唐喻从失控状态中解放了出来。

带着一脸怪异的微笑在地上躺了一会儿之后，唐喻又开始摆弄起厨房里的煤气炉。他把炉灶一次次点燃，又一次次熄灭，希望能找出，在没有可燃物的情况下，为什么火柴会在炉灶上引发那幽灵一样的蓝色火焰。不久，整整一盒火柴都被划完，他不得不转移自己的注意力，开始研究厨房和卫生间里的自来水。他小心翼翼地将耳朵贴在冰凉的水管上，从水龙头开始，循着铁管里的嗡嗡声，一点点溯源而上，希望能找出声音的发源地。但很快，他发现他的努力如此徒劳，嗡嗡声没有尽头无休无止，好像充满整座公寓楼。这让唐喻忍不住对这幢大楼发生了兴趣，因为他发现所有这些神奇的系统都被隐藏在公寓楼呆板的洋灰和石头下面，因此公寓楼本身就是一个惊心动魄的秘密。

由公寓楼他又联想到外面的城市。

他站在窗口向外眺望，但夜幕让窗外的世界变得广阔并且深邃，唐喻忽然意识到，他根本无法用眼睛将它们穷尽。于是，他决定用想象来补足那视野无法触及的部分。他怀疑，这座冷色调的城市内部还隐藏着一座看不见的城市，那里奔腾着热烘烘的暗流，万事万物都在这暗流作用下，拥有了运动起来的能量，因而得以在这个城市沉默的空气里，有序而不动声色地川流不息。他一边想，一边在心里一遍一遍背诵那本古老的玄学经典——《易经》，希望能从中找出这一切怪异现象的原因。现在他开始明白，为什么洋人的世界会被父亲描绘成一个狐妖的世界。

当唐喻从玄思妙想中回过神来时，天色已近拂晓，灰蒙蒙的天空后面，初升的太阳铁青铁青的。唐喻丝毫没有疲乏之感，相反，他觉得身体里充溢着用之不竭的能量，忽然有了一种想跟人讨论的冲动。他像只热锅上的蚂蚁，找遍了公寓的每个房间，没有看见唐妙。这才想起来，昨天傍晚的时候，似乎听到唐妙出门的声音。在此之后，唐妙没有回来过。

就在唐喻猜测唐妙去了哪里，他听到门外传来一阵杂乱的脚步声，接着钥匙在门锁里转动，喀喇喀喇的开锁声，让他又对西洋锁具产生了浓厚的兴趣，他暗暗提醒自己，白天的时候要研究一下。

唐妙并不是一个人回来的，和他一起的还有一个高头大马的德国女人。

唐妙和女人都醉醺醺的，摇晃的身体被用手和肩膀勾搭在一起，波浪似的，起伏在客厅里。两人一边摇摆，一边嘟哝着一些甜腻的德语音节，还不时脸对脸嘴对嘴地亲吻对方。

唐喻注意到，女人的个头要比唐妙大上许多，年龄应该在四十上下，岁月在她身上留下了近乎残忍的印迹。她的毛孔粗大，淡褐色的斑痕星星点点地分布在皮肤上，颧骨和鼻尖泛着邋遢的红色，过于粗壮的腰部消失在肥硕的乳房和臀部之间。看得出，连她自己都对这身体失去了耐心，以至于衣服只是被随随便便地披挂在上面，不仅毫无修饰感，甚至都无法将身体遮掩起来。

他们就这样一路摇摆，从唐喻眼前晃了过去，然后消失在唐妙的卧室门后。很快，虚掩的门缝里，传来女人杀猪般的快乐叫声。

对于这样的状况，唐喻不知该如何是好，他只好设法将听觉从女人的呻吟声中转移出去。他在空洞无力的声音海洋里寻找解脱之法，终于找到了一个可以重新凝聚听觉的焦点，那是摆放在矮橱上的台钟。台钟的钟摆在发条的拧动下，正在发出滴答声。根据已知的钟表知识，唐喻知道，在洋人的世界里，时间是以60为单位依次向下分割的。这个60之数让唐喻忽然意识到，时间在漂来其实也是以60为刻度计算的，那些晦涩的天干地支，构成了一个不断循环往复的甲子，而每个甲子换算成数字，也正好是60。他不由得突发奇想，将时间猜想为一个由60组通道构成的迷宫，这个迷宫没有进口也没有出口，只有通道与通道之间的转换。这样想的时候，他的心里豁然开朗，好像所有关于时间的秘密都在这一瞬间被窥破了，他好像被甩进了这个突如其来的迷宫中，一个人化身无数，被分散在各种各样的通道中。

不知过了多久，在臆想中神游的唐喻感觉到，有人在晃动他的身体。他使劲儿眨了眨眼睛，然后看见唐妙正在对他微笑。

眼前的状况，让他有些不敢相信自己的眼睛。仅仅在太阳升起到大放光明的片刻里，唐妙似乎就老了好几岁。身上不知什么时候已经换了一套怪里怪气的洋装，上衣长到有些夸张的地步，衣服的后摆还像燕子的尾巴一样张开着。唐喻下意识地朝唐妙身后看了一眼，但并没有看到粗鄙厚实的德国女人，只是听见房间里窸窸窣窣穿衣服的声音。

不久，屋子里走出了一个金发白肤的洋女人。女人穿着一条桃红色绒面连衣裙，样式夸张，长长的裙摆一直拖到地上，缎子面的布料上到处打满了密密麻麻的褶皱，臀部所在方位除了被裙撑高高地撑起外，臀尖上还很挑逗地系了一个大大的蝴蝶结。裙子的上衣开口很低，仅仅只到手臂和肩膀的交界处，因此女人高耸的前胸有很大一部分裸露在空气里。她的头上是一顶装饰着缎带花结和羽毛的麦秸帽，左手持一条宝蓝色的丝巾，右手拿着一把粉红色的绢质雨伞。女人的年龄大约三十七八，眼波里有风尘女子的水光在流动，但举手投足间，又像有着良好的教养。

唐喻吃了一惊，无论哪方面看，眼前的女人都和刚才那个德国女人风马牛不相及。

洋女人走到了唐妙身边，当唐喻好像是不存在的，旁若无人地将带着情欲的身体倚靠在唐妙身上，还不断用她涂着鲜艳口红的嘴亲吻唐妙。

“大哥，我和玛丽坐今天的火车回去了。”唐妙将自己的嘴从洋女人的亲吻中暂时解脱出来，没头没脑地跟唐喻说。

说完，唐妙挽着女人的腰，嬉笑着从唐喻身边离开了公寓。

唐喻听到，两人的靴子在走廊和楼梯上敲出了清脆的踢踏声。他还注意到，唐妙和那个女人说话时使用的好像不是德语，而是一种更为拗口但也更有旋律感的语言。几乎不假思索，他就推断出他们说的是法语。

这些奇怪的景象和念头，让唐喻觉得脑子有点晕。为了证实这一切不过是幻觉，他跑进卫生间，用凉水冲了冲自己的脸庞。然而当他的手摸到脸的时候，他发现自己胡子拉碴的，此时镜子里的影像也在告诉他，胡子确实在一夜之间长了许多，好像这一夜不是一夜，而是很多时间的幻影。

他的脑子突然闪过一个念头，那个时间的迷宫不是他的臆想，而是一种真实存在。

7

大约下午五点半左右，莫尼卡·王打来了电话。

这时，我刚刚结束和职业电力杀手长达三小时的瞎扯淡。最后我们半开玩笑半认真地约定，明晚六点他去水流云在园找我。

我下了线，发了一阵呆。随后，早上开始便缠着我的不踏实感再次找上了我，我有些慌乱，只好决定再去找点事干干。看到时间已经不早，就想着要给莫尼卡·王打电话，问她晚上是不是还加班。

正在我这样想时，莫尼卡·王先打来了电话。她的声音压得很低，好像不想让人听到她说话似的。

“没事吧?”莫尼卡·王用一种因为过度压制而有些变调的声音问我。

“没事。说话怎么这种腔调，你们头在旁边?”我问。

“不是，我现在一个人在卫生间，锁着门。”

“为什么憋着嗓子。”

“嗯……”莫尼卡·王听上去很矛盾，沉吟了片刻，才重新开口，“主要是这些话比较难说出口，所以有点紧张。”

“嗨，咱们之间还有什么不能说?哪怕你现在跟我说分手，我也不会对你怎么样。”我表现出很爽朗的样子，希望能让她放松下来。

“想说的就是这件事。”莫尼卡·王沉默了片刻后，才怯生生地说，那声音好像一缕即将消散的烟雾。

“为什么?”我不敢相信自己的耳朵。

“Because……我跟 someone else 好上了。”

“真的?”

“Yeah。”莫尼卡·王终于如释重负，说话的声音变得一如既往地镇定而拿腔拿调。

“嗯……”我努力在脑子里找了一遍，希望找到什么话说一说，但什么也没找到，我甚至找不到我对这个变故所持的态度。

“对方是我上司，我们已经好了一个月，昨天加班是骗你的，为了和他一起在办公室约会。You know?”

“你对我是不是有误会?”我想起昨天和秦雪在一起发生的一切，不由自主想把两件事情往一块联系。

“误会? 什么意思?”莫尼卡·王的声音听上去并没有讥讽的意思。

“没什么意思。我怕你只是一时冲动。”

“要不是呢?”

“那我只好尊重你的意愿。”

“Thank you。本来我以为你会生气，没想到你这么 gentleman。”莫尼卡的声音听上去很由衷，让我松了一口气，但另一方面我也确实有些失落。“你说的上司，是那个叫杰克逊的老外吗?”

“对，就是 John。”

“这个约翰为了你准备跟他老婆离婚?”

“他没这么说。”

“那你……”本想进一步关心一下她，但又一想，这关心有点怨男的意思，便决定不再往下说了。

“想问什么?”

“没什么?”

“对了，晚上七点左右想去一下你那里，收拾一下东西。”

“好啊。”

“不过，有个过分的要求，就是希望来的时候，你不要在那里。大概两个小时就好。”

“为什么? 怕我给你掰扯?”

“不是，主要让自己好过点，总觉得这么做有点对不住你，所以怕和你打照面。”莫尼卡·王的声调又降低下来，好像很不安。

“明白了，来吧，我回避。”

因为有过好几次和前女友们分手的经历，所以处理这类情况，我已驾轻就熟，基本上总能以不愠不火的态度淡然面对。我一直相信只有这样，才能把这一切的感受保留在表皮，而不用去触及下面的东西。与其说是为满足对方，不如说是在保护自己。

莫尼卡·王在电话那一端沉默着，过了很久，才继续说：“我们还是朋友吗?"

“当然。”我很干脆地回答，好像自己心里也很认同这一点似的。

“好吧，过了这一段，我会跟你联系的。”

“说定了，我等你电话。”

“嗯哼。”莫尼卡·王又洋腔洋调地应了一声。我第一次发现这拿腔拿调的嗯哼声，竟如此亲切。

在莫尼卡·王过来之前，我又把屋子收拾了一遍，希望她最后能对这间屋子留下好印象。

一看时间已经差不多快六点三刻，我急匆匆地套上外衣，有点落荒而逃似的从屋里往外走。这时我才发现，这一刻不仅莫尼卡·王怕和我打照面，其实我也怕和她打照面。这想法让我吃了一惊，忽然意识到，这些年来，我对与自己有关的一切都持逃避的态度，总是希望能让它们没有丝毫停滞地一闪而过。

直到坐进富康，把车开到路上，确信自己已不可能和莫尼卡·王狭路相逢，我才从刚才惴惴不安的心情中稍稍解脱出来。但是很快那强烈的不踏实感又一下子回来了，我依然觉得好像有什么事情不太对劲。

我在马路上漫无目的地行驶，想尽一切办法让自己放松下来。但毫无用处，那些原来一直在表皮上滑来滑去的思绪，总是不受控制地要往深处的沮丧行去。我试图把注意力集中在车子上，但原本狭窄拥挤的车厢，此刻却显得无比空旷，而我不过是一片飘浮在这无尽虚空中的羽毛。我又试着把注意力转移到马路上，不知怎的，此刻纷纷亮起的各式街灯，突然看上去脏兮兮的，所有的光不过是在进一步衬托出黑夜的无边无际，以至于每个快乐的行人都在不经意间流露出恓惶的神色，所有光鲜的店铺也因此一律变得麻木不仁。

如此把注意力转过来转过去，还是不能把自己重新拉回到事物的表皮上。想来想去，决定求助。但把手机上的通讯录都划拉了一遍，竟然不觉得有任何一个人能够帮到自己，不仅没有可以倾诉的对象，哪怕一起插科打诨的都没有。而且还进一步发现，所有可能的倾诉都已跟笑料没有两样，而所有可能的笑料也已不再新鲜。我心里格登一下，愈发万念俱灰。

正不知该如何是好，忽然手机自己响起来。本以为是莫尼卡·王有什么事要问我，一看显示屏才发现是秦雪。

"有事吗?"秦雪还是那种走音唱机一般的声音。

"没事,想说什么?"我有些诧异,确实没有想到秦雪还会给我打电话。

"没什么,就是待着没事。"

"那好,一起吃晚饭。"

"哪里碰头?"

"我来接你,十五分钟后到。"

十五分钟后我来到水流云在园,在门口见到了秦雪。然而此时我忽然没了到外面吃饭的兴致,秦雪也同样意兴阑珊,我们便决定就近在园区会所里随便吃点。

跟秦雪家情况差不多,会所里的灯光也每隔一阵,便会闪上一闪。会所的设计者为此动了番脑筋,从天花板到地板都用波浪面的玻璃砖装饰起来,灯则被安在了玻璃砖后面,闪烁的灯光在玻璃砖衬托下,潮水一样,一波一波涌过每一个角落,若不知内情,一定会以为这是故意营造的奇观。

我和秦雪随便要了些吃的,一边吃一边有一搭没一搭地说话。会所里很安静,没有人因为看到秦雪而有丝毫大惊小怪。

会所的菜做得不错,口味清淡又不失鲜美,显然出自好厨师之手。

秦雪注意到我情绪不高,便问起了原因。

真实的原因表述起来相当困难而且难免有做作的嫌疑,我便把我和莫尼卡·王分手的事情当做唯一的理由跟她说了。秦雪听了很紧张,问是不是跟昨晚在这里留宿有关。我很快排除了这样的可能,把莫尼卡·王告诉我的理由转述了一遍。

秦雪试着安慰了我一番。我也顺水推舟,做出副情场失意的模样,希望能将沮丧通过这样一个仪式,重新摆放到知觉的表皮上。

秦雪今天穿的是一身鲜艳的连衣裙,火一样的红,光滑的面料几乎可以当镜子用,裙子紧凑的上半身衬托着日渐丰腴的体态,让她形如《红衣女郎》里那个叫男人们出尽洋相的女郎,充满了诱惑的气息。若不是心情的缘故,眼前的秦雪差不多会让我以为这是一个节日。

只是秦雪的声音和服装极不搭调,低沉而无力,因此她所有为我打气的话,听上去反倒像是进一步的压抑。我的情绪更坏,连说话的精神头也没了。

终于秦雪也不说话了，我们两个都低眉垂眼目光呆滞，各自想着心事，眼前时明时暗的灯光让我们产生了正在被什么东西淹没的感觉。不知过了多久，秦雪忽然叹了口气，几乎快哭出来了："都怪我不好，不该给你打电话的。"

"跟你没有关系啊。"虽不想说话，我还是强打起精神，安慰秦雪。

"你不知道，自从搬到这里以后，就像中了什么邪似的，每天都觉得没什么能让自己高兴起来的事，一开始还以为太无聊了，所以不断让自己参加各种聚会，和每个认识的人保持密切联系。刚开始，一个星期要参加二十多个饭局或聚会，常常这个地方吃上半场，然后到下一个地方中场休息，再到下一个地方去喝下半场，一年下来，全漂来只要有点知名度的馆子、酒吧我都去了个遍，即使这样，还是没让自己高兴起来。而且这其间，还发生了些奇怪的事情，只要我出现在哪里，哪个饭局或者聚会就会一下子冷场，气氛也马上变得压抑，只要我去找哪个人，哪个人就会在一段时间内变得很不高兴，所有不顺的事情都会找上他。所以到后来，所有的饭局和聚会都会故意把我略过，所有认识的人，无论我给他们打电话或者去找他们，也都会想办法避开我，除非工作的关系，我很少再有跟别人交往的机会。虽然明知事情是这样，昨天晚上我还是忍不住想找人说话。尝试很久，最终联系到了你。可是跟以前一样，果然你的心情和运气也开始变坏。"

眼泪从秦雪的眼角慢慢滴落下来，在她苍白的脸颊上没滑多远，就干掉了。我忍不住轻轻握了握她的手，她的手冰凉而柔软。

"别暗示自己，你没这么大的能耐，大家只是凑巧都心情不好罢了。"我说。

"谢谢。"

"谢什么，事情本就如此。"我试着微笑，但脸上全是僵硬的感觉。

秦雪也微微露出笑容："既然如此，你不会怪我今天又来找你吧？"

"不会。"

"继续吃吗？"秦雪指了指桌上已经冷却的饭菜。

我摇了摇头。

"再去我家里坐坐吧？"秦雪继续说。

"好啊。"不知怎的，我心里却忽然有些不太肯定。

从会所出来，我和秦雪沿着用冬青和黄杨间隔的小路向秦雪的住处走去。

清明未到，漂来城的晚上还微微有些凉意。借着闪烁不定的路灯，可以看见水流云在园里各种花草树木都已发出新芽，迎春、桃树、海棠、白玉兰甚至还开出了各种颜色的花朵。这本是不错的春景，但是除了远处房子的窗户前偶尔晃过几个人影，很难在其中看到有人走动的情景，所以花团锦簇反倒有了难耐的寂寞之感。直到我们穿过花园中心的喷泉时，才总算看到有一个腆着啤酒肚的老头蜷缩成一团，牵着一只狗抱着一只狗坐在一张石凳子上。秦雪轻轻告诉我，那就是昨天晚上敲木鱼的老佛爷。

“小秦啊，好些天没见你出来散步喽。”老佛爷注意到我们，抬了抬头，眼睛眯缝着，老太太般笑得很是慈祥。他的脸白白胖胖，几乎看不见皱纹，眼睛上是长长的寿眉，头发白得像银子，一丝不苟。

“哎呀，老佛爷，我也很想你啊，最近身体还好吧？”秦雪似乎受了感染，脸上的阴霾也一下子被欢快活泼的神情取代，声音银铃般地清脆。

秦雪开始跟老头寒暄，百无聊赖间，我只好打量起老头带着的那两条狗。那条被他牵着的是大黑背，一看就知道是纯种的，两只耳朵竖着，对周围的一切保持警觉，吐舌头时，满口獠牙白森森的。坐在老头怀里的则是条西施，样子慵懒而甜腻不堪，窝在老头身上肆无忌惮地撒着娇，老头一边和秦雪说话，一边不断用手轻轻拍着它。看得出老头平时一定很寂寞。

秦雪终于跟老头寒暄完毕，我们又开始往秦雪的房子走。

“老头好像人不错。”我没话找话。

“是不错，对邻居挺照顾的，上次我把钥匙落门上了，老头看见帮我拔了下来，还一个劲地关照以后不能再这么马大哈了。”

“以前干什么的？”虽然对这个话题并无兴趣，我还是问了起来。

“你猜猜？”

“大老板，要么是什么解放前大户人家的后代？”

“就知道你猜不出，”秦雪面无表情，但语调欢快，“人家老佛爷以前是在野战军当将军的。”

“不会吧？这么软趴趴一个老头，镇得住人么？”

“那是现在。我在他们家看过老佛爷十几年前的一张照片，老头戴着顶钢盔两手叉腰站在一辆坦克车上。别提多英武了。”

我按秦雪的提示，努力想象了一下，却怎样也无法把老头的样子和英武二字联系起来，只得心不在焉地应了一声：“是吗?”

“唉，人一退下来，一没事干，就慢慢慈祥了。”

“老头一个人住这里?”

“不是，老头原来自己有住的地方，后来被家里人硬拽着接来了，现在儿子媳妇、孙子孙女、老伴，一大家子人都住一起，就是河边最大的那套房子。”秦雪向嫣然河的方向指了指，“女儿女婿也住边上，本以为这就能热热闹闹的，但没想家里个个是忙人，都一堆事要办，很少着家，孙子辈的也都出国留学了，把老头一个人剩家里，成了看门的。”

“老伴呢?”

“也忙啊，还不是一般忙，老太太比他年轻十来岁，六十出头的人，看上去却跟四十多岁差不多，精力充沛，手里管着三家公司，好像这两天出国办事去了。”

“都不是省油的灯啊。”我舒了口气，忍不住吹了声口哨。

“听邻居说，其实都不算能干的人，还是靠老头的那点面子在外面张罗，”秦雪停顿片刻，手指在空气中轻轻划了划，“水流云在园的发展商就是老佛爷儿子的公司。”

“哦?”我轻轻应了一句，“既然老头这么有背景，让他跟上面反映一下，不就把电流问题给解决了?”

“老头其实已经跟好多部门说过这事，对方也很把他的话当回事，每次一开口，都是几套班子一起出动，马上来查。但查半天还是没用，这事情就两个字——邪门!”

不知不觉间，到了秦雪家门口。秦雪开门，把我让进去。

一阵忙活，秦雪把屋里所有的灯还有电视机都打开了，但屋子里并未因此热烈起来，有气无力的灯光，还有电视机里时不时变调的声音，让整个房子都弥漫着颓然的气息。

秦雪在我对面的沙发上半倚了下来，就跟昨晚一样，很疲惫的样子，眼睛半睁半闭。

“啊!”

秦雪突然将腿从沙发上放下，恶狠狠地垂下头，两手抱在脑后，很夸张地尖叫了一声，油亮乌黑的头发遮住了她苍白的脸。

“怎么了？”我诧异地看向她。

秦雪愣了愣，过了会儿，好像意识到了失态，连忙重新抬起头，脸上露出歉意的笑容：“对不起，胸口好像有什么东西憋着，忍不住想尖叫一下，忘了你在这里。”

“没事。”我努力让自己善解人意，“怎么样，叫过后，好受点了？”

秦雪努力感受了一下，然后点点头：“像是好点了。”

“当我不存在好了。反正房子隔音效果还不错，窗也关着，外面的人估计听不到。”

“那就再叫几声啦？”

“好啊。”

秦雪重新垂下脑袋，将头埋在臂弯之间，又连着尖叫了好几声。然而，叫声的帮助似乎不大，她失望地抬起头，表情更加焦躁不安。

“要不还是到外面走走？”我提议。

“干什么呢？”秦雪又将身体慵懒地倚在沙发上，有气无力地问。

“逛商店？”

秦雪摇摇头。

“泡吧？”

秦雪又摇摇头。

“看电影？”

秦雪还是摇头。

提了十几个建议，秦雪总是不断摇头。我自己在提这些建议时，也竟然对这些建议意兴阑珊。

把所有可能的节目都提过一遍，不知不觉间，我也懒洋洋地躺在了沙发上。

看到我又变沉默了，秦雪不安地坐起来，盯着我的脸凝视了很久。

忽然，她像变了个人似的，咯咯咯笑着，眼珠转动，神情也随之俏皮起来，她把一根手指放在嘴角边，轻佻地站起身，在我面前转了个圈，然后走到酒柜那里，从柜子里拿出两瓶葡萄酒和一个酒杯，把它们放到我面前。

“玩个游戏吧，成人级的。”秦雪坐到我身边，一只手勾住我的脖子，将大半个身子依偎在我身上，还故意把裙子拉得很高，将大半条蒙着薄薄丝袜的腿高高跷起来，就像最近她在一个洋酒广告里所演的那个三十年代的交际花一样。看得出，她已入戏。我这才想起，在那个广告里，她穿的正是这一身大红洋装连衣裙。

“我们轮流问对方一个问题，选择题，只有两个选项，你赢了，我就脱一件衣服，我赢了，你就喝杯酒。”秦雪一边说，一边脸上泛起红晕，诱惑被妥帖地裹上了一层羞涩。因为过于丝丝入扣，我确信秦雪已经完全进入到演戏状态中，身体上的每个变化，不过是一个个无关痛痒的修辞手法。

“好啊，不过，要是你把衣服都脱光了，我还在赢，那怎么办?”我被秦雪调动起来，一脸坏笑地配合。

“想怎么办就怎么办喽。”秦雪的身体更加柔软，几乎贴在了我身上。

“好，你先问。”

“我最喜欢的歌是哪一首?”

“虽然你总对人说你最喜欢崔健的《一无所有》，但实际上你最喜欢的是邓丽君的《小城之春》。”没等秦雪给出选择项，我就迫不及待地说出了答案。说完后，我心里一阵茫然，因为我并不知道我的答案出处何在，似乎记忆里并没有这样的八卦报道为我提供佐证。

秦雪的神情看上去似乎很惊愕，她又盯着我看了半天。然后悻悻地低着头从我身边坐起，站到沙发上，好像只是轻轻地一抖双臂，裙子就像一片火红的云，飘落下来，落在我满头满脸上。

我没有动裙子，只是将脑袋稍微侧了侧。我看见，秦雪的裙子里面，上身还有一件低胸的毛衣和紧身内衣，下身还剩下一条连裤袜，连裤袜里可以隐隐约约看见一条样式夸张的红色蕾丝内裤。

“该你了。”

“1977 年，我做了一件什么样的牛 × 事情?”

“嗨，不就是跟你哥哥和姐姐捡了半年废铜烂铁，然后用从废品站换回来的钱，央求那个爱好无线电的邻居，给你们用电子管组装了一个五英寸圆屏幕的黑白电视机。”同样没等我给出选项，秦雪也不假思索地给出了答案。

这次轮到我郁闷了，我也未作争辩，一口喝干了杯子里的酒。

接着我们又问了一连串私密得很少会为外人所知的事情，无论问题怎样刁钻，似乎都没有难住彼此。虽然心中对此迷惑不已，但我们都没向对方追问，只是按游戏规则，该脱衣服的脱衣服，该喝酒的喝酒。似乎我们都很怕去问那个问题背后的问题。

很快，我喝光了一瓶半酒，秦雪的身上也已经没有一丝遮掩，她坐在我对面，将两腿最大程度地分开了，同时将双臂向上伸展，像马蒂斯的名画《抬起双臂的土耳其宫女》，露出了浓密的腋毛。

1983 年，初次在画册上看到这幅画时，那些刚刚发芽的欲望曾让我浑身颤栗。然而此刻，这样的冲动早已被时间冲淡得无影无踪。酒精让我头痛欲裂，我的脑子还是清醒得像一部高速运转的计算机，每件正在发生的事情，我都确切知道它们的含义、步骤和结果。我们问了对方最后一个问题：第一次失去童贞的时间。没想到这个答案也一样，都是在十三年前。

虽然心里没有多少真正的欲望，就像秦雪的下体虽然湿得好像洪水泛滥，并不象征欲望一样，我们还是手忙脚乱地例行公事起来。肌肤贴着肌肤的时候，我们好像都已经看穿对方，并清楚地知道对方看穿了自己。

如此纯技术性地折腾了大半夜，终于安静下来，我们躺在二楼的那张大床上，都不说话，但也都没睡着。

窗户不知什么时候已经打开，不时从外面传来老佛爷敲木鱼的声音，笃笃，笃笃。声音有气无力，看来老佛爷是累了，但他们家的狗好像还精神十足，不时叫着，凌晨时分，木鱼的敲击声终于戛然而止，不久狗也不叫了。然后我们的耳边便是没有尽头的寂静。

本以为又是个要在寂静中忍受失眠的夜晚，但手机响起来，打电话来的是莫尼卡·王，手机显示屏上的时间已是第二天凌晨三点。秦雪没有动，还是脸朝天睁大双眼一动不动地躺在那里。

“在哪里?”没等我开口，莫尼卡·王已经抢先问起来。

“外面。”

“我还在你那里。”

“哦。”我应了一声，等待莫尼卡·王继续往下说。

“理东西的时候忽然有个问题想问你，所以想等你回来当面问，没想到太累了，就睡着了，醒过来看你还没回来，只好打电话了。”

“哦。”

“嗯……嗯……”莫尼卡·王支吾着，好像不太好启齿，“我们以前认识吗？”

“怎么突然问这么奇怪的问题，我们不是一直认识吗？”

“不是，不是这个意思，我的意思是玲玲介绍我们认识之前，我们认识吗？”

“当然不认识。”我斩钉截铁地回答，答完之后，心里忽然又有些不确定。

“但是，晚上在房间里理东西时，我忽然有个奇怪的念头，觉得我们可能很早就认识了，而且还很熟。”

“怎么可能？”我语气更加干脆利落，但我发现之所以这样，好像只是为了说服自己。接着，我不得不耐下心来，帮莫尼卡·王分析了一下，表示她之所以有这种念头，是因为大家刚刚分手，有些不习惯。前后用了半个小时，总算把莫尼卡·王给说服了。我拿着挂线的手机发了一阵呆，叹了口气，又重新躺回到床上，想让自己被搅乱的思绪重新安静下来，

但秦雪突然坐起来，俯下身凝视着我，一字一句地问：“我们以前认识吗？”

8

让唐喻从无边无际的惶惑中回过神来的是公输义。

当唐喻在镜子里看到自己胡子拉碴的样子时，还看见自己身边多了一个长相滑稽的小个子男人。不知道哪来的灵感，他竟认定这家伙是个叫公输义的厨子。

因为这个灵感，他脑子清明起来，意识到现在已经不是他刚刚到达慕尼黑的第二天早晨。时间过得很快，距离那个早晨已整整过去了三年。

为了帮自己梳理过去三年发生的点点滴滴，唐喻扔下了正在跟自己唠唠叨叨的公输义，反身从卫生间出来，扑向了自己的卧室。

跟三年前相比，这个卧室如今堆满了各种各样的杂物，从热气球到天文望远镜到地球仪到化学试管、电磁圈、内燃机、听诊器，整个卧室看上去就像一个万物俱备、摆放整齐但又毫无头绪的工场。从中可以看出屋子主人的勤奋、好学、缜密、痴狂，以及因为面对的问题过多而产生的应接不暇之感。

在这片杂物的海洋里，可以落脚的地方极少，孤岛一般，间隔遥远，唐喻只有踮着脚迈着大步，才能让自己的身体向前挪动。

经过一番几乎艰苦卓绝的行进，唐喻终于到达了床上。他从漂来带来的三个牛皮面樟木皮箱子，如今已全部堆在那里。箱子里的衣服、帽子、鞋子等也都被整整齐齐摆放在旁边，床上还有一张矮几，上面放着折扇和文房四宝。事实上，整张床现在只剩下三分之一的地方可以用来睡觉。

站在那三分之一的床上，唐喻把叠放在第二层的樟木皮箱子拿了下来。箱子里面存放的正是过去三年那些时间的引子。

很快，一沓沓带着化学药水气味的黑白照片，在他打开箱子的一刹那，呈现在眼前。它们按每一年每一月的顺序整理在一起，每张照片后面还用工整的小楷毛笔字标明了时间地点和人物，其中绝大部分照片，是用德累斯纳公司生产的蛋白纸拍摄的，仔细闻一闻，真的还能嗅到一丝鸡蛋清的气味，另一部分则映现在火棉胶和印度橡胶制成的相纸上，价格过于昂贵是这种高级相纸未被唐喻更多使用的原因。

照片是用三部不同照相机拍摄出来的，所以影像的质感和拍摄风格迥然不同。

最早的那些相片使用了一个所谓的“便携式”照相机，大约五斤重的黑匣子里面有十五块感光板。由于相机携带起来不太方便，拍出的照片也像它一样凝重而古板，所有人物的神态都明显有造作的痕迹。

更多的相片是用一部卷轴胶片相机拍摄的。当年一听说市面上有这种新式照相机在出售，唐喻毫不犹豫地把原来那部“便携式”给处理了，然后又添了一部分钱，买回了这台卷轴胶片相机。这部相机拍出的照片明显比上一部更为随意和率性。但随意和率性的代价是相片质量变得不稳定，相当多的照片在曝光和焦点问题上都或多或少存在瑕疵。

还有一部分照片使用的是最新式的柯达相机。

去年一听说美国人乔治·伊斯曼发明了这个伟大的轻型相机，唐喻便马上想办法弄来了一部。买来后才得知，这台能装一百张胶片的相机拍完照后，必须把整个相机重新送回到伊斯曼的工厂去，才能把照片冲洗出来。无奈，唐喻只好打消了卖掉卷轴胶片相机的念头，以便在伊斯曼被送出去的时候，依然可以拍摄那种被他称作“光之灰烬”的黑白照片。

在三部相机更迭的过程中，唐喻发现，新技术正在给这个世界带来无穷无尽的新希望，每一件物品不用再像过去那样，几十年几百年都保持同一张面孔，只是在形状和装饰上作出改变。从现在开始，每一件事物每时每刻都有可能变得越来越轻便越来越快速越来越灵活，每个人在一天中能接触到的新事物将比以往一辈子能接触的都要多。他开始明白那个金发洋人凌德功为什么会豪情万丈地预言，未来的世界将是一个工程师的世界。另一种直觉又告诉他，这样的情况对他那个唯利是图的商人父亲也会是个好消息。

虽然箱子里的照片现在成了他梳理过去三年时间的引子，但是当年刚刚开始进行这件工作的时候，唐喻并没有意识到这些相片的记忆价值。最初，他痴迷于此事的唯一理由，是因为他要进行一项重要的科学实验。

在慕尼黑大学上课的时候，他从研究光学的教授那里得知，那些保存在蛋白纸上的音容笑貌实际上并非是人自身的某些元素，它们只是照在人身上又反射回来的那些光的印迹，这些光凭借着蛋白纸产生的化学反应，把自己凝固了下来。

这个玄奥的说法曾经让唐喻百思不得其解。他决定去买一部相机，以亲身体验来弄清事情的原委。

他拍了一张又一张照片，并用脑子记住当时的每个情景，然后拿着相片，跟自己的记忆进行比较。但这种做法根本无法减轻他的疑惑。为此，他甚至还把照相机拆成了一个个零件，虽然最后他丝毫不差地把照相机重新组装了起来，但还是无法帮他弄清摄影的真正原理。

最后，光学教授被问得不胜其烦，只好为唐喻布置了一间没有窗户的黑房间，并在其中一面墙上开了个小孔，让唐喻待在屋子里观察。

那次堪称豪华的小孔成像实验，终于让唐喻一下子开了窍。在房间里，他亲眼看到，光像一连串蠕动的小虫子从那唯一的小孔中钻进了房间，然后在对面的墙上发了疯似的繁殖着，让房子外面的世界以颠倒的状态呈现在他面前。

他这才开始相信，所有照片上的事物并不是事物，而不过是一些光。但这个结论并没有让他满足，他进而推测，既然一切的视觉景象都是光的反射，那么所有那些他以为被自己看见的事物，是否也并非是一些真实的事物，很可能只是一些光，甚至连这个世界也不过就是一束光。

为了印证这个奇怪的想法，他又开始拿着相机到处乱拍，希望能从一张张被冲洗出来的照片中，找到证据。但是他的努力毫无成效，最后只不过给他留下了一堆“光之灰烬”。

现在，在这些“光之灰烬”的照耀下，过去的三年开始清晰地呈现在唐喻的脑海中。好像所有的这些时间都只有现在没有过去，都是不分先后正在同时进行。最后唐喻靠着照片背后小楷字的提示，才总算完成了对这些时间的排序，那些分散的记忆终于被叙事规则组织了起来。

到达慕尼黑后的第二个早晨，唐妙带着一个在酒吧里遇到的老妓女回到了公寓。为了避免不必要的尴尬，唐喻只好回卧室去小睡片刻。日上三竿的时候，他精神饱满地醒了过来，来到客厅，发现唐妙带回来的那个德国老妓女已不知所终，他正在热烈地和克虏伯公司的保罗聊天。那个凌晨时放荡、颓废、潦倒的唐妙不见了，他已洗漱打扮一新，重新变回了那个文弱、苍白、孤僻然而充满热情的大男孩。

看到唐喻从房间里出来，保罗连忙跟他打了招呼，两人商定，当天就去学校，办妥入校手续。

在保罗的帮助下，唐喻顺利完成了注册，正式成为了慕尼黑大学电力系的学生，之后唐妙也在机械系办妥了相关手续。

在学校门口和保罗分手后，唐妙便自告奋勇，揽下了购置生活必需品的担子。对于购物活动，唐妙一向充满迷恋，再加上他早就稀里糊涂地学会了慕尼黑方言，所以几乎未费吹灰之力，他就弄清楚在1886年的慕尼黑，哪条街道的商店最为集中，哪家商店的百货品种最为齐全。他以购物为理由，在慕尼黑城走马观花，跟路边的妇女们搭讪，把每条街道都走了个遍。事后，他颇为自豪地告诉唐喻，即使在慕尼黑，也找不到一家商店在洋货的品种上能与漂来的盛唐南货行相比。

很快，公寓被唐妙购置的各种洋货填充一新，唐妙还用洋装取代了自己从漂来穿来的马褂，他甚至还盘起了辫子，把它装进一顶圆顶的洋礼帽中。这样，在外表上他已经没有一丝一毫与漂来有关的印迹，人们会以为他是日本留学生，或者那些来自马六甲和印度支那殖民地的富家子弟。

完成了购物工作之后，唐妙便萎靡起来，白天大多数时间里，他都一个人呆坐在房间里，一脸阴郁，看着窗外铁灰色的天空忍不住掉眼泪。但夜晚降临，他又容光焕发，趁着唐喻不注意，悄悄溜出门去。然后在凌晨时分，喝得醉醺醺的，搂着某个一样醉态可掬的女人回家。

起初，跟他同来的女人都是些街上的流莺，后来开始夹杂一些受思春之情煎熬的良家妇女。所有这些女人都无一例外，至少要比唐妙大上十来岁，在唐妙羸弱的身躯衬托下，她们的身体都一律庞大而肥硕，云一样的无边无际。每次回到公寓后，唐妙都会当唐喻好像不存在似的，开着卧室门，肆无忌惮地和女人们翻云覆雨，制造出一些寡廉鲜耻的声音。

这种时候，为了能让自己“非礼勿听”，唐喻便会将全部的注意力集中在德语课本上。几天下来，唐喻惊奇地发现，在这些充满淫秽色彩的时间里，自己学习德语的效率会提高成千上百倍，有时一个小时记住的单词、句型和语法，要比一个月学的还多。不仅效率高，连时间也好像在无意中被拉长了，每分钟都好像有一小时那么长。几天过后，唐喻便开始习惯这种情况，甚至每天凌晨时分，还会满心期盼唐妙带回某个肥硕的洋阿姨。然后在心里掐好时间，耐心等待那种抑扬顿挫的呻吟声响彻公寓。

于是，只用了不到一个月的时间，唐喻就学会了口若悬河地说德语。之后，他又学会了英语、法语、俄语和意大利语。

语言上这突如其来的顿悟，让唐喻在选修大学课程时，对声学课发生了浓厚的兴趣。根据自己的亲身体验，他怀疑，他的语言能力可能受控于那些妇女在床上发出的声音。

果然，在声学课堂上，他听到了一种近乎荒诞的说法：声音其实不是声音，声音只是耳朵的一种幻觉，它实际上是一道道被肉眼忽视的波浪，这波浪通过那种叫空气的透明物质，撞在了耳朵中被叫做鼓膜的地方，成为了声音。声音的大小高低，决定于它的波长和频率。世界上因此有了男人的声音和女人的声音，有了高声喧哗和浅吟低唱。

这些关于声音的新知识，本来实在不过，在唐喻听来却如此虚幻不实，他开始异想天开，以为是唐妙在控制那些妇女的呻吟声，因为唐喻发现，无论那些妇女在说话时声音怎样千差万别，但只要呻吟起来，无论音高还是音量，都几乎没什么两样。他因此怀疑，他在语言上的天赋，实际上是唐妙用那些女人的声波传递给他的，甚至语言本身也不过就是这样一些虚无的波浪。

本来，唐喻还想进一步深究这个问题，但很快他发现，自己根本没时间纠缠于此，更多闻所未闻的新知识，正像无边的浪潮源源不断地向他奔涌而来。

几乎每一种新知识都在带给他更多的疑问。

在力学课上，他得知，所有物体之所以都能被称出重量，是因为所有的物体都存在于一个叫地球的球形物体上，而这个庞然大球的质量让它拥有了巨大的引力，这些引力导致了重量，同时它也是苹果能从树上掉下来的原因。这个被叫做万有引力的定律，还进一步指出，不仅地球有引力，任何一个有质量的物体都有引力。引力在这个世界上无所不在。

正当唐喻冥思苦想引力是一种什么样的物质时，他在生物课上又遇到了新的困惑。讲解达尔文进化论的教授告诉他，在人成为人之前，他们曾经是猴子，是鸟，是青蛙，是鱼，是虫子，是一滴黏液；而一位讲授细胞学和微生物学的教授，则在一堂实验课上，用显微镜和唐喻从手腕的疤上掉落的皮肤，向他证明，他的身体并非由血肉和骨头构成，而是由一个个疤痕一般的细胞构成。显微镜下，唐喻果然看见了这种叫细胞的东西，同时，他还看到了夹杂其中的细菌，教授告诉他，正是这叫细菌的东西在蚂蚁啃大树般地吞噬他的生命。

唐喻手腕上的疤源于化学实验课上的一次小事故。在一个燃烧实验中，化学教授信誓旦旦地向他保证，用火去烧尽一样物体，并不意味着物体的彻底消亡，燃烧只是一个化学反应的过程。木头被烧掉的现象实际上是空气中的氧气和木头中的碳水化合物在进行化合作用，最后消失不见的木头会变成二氧化碳和水。为了捕捉住火苗中正在产生的新物质，唐喻将手伸进了火里，结果烫伤了手腕。

这些接踵而来的新知识，让唐喻感到自己每一天都在死去，同时也每一天都在重生。每一种新知识的降临，对唐喻而言都是毁灭性的。这意味着他原来构想中的世界被摧毁，他不得不根据这些新知识重新去构造一个可信的世界，然后等待下一个新知识将这个正在构造中的世界再次毁灭。

当原先的世界观被彻底摧毁之后，唐喻发现，遥远的漂来顿时成了一个晦暗不明的存在。在那个存在里，所有的事物都是没有原因的，或者说所有的原因都被用一些模糊不清的理由遮掩了。因为原因的模糊，事物的结果也因此模糊，这让时间在漂来城成了一种象征性的刻度，而非历史进步的动力。但在工业革命时代的欧洲，所有模糊不清的事物正在被不断分辨，而分辨带来了对万事万物有效的控制以及社会的进步。

唐妙因此被一种神圣的使命感击中，终于搞清楚了自己来慕尼黑的真正目的，就是带着这些新知识，回到古老的漂来城，将它从无知无序的状态中拯救出来，以重构它的未来。毫无疑问，他是被选中的。

受这种不可救药的使命感召唤，唐喻把自己身上全部的潜能都发掘了出来，每天他都要给自己安排十个小时的课程，除了电力系的各种必修和选修课外，他还积极旁听着其他科系的课程。

十小时的课程之外，唐喻还从慕尼黑大学的图书馆借来了大量书籍，同时，他还买了各种实验用品、模型和刚刚发明的新产品。虽然每次购入新物品时，唐喻都会设法处理掉旧物，但除旧的速度总是赶不上迎新的效率，因此他的卧室很快被占据了，连自己都没了立锥之地。

为了应付这些新知识、新技术和新发明，唐喻最后还把自己的睡眠时间都挤压掉了。他每天只睡两个小时，其他时间都在忙碌。但面对这个日新月异的新世界，时间还是显得匮乏至极。有时他甚至有些悲愤地认为，自己是一头被锁在时间牢笼里的困兽。

因为近乎偏执地认为天文学里隐藏着所有关于时间的秘密，在慕尼黑期间，除了电力学，天文学几乎成了唐喻的第二专业。一位哥白尼的崇拜者告诉他，人们通常认为的每一天，实际上不过是地球自转一周的刻度，而每一个月，则是那颗叫月亮的卫星绕着地球转动一周的刻度，一年则是地球绕转太阳的刻度。这位天文学教授含糊其辞的说法，让唐喻似懂非懂，不由得以为，所谓时间并不是一种绝对的刻度，而只是天体之间相对的位置关系。因此如果能把这种关系加以变异，时间便能被控制起来，那些属于未来的无穷无尽的时间，完全可以被挪用到现在。虽然，这想法完全缘于误解，但这误解却让唐喻对时间的理解，反而更接近了二十多年后爱因斯坦提出的相对论思想。为了印证自己的观点，唐喻甚至购置了当时世界上个人所能拥有的最好的天文望远镜，用整夜的时间在神秘而浩渺的夜空中寻找时间的踪迹。

不过，对新知识孜孜不倦的求索，并没有让唐喻彻底从社会生活中走开。他没有忘记自己的使命，很能理解父亲希望他和韩三公子等军政出洋生结交的用意。因此每到星期天，唐喻便会坐着那辆签有长期租约的四轮马车，穿越大半个慕尼黑去看望韩叔政。他用毫不谦卑的语言让韩叔政感觉到了他的谦卑，用淡然的目光和表情让韩叔政感觉到了他的友谊。他把聪明博学表现给韩叔政看，却又能不引起韩三公子的反感。他还常常用善意的倾听，让韩叔政在不知不觉中将内心最深的秘密倾诉给他。做这一切时，唐喻并不费力，好像一切的尺度和计算并非他刻意追求的，而只是与生俱来的本性和天赋。几次见面之后，雄心勃勃的韩三公子就已经把唐喻设想成日后仕途上的左膀右臂。

与此同时，唐喻也没有冷落其他出洋生，每个人都被他周到地照顾了，每个人都感受到了他不露声色的好意。

每次去见韩叔政，唐喻都会坚持让唐妙陪伴自己。

鉴于离开漂来后，唐喻没对自己提出过任何要求，即使在自己做出种种荒唐之举时，因此作为报答，唐妙决定依从唐喻这唯一的要求。他把每周的这一天，当做了自己的受难日。

第一次出门时，唐喻注意到，唐妙并没有按要求穿上中装，甚至换了一身更为夸张的洋装。除了那条被称为“阿尔伯特王子大衣”的黑呢掐腰大衣外，他还在里面穿了件醒目的西式白背心，帽子也换了顶帽筒比平常高一倍的圆檐礼帽，手上还拿了根文明棍。一看到唐妙的这身打扮，唐喻就明白了，这是唐妙在向他表明态度：他能要求他做的事情在这身打扮之前，就已经结束了。唐喻只好默认了唐妙这个无声的拒绝。

幸好韩叔政并没有对唐妙的装束表现出不快，事实上，从进入士官学校以后，出洋生们都已按学校的要求换上了统一的士官服，韩叔政所要求的唯一特权，只是他下身所穿的马裤，是皮制的，长统皮靴比其他人的略微长一些而已。经过一番比较，韩叔政心悦诚服地承认，与大清帝国样式繁复拖沓的武官服相比，洋人的军装显然可以让军人的行动变得更有效率，能让穿着者下意识地加快行动的节奏。因此，对唐妙的洋装打扮，他甚至还表现出了赞赏的态度。

正如唐喻现在在照片上看到的那样，在每次出洋生聚会的时候，反而倒是穿着长袍马褂的他，总是显得很不合群。

这些聚会的照片一开始都是在慕尼黑士官学校的校园或者附近拍摄的。但后来，拍照的地点和情景都在发生变化，其中一些照片，甚至记录了出洋生大口大口喝黑啤的情况。

最初的几次聚会之后，韩三公子终于表达出想到慕尼黑四处转转的意思。正好这是唐妙最拿手的事情，因此不用唐喻暗示，他就已经自告奋勇，带领大家游历了这座连接南欧和中北欧的要塞城市。因此聚会照片的背景上出现了阿尔卑斯山、伊萨尔河和圣母大教堂，唐妙不仅带着士官生们走遍了慕尼黑的每个角落，还带他们去品尝了这个城市每一种别具特色的啤酒。在那种清淡的酒精饮料帮助下，一次，韩叔政终于向唐喻表达了自己的思乡之情。洋人们那些粗糙而单调的饮食，让韩三公子将这里的每一餐都当做了苦刑，他开始无比怀念四海总督府里那些制作精良的菜肴和点心。

韩叔政的抱怨，让唐喻看到了进一步拉近彼此关系的可能。他在给唐望的家书中，详细描述了韩三公子的苦恼，并请求唐望能在开往欧洲的货船上，捎来一些漂来人饭桌上常会有的腌腊食品。但唐喻没想到，唐望的货船不仅运来了腌腊食品、海鲜干货和中餐调料，还给他们运来了一个厨子。唐喻再次见识了唐望强悍的执行力：一旦确定目标，便不惜代价加以实行，并贯彻到每个细节中。

厨子叫公输义，扬州人，小个子，脸圆圆的，鼻子红红的，眼睛总眯缝着，不管什么表情，都像在笑似的，说话语速极快，嗓音脆亮，观其貌听其音，就能毫不费力地判断，这是个没心没肺的快活人。据公输义自己说，他是扬州一品楼老板的关门弟子，和四海总督府的掌勺大师傅是师兄弟，除了淮扬菜，苏锡菜也很拿手，同时对鲁菜也甚有心得，尤其擅长红烧大海参这道韩三公子最喜欢吃的高档鲁菜。为了把公输义请到慕尼黑，唐望给了他一笔他赚二十年都赚不到的银子当做安家费，另外还有每个月优厚的薪水。

公输义的到来，让唐喻有了把士官生请来住处聚餐的借口，也让公寓里一下子增添了十二分的生气。扬州人住进了公寓里一直空着的小房间，他没把自己当外人，到达的第一天，就把公寓里里外外收拾了一番，还把客厅和厨房的面貌按他的标准重新布置了，然后每隔几天，再次作出调整。此外，他还常常在公寓里旁若无人地高唱扬州小调，或者一个人喋喋不休地自言自语。他一天所说的话，要比以往唐氏兄弟在公寓里一个月说出来的话还要多。

不过，这个精力过于充沛、手脚过于勤快、言语过于啰嗦、神情过于快活的扬州人却丝毫没有让唐氏兄弟不快。唐喻整天都如老僧入定一般，沉迷在获得新知识的狂喜中，所以除了星期天要接待韩叔政他们，其他时间就算公输义在他面前翻天覆地声如洪雷，他都一副浑然不觉的样子。而唐妙则从一开始就满心喜欢上了这个整天喜气洋洋的小个子厨师。一向对陌生人有忐忑感的唐妙，发现在面对公输义时，竟无丝毫不安，好像公输义不是一个突然的闯入者，而是身边生活了很久的老伙伴。他不仅能迅速地跟别人熟络起来，也能让别人迅速地跟他熟络起来。认识公输义的第二天，唐妙就发现，不知不觉中，自己也在跟着他哼唱那些内容轻佻的扬州小调。

公输义的到来，还解决了那个让唐妙困扰已久的难题。

从上大学的第一天起，唐妙就对那些枯燥乏味的新知识，产生了深深的厌恶之情。他看不出这些像火腿一样干枯的知识，跟那些精致、丰富、新奇的洋货以及洋货构成的新世界新生活有什么必然联系。因此，第一次带公输义出去嫖妓时，他就郑重其事地和他做了个交易：他要公输义顶替自己去慕尼黑大学上课。为此，唐妙许诺，公输义每替他上一个礼拜的课，他便给他一两银子作为报酬。如果公输义最后还能替他完成考试取得学分，他就额外再给他一百两银子。

因为听说能有银子赚，公输义就毫不犹豫地接受了提议。

掉包计的实施情况比想象的还要顺利。在机械系的德国教授和学生们看来，所有东方人在长相上都没有太大差别，因此他们并未觉察他们身边那个叫唐妙的中国学生，已经由一个大眼睛的苍白少年变成了一个细眉细眼的小个子。

掉包计划刚开始实施时，语言曾经是个障碍，但在唐喻身上发生过的奇迹，在公输义这里又重新上演了一遍。由唐妙操控的女人叫床声，让公输义轻而易举地窥探到了语言学的全部奥秘。虽然公输义的德语最后不知为何还是带上了一点扬州口音，但这并不妨碍他和别人的交流。

自此，唐妙也彻底摆脱了读书的苦役，每个白天都可以留在公寓里养足精神，然后夜晚到慕尼黑的街头游荡，和各种各样他能勾引到的年长妇女鬼混。

冬天的时候，唐妙终于因为私生活不检点，受了教训。在车站街的玛格丽特酒吧，唐妙邂逅了一位出来赚外快的纺织女工。这位有三个孩子的单身女酒鬼，在唐妙刚刚显露出一点勾引的企图后，就毫不犹豫地用她宽大的怀抱接纳了唐妙。在各自又喝了六大杯黑麦啤酒和三杯威士忌之后，他们开始往唐妙所住的公寓行去。刚刚走到威廉皇帝陛下林荫大道时，已经在血液中沸腾起来的酒精，让他们提前失去了廉耻之心，两个人在一幢房子的凹角形成的阴影中，尝试着用站立的姿势，让彼此的身体形成深切联系。这位有十年暗娼历史的纺织女工下体松弛，让唐妙觉得自己就像独自行走在这条可以并排行驶四辆马车的林荫大道上，并感觉不时有冷风正吹拂在欲望之器上。阴冷的感觉在这场意外的交合结束之后，还是如影随形，纠缠不已。果然三天后，灼热和瘙痒伴随着脓液出现在尿道口，他被这意外的景象吓坏了，马上找到了他能找到的第一位医生。虽然他得的只是轻度淋病，但是这位卫生兵出身的德国医生却认定，唐妙染上的是梅毒。看到唐妙出手阔绰，这位德国医生除了要求唐妙每天三次用愈疮木的煎汁清洗下体外，还建议他到法国的尼斯去泡温泉。此时善于享乐的法国人发明的温泉疗法，正在各地风行，人们确信温泉有助于治疗一切疑难杂症。德国医生是从一位专给达官贵人治病的同行那里听说这疗法的，他把唐妙当做了试验新疗法的第一人。

担忧自己的欲望之器会受损，唐妙几乎没有迟疑，便接受了医生的忠告，把自己的身体送到了尼斯的温泉疗养院。在那里，唐妙一住便是三个月。他天天要在充满硫黄味的温泉里足足浸泡三个小时，然后再用其他时间体验那深深的忧虑。在这些忧虑时间里，他总是能感受到自己的欲望之器像一条被扼住七寸的蛇，正在失去活力。这让他痛不欲生，因为一直以来，他都认为自己的放纵，只是为了克服羞涩，以便将来可以更顺利地接近他深爱的女人。

十年前的夏天，在唐记南货铺的柜台下面，当唐妙肆无忌惮地从旗袍的开衩里，仰望詹凤仙白得像鲜百合一样的大腿时，他发现自己的欲望之器竟然像只啼叫不已的黄鹂鸟，不受控制地站立起来。这让他既害怕又甜蜜，从此，时年九岁的唐妙只要一看到二十四岁的詹凤仙，浑身上下便会有想要颤栗的冲动。这冲动后来因为常常要和孔三姨太徜徉于奇妙的洋货世界，而被进一步加强。以至于后来在所有唐妙感觉快乐的时候，脑海里都会有詹凤仙的面容浮现。

那天，当唐妙在轮船上意识到分别已不可避免并因此陷入不可救药的思念时，他让自己的手想着詹凤仙，把自己的眼泪借着欲望之器倾泻出来。那一刻，他发誓终有一天要让詹凤仙亲身感觉到他这些思念之泪，他发誓要把自己在异国的每一天，都当做接近这个目标的磨炼。

然而来自梅毒的威胁却让他的努力几乎毁于一旦。

他开始害怕，一旦欲望之器毁坏了，他对詹凤仙充满幸福而煎熬的渴望便会随之不见，甚至对整个世界的期待也将消亡。

这深深的忧虑折磨着唐妙，直到一个月后，一个叫伊丽莎白的女子，风一般地出现在他身旁。

这位三十五岁的当红戏剧演员，因为受偏头痛和失眠的困扰，只好暂时离开喧闹的巴黎，到尼斯的温泉来寻找她被夺走的安宁。在疗养院邂逅两三次后，这位喜欢拿着一把琥珀柄绢扇的巴黎女子，终于忍不住和这个神秘而忧郁的东方人搭讪起来。心不在焉的唐妙只是出于礼貌，随便应付着她。但是随着交谈的深入，伊丽莎白的言辞中三句不离的巴黎，终于把唐妙给吸引住了。唐妙第一次得知，在这个洋人的世界里，还存在着一座万花筒般繁华喧闹的城市，它就是世界之都巴黎。

通过伊丽莎白的叙述，唐妙得知，三十年前，为了第二帝国的长治久安，拿破仑三世决定将巴黎改造成充满享乐色彩的传奇之都，以治愈灼烧了这个城市半个世纪之久的革命躁狂症。塞纳省的奥斯曼省长对此心领神会，在巴黎建起了大批的公园、绿地和剧院，其中最伟大的一项设计便是放射式的大马路，它把埋没着形形色色商店的拱廊街连成一串，让逛街变成了一种简便易行的休闲活动。伟大的布希可和玛格丽特夫妇在其中领悟到了商业革命的新形式——百货公司，以前分散在小商店里的货物被集中在一个规模空前庞大的空间里，让购物得以成为一种革命式的群众狂欢。

为了巩固这种新的狂欢方式，第二帝国还在 1855 年、1856 年举行了两次万国博览会，把全世界最新奇的事物都集中到了巴黎。人们忽然意识到，他们之前自以为是的生活，原来是如此贫乏并且单调。

巴黎人被重新启蒙了。

虽然，新巴黎工程并没有给路易·波拿巴带来所需的长治久安，但他创造的这种奢华风格，却在第二帝国崩溃后的巴黎保留了下来。

伊丽莎白告诉唐妙，在巴黎除了能见识和购买各种最新奇的商品之外，人们还能在夜幕降临后，阅读巴尔扎克和雨果的小说，或者到剧院观看莫里哀的喜剧和奥芬巴赫的轻歌剧，当然还可以去蒙马特尔的酒吧观赏康康舞和舞娘裙底的无限春光。巴黎的夜晚因此变得和白天一样妙不可言，艺术作为一种重要的娱乐方式，正在被人们重新认识。于是，那些来自外省和外国的文艺青年，也被这股奢华的热流吸引了过来。他们如朝圣一般，拥向巴黎娱乐业最发达之地蒙马特尔，在那里聚居，并最大程度地破坏了原来上等人和上等人在一起下等人和下等人在一起的居住规则。爱好艺术的贵族子弟、画家、演员、康康舞女和流莺，居住在了同一幢公寓楼里。这让私通和道德败坏成为了一件方便并且司空见惯的事情。一种糜烂的秘密生活开始兴起，并成为了新文学新艺术的灵感之源。

为了证明这一说法，伊丽莎白还偷偷拿出一本未删节版的《恶之花》，一首一首读给唐妙听。读诗的时候，伊丽莎白依然保持着一板一眼的舞台腔，她昂首挺立目光悠远，手中的折扇不时扇动。因为使用了胸腔共鸣的发声方法，她雪白脖子上的肌肤也随胸部的起伏伸缩着，不时地折叠出一道道油光锃亮的褶皱。唐妙看到，在这美丽的褶皱上，汗珠像光亮一般沁了出来。唐妙不由得看呆了，他记得在詹凤仙脖子上，也看到过这样动人的情景。

此时，伊丽莎白正好读到《给一位太快活的女郎》中的几句："刺穿你那仁慈的乳房，惩罚你那快活的肌肤，给你惊惶不定的腰部，造成巨大深陷的创伤。"唐妙发现自己的欲望之器又像只啼叫不已的黄莺竖立起来，这让他忘记了所有忧虑，马上用它在伊丽莎白的身体上展开了试验。他发现欲望之器不仅没有被疾病整垮，而且还变得更加强壮和俏皮。

于是，唐妙重新活了过来，在尼斯的温泉疗养院里，一边继续请求伊丽莎白给他讲巴黎的奇闻轶事，一边把伊丽莎白想象成一个金发白肤的詹凤仙，试验起各种各样取悦于她的方式。他仿照波德莱尔的风格，给伊丽莎白写了十几首大胆火辣的情诗，让原先只想体会一下东方风情的伊丽莎白，彻底地迷上了他，并认定他是一个丝毫不逊色于兰波的诗歌天才。她因此下定决心，要把自己作为唐妙诗歌灵感的源泉赠送给他。因为这激动人心的念头，伊丽莎白发现纠缠她的偏头痛和失眠就此消失不见。她也好像重新发现了自己一样，又生龙活虎起来。

这两个被浪漫情欲燃烧的男女，在疗养院陷入到一场隐秘的痴狂之中。虽然，唐妙一直在努力将伊丽莎白想象成詹凤仙，但不可避免地，他在她身上也感受到了巴黎的诱惑。每一丝香水味、每一滴汗珠、每一声呢喃，唐妙都能觉出奢靡，觉出喧闹，觉出细腻。他的感觉因此变得敏锐，他清晰地觉察出伊丽莎白的乳房在一丝丝变大，乳晕和乳头的颜色也在不动声色地变深。起初，他还以为这是情欲泛滥的后果。但几天后，当伊丽莎白开始呕吐，他意识到事情的严重性。果然，疗养院的医生很肯定地断言，伊丽莎白怀孕了。

听到这个消息后，唐妙没费力气就掩饰住了心中的沮丧。他很温柔地吻了伊丽莎白，悄悄在她耳边低语，希望她能把孩子生下来，他会跟她一起把孩子养大。本来因为惊惶失措，伊丽莎白都快要歇斯底里，但因为唐妙这充满了磁性的低语，她安静下来。

趁着伊丽莎白躺在床上，幸福地小憩过去，唐妙迅速地回到房间，随便收拾了一下，就头也不回地离开了疗养院。这一系列的行动绝对冷静，并且有条不紊。

直到列车从尼斯的站台上启动，唐妙的眼泪才不可抑制地涌了出来。他为自己在做这些事情时毫无愧疚之心，而深深痛悔。他发现，自己终于变成了一个厚脸皮硬心肠的成年男子，可以为了自己的目的，毫无怜悯之心地行事。但另一方面，这个发现又让他暗暗欣喜，这意味着他终于拥有了追逐詹凤仙的资格。

虽然唐喻对在尼斯发生过的一切，一无所知，但在回顾当年的那些照片时，他明显感觉到，在照片的时间序列中，失踪了三个月的唐妙重新出现时，从头到尾都变成了另一个人。他变强硬了，好像浑身上下都充满了行动的欲望。

果然，很快唐妙就将他的行动付诸实施了。

回到慕尼黑后的第二个星期，他开门见山地告诉唐喻，准备离开慕尼黑，前往巴黎游历。唐妙的语气是那样干脆利落，不容辩驳，唐喻就知道这是个不能更改的决定。不过，他向唐妙提出了条件，要他至少每隔一段时间在星期天的时候回来一下，以便那些军政出洋生能不时在聚会上见到他，以免有风言风语传回漂来。

1886 年冬天，唐妙如愿以偿，离开了被寒冷冻得发青发灰的慕尼黑，到达了连夜晚都闪闪发光的巴黎，在蒙马特尔住了下来。

在这之后的照片里，唐喻注意到，唐妙在聚会的集体照中出现的频率越来越低，但另一些唐妙的单人照，则记录了他在巴黎的行踪。其中，有他坐马车穿过凯旋门时的情景，有他在卢浮宫如林密布的画框中左顾右盼的情景，有他在巴黎圣母院叼着雪茄嘴角浅笑的情景，还有他在蒙马特尔的莱丽酒吧和一群康康舞女亲昵地推来搡去的情景。最耀眼的几张照片都是用埃菲尔铁塔做背景。唐妙在照片上像个鬼魂，正在穿越一个跟他一般飘忽不定如妖如魅的世界，吹笛子舞蛇的印度人、穿彩色服装的土耳其太监、戴面纱骑骆驼的阿拉伯牧民、如食人番一样张牙舞爪的印第安人和非洲土著、身穿织锦和服在谦卑点头的日本妇人，都在埃菲尔塔下悠然自得地展现他们的异族风情，好像全世界都被收集到了巴黎，好像全世界不过就是巴黎的一道风景。这些照片都是 1889 年春天唐妙在万国博览会上的留影。所有这些照片，在风格上都个个不同，显示出照片分别出自不同的摄影者之手。这也从一个侧面表明，唐妙在巴黎居住期间交游广泛，行踪诡谲。

在照片的帮助下，唐喻开始意识到，刚才他以为一夜之间发生的变化，实际上是用三年时间才完成的。那个穿桃红色裙子的女人玛丽，当然也不是唐妙第一天带来的那个中年娼妓。唐喻依稀记起来，三天前，唐妙是带着这位蒙马特尔著名的交际花一起回慕尼黑的。按计划，韩叔政和官派出洋生们已到了学成归国的时候，所以昨天唐喻特地替他们举行了盛大的宴会，唐妙也被从巴黎叫回来参加了这次活动。

本来，唐氏兄弟要和官派出洋生一起回国，但唐喻认为，自己学到的新知识还不足以完成那个伟大的使命，所以特地写信给唐望，表示了延期回国的意思。正好总督派遣的第二批军政出洋生正要从漂来出发来慕尼黑，唐望便同意了他的请求。

昨天，聚餐的时候，为了不让韩叔政们觉察出唐妙放纵声色的生活，玛丽在唐喻的暗示下，识趣地离开了公寓，独自一人去了伊萨尔河畔闲逛，很晚才回来。然后她又陪着唐妙到街上的酒吧去喝了大半夜的酒，两人直到凌晨才回来，接着便是一阵胡闹。

因为学习了一个通宵，唐喻有些疲惫，心神恍惚间，错以为时间又回到了刚刚到达慕尼黑的那一夜。

所有疑团都迎刃而解，唐喻终于舒了口气，把照片重新放回到牛皮面樟木皮箱子里。他把箱子关上锁紧，然后提着箱子往客厅里走。刚出房间门，他都来不及去想自己为什么要把箱子往外拿，就迎面看见了正在客厅里喋喋不休的公输义。不知什么时候，公输义已穿戴整齐，头上戴着顶大檐帽，身上穿着件两排扣的士官服，然后是皮裤和大皮靴，正是韩叔政回国前为了表示感谢送给他的。因为衣服比较大，公输义还把他们拿到裁缝铺改了改。帽子和靴子虽然还是显大，但这一身装束配上公输义神气活现的神情，让他确实有了威风凛凛不可一世的感觉。

让唐喻吃惊的是，除了公输义非常正式的装束之外，客厅里还放满了各种各样已经打点整齐的行李包裹。他正想问这是怎么回事，便看见了刚才明明已经离开的唐妙。

不知为何，唐妙又回来了，正坐在一个行李包上跷着二郎腿，探头向窗外张望，嘴里还在吹口哨。

唐喻定了定神，一字一句地问公输义："今天，按西洋历算大概是哪年哪月哪日？"

"1890 年 7 月 10 日。"唐喻的问题让公输义的脸上露出了完全摸不着头脑的表情，但他还是快速做出了反问，"少爷，我们现在就动身吗？"

9

把我叫醒的，是单位的电话。

大约是上午十点。其实我早就醒了，或者说我压根就没有睡着过。

自秦雪问了我那个莫尼卡·王问过的问题后，我就被困扰住了。

虽然记忆是那样清晰，我清楚地记得第一次见到秦雪是在片场，而认识莫尼卡·王的的确确是由前女友介绍的，但当她们问了我同样的问题后，好像受到某种暗示，总觉得在第一次见到她们之前，我就已经认识她们了。

这奇怪的想法像根钉子，不断地往我坚硬的记忆里钻，如此折腾大半夜，天亮时，脑子还是很清醒。

不过，即使醒着，我也没有起床的打算，就想继续躺着，什么事都不干，哪怕躺上十天十夜都行。

但手机很不识相地响起来，然后我听到我们杂志主编那口南方口音的普通话。

虽然嗓音条件已够沙哑，但主编打电话时，还在继续压抑嗓子，生怕被人听到似的。但我知道他是在主编办公室给我打电话，那里只有他一个人，大家平时躲他都来不及，绝不会有人不识相地站在他十米以内的地方听他打电话。一般他这样故弄玄虚，只为表明一个态度，那就是他要说的话很重要，同时也向接电话的人暗示，你是他最信任的人。

为了顺利地和主编在状态上接轨，我也压低嗓门，一本正经地问他找我什么事。

主编嗫嚅一阵之后，终于告诉我，这期杂志的绯闻报道出了点状况，文章的苦主之一，著名的房地产大亨黄国歌看了报道很生气，今天上午一群彪形大汉跑到杂志社，说要找写文章的人算账，还扬言要用我右手的中指作为诽谤的代价。

我有些纳闷，写文章的又不是我一个人，为什么偏偏只要我的中指，便问了主编这个问题。

主编结巴了一会儿，然后说他也不知道为什么。

于是，我恍然大悟。显然，对方来找茬时，只有我不在场，所有事情就自然都推到了我一个人身上。

虽然心里觉得大家这么做，有点无情无义，但转念一想，换了我，也肯定会找某个注定倒霉的同事做替罪羊，就断了对主编大喊大叫的念头，只得认下了这个冤大头的角色，然后开始跟主编讨价还价，让单位为我的牺牲做点补偿。

主编看我这么通情达理，似乎很是感动，好言安慰了一番，开始为我出谋划策。为了保护我那根又长又壮又直的中指，主编建议在事态平息之前，我暂时不要去上班了。不过，工资奖金什么的，会照发。最后主编还建议我最好离开漂来，去外地游历，当然旅行费用，单位可以给我报销。

主编这些体贴入微的补偿措施，让我心里暖烘烘的，都差不多要热泪盈眶了，但紧接着，他还建议我，最近最好连自己的住处都不要回了。

听到这个建议，我恍然大悟，同事们不仅拿我当了替罪羊，还很没骨气地把我的住址也透露给了黄国歌的人。

“要是你现在还有别的住的地方，就赶快走！”最后，主编在电话里这样强调，然后不等我回复，便落荒而逃似的挂了电话。

我被这个突然的变故搞得心乱如麻，拿着手机愣了老半天。

不知过了多久，我感到秦雪的手忽然在我眼前晃个不停，这才注意到她其实一直都在边上关切地看着我。

“信了吧？只要我和谁一起，谁就会倒霉。”秦雪的声音听上去有些虚弱。

“跟你没关系，要怪，也只能怪黄国歌太没娱乐精神，再怪的话就怪那帮将我往虎口里推的同事。”

“接下来怎么办？”

“能怎么办，想办法避避风头呗。”

“不怕晦气，可以先住我这里。”

“好啊。”

我想了想，发现自己确实已无路可走。

2002年4月3日，我正式在秦雪家住了下来。

虽然，平时不忙的时候，也常常一个人发愣过完一天。但一旦身边出现一个跟自己同样发愣的人，便觉得浑身不舒坦。

为了消除不适，我告诉秦雪，她完全可以按平时习惯行事，不用管我。

听了我的提示，秦雪好像还很认真地考虑了一下。但很快，她沮丧地摇了摇头，表示平时如果不是公司给她安排行程，她也这样无所事事地度过一天，特别是在熟人都害怕跟她有联系之后。说完这些，秦雪充满企盼地看着我，似乎指望我能想个什么好点子出来，帮她打发完这一天。

“出去逛逛?”我提议。

“好，逛逛去。”秦雪点了点头。

出门前，秦雪特地给自己换了身装扮，一条蓝白色的碎花连衣长裙外面套了条牛仔短夹克，为不让人认出，她还在脸上加了副烟灰色的椭圆形太阳镜，并把头发盘在一顶深蓝色的棒球帽里。

虽是出去逛街，但其实走得不算太远。大概也就公共汽车一站路的距离，我们便从水流云在园走到了本城最繁忙的金色天堂路。

正是中午时分，阳光很好，竟能透进深如峡谷的金色天堂路。这些初春的阳光暖洋洋的，把我们的皮肉骨头都照得酥麻酥麻。

今天不是双休日，大街上和商店里仍是人头攒动热气腾腾。

我们的脚步拖沓而漫不经心，跟随着来往涌动的人群，向前迈进。身边每个人都兴致勃勃精神抖擞，时不时露出些傻乎乎的笑容。大家似乎都有想要到达的去处，因此隔几步，身边的面孔便会换掉几张，一些人被玻璃橱窗里的某个焦点吸引，一拐弯一转身间，便消失在橱窗后面，但同时那些把人吸走的橱窗后面，又在吐出另一些崭新的面孔。不过十分钟的工夫，身边的面孔便整个地换了个遍。

我们东张西望，希望也能找到某个可以把自己吸引过去的焦点。街上到处是橱窗，每个橱窗后面的店堂都光亮洁净，琳琅满目，无数多的焦点错落在这无数多的玻璃窗后面，每个所在却又都不能让我们产生足够的决心。

我定了定神，决定不管下一家是什么店，都要走进去转转。心里这么想着，我朝秦雪望了一眼。她也正好向我望来。

她朝我点了点头，好像完全明白我此刻的想法。

前面是一家名叫“身心食粮”的面包店，离门口还有五六步距离，便能闻到刚刚出炉的面包香味。透过玻璃窗，可以清楚地看见各种形状的面包和蛋糕陈列在一格格架子上。物品的摆放显然经过精心安排，颜色的搭配恰到好处，糕点与糕点的距离既不局促，又有琳琅满目的效果，透明光亮的店堂和器皿，进一步突出了这些糕点的精致、鲜艳和柔软，好像它们已经不是食物，而是一件件被精心收藏的艺术品。

受这香气和景象的感染，不断有路过的行人推开那两扇玻璃弹簧门，小心翼翼地流连于那一排排放置点心的架子前。

以前和莫尼卡·王来此逛街时，几乎每次都会进这家店买点吃的回去，虽然价格要比一般的西点店贵上两三倍，但架不住莫尼卡·王喜欢这里的调调，按她的理论，凭“身心食粮”这个店名，就已经值回那些贵出的价钱了。而我也只是嘴上嘲弄嘲弄她，那比别家贵好几倍的价格，让我心里免不了生出点沾沾自喜的轻浮。

决定转身进入“身心食粮”之前，我又下意识地看了秦雪一眼，我似乎能看见她烟灰色墨镜后面的眼睛。她的目光有些游移不定，而我感到我的目光也和她一样。等这一瞥过后，“身心食粮”的店门已经被我们抛在了身后。

因为不想再回过头去，我们便继续沿着人行道往前走。

下一家店是叫“味觉”的服装店，再下一家则是叫“蒂芬尼的眼睛”的礼品店，都跟“身心食粮”一般干净、光亮、别致，里面的每样物品也都在玻璃橱窗后面散发出诱人的气息。

因为以前陪莫尼卡·王来这条街逛过好多次，因此不用辨认，我便能一一知道它们的位置，而且脑子里还能马上大致呈现它们的模样，知道都还算不错的去处。

然而在经过这两家店的门口时，我们却还是没有进去，就跟刚才在“身心食粮”门口的情形一样，心里好像已经打定主意，然而脚步却没有要停下的意思。

如此，又过了将近二十家商店的门口，我和秦雪甚至都懒得对视一下打探对方的心意了。

前面终于就要到著名的冰广场了，如果把金色天堂路比喻为乐曲的话，我们毫无疑问正在进入这条马路的高潮地带，冰广场正是这段高潮中最抒情的音符。

冰广场到处都有进口和出口，我们的犹豫即使让我们错过了第一扇门，前面还至少有五六扇同样的门在有节奏地转动。

不远处正迎面走来三四个十七八岁又笑又闹的女孩，她们刚刚从前面的店里出来，就又迫不及待地一头扎进了冰广场的转门里，只把一阵青春得让人心碎的笑声留在了人来人往的街道上。

“进去?”好像是受了这声音的感染，我终于下决心说。

“进去。”秦雪的声音空洞得听不出一丝情绪，好像只是我那一句的回音。

我们从第三扇转门进入了冰广场。

虽然名叫冰广场，但是除了那些无处不在的玻璃有点像冰块外，整个冰广场内部一点也没有冰冷的感觉，因为到处都是人，甚至可以说空气都有些热烘烘的。

门厅里的导购台上，模特们正伴随着欢快的节奏走着台步，扩音器里一个热情的声音讲解着什么。正在进来和准备离去的人们经过底楼的门厅时，都会漫不经心地向导购台上望上一眼，然后便匆匆地走向各自要去的去处。

我和秦雪站到了冰广场的自动扶梯上，透过透明的墙壁、地板和天花板，可以看到冰广场每一个楼层的情景。每个人似乎都很忙碌的样子，不停地穿梭、驻足、言说，因此在这个全透明的空间里，这情景看来就像是有无数重重叠叠的影子在晃来晃去。记得莫尼卡·王曾跟我说过，这样的情景总是会让她不由自主地想起天堂。

我和秦雪在二楼转了一圈，上了三楼。如此，最后上到十楼，然后一层一层往下走，除了走廊和扶梯，几乎没有深入过冰广场里任何一个卖场，好像只是把在冰广场外面的行走搬到了里面，因此本来五六个小时都未必能逛完一遍的冰广场，被我们只用半个小时便走完一遍。我们又转回到金色天堂路上。

腿是有些酸了，我和秦雪都接二连三地打了几个哈欠，思绪已被困倦变成空白，但是好像我们并没有想要停下来的意思，当然也不是非要这么走下去。脑子里其实什么想法也没有，只是凭着惯性，把一切继续。如此，终于走到了金色天堂路的尽头，然后过马路，从另一边往回走。

虽然街上依然人声鼎沸，但不知怎么搞的，我却觉得四周几乎静得可怕，便忍不住想随便找些什么话跟秦雪说说。正这么想的时候，秦雪的声音先在耳边响了起来。

“你说，为什么整天都打不起精神来，会不会跟电有关系?”秦雪的声音听上去又干又涩。

“怎么会这么想?”我问。

“随便瞎说的，就是脑子里突然闪出这么个念头。”

“说不定你住的那个地方赶上古怪，听说过黑洞这东西吗?”

“耳熟，就是不知道什么意思。”

“我也不是很懂，就知道这东西引力大，不管出现在哪里，周围的东西最后都会被吸进去，光也不例外，所以它是完全的黑暗，连眼睛也看不到的黑暗。说不定水流云在园下面就有这么个黑洞。”本来是想跟秦雪开玩笑的，但说着说着，才发现我连半点开玩笑的心情都没有。

“还是不明白。”秦雪茫然地摇了摇头，“要这样的话，为什么被吸走的仅仅是电，而不是别的什么，譬如我和你……”

“你怎么知道我们没有被吸进去?”我忽然打断秦雪的话，然后一愣，自己也不知道为什么会说出这样的话来。

大约下午四点，我们终于像完成了一个仪式，把金色天堂路走了个遍，然后又回到秦雪家。各自在沙发上坐下来后，才发现由于一路都没停留过，浑身上下散了架似的又酸又麻。

我和秦雪又开始大眼瞪小眼，互相看着对方发愣。

“接下来做什么?”秦雪扑闪着无神的眼睛向我望过来。

我不得不搜索枯肠，但心里却一个好点子也没有，以往那些能把姑娘们逗得开怀大笑的小贫嘴、小技巧、小恶作剧此刻统统不见踪影，倒不是因为忘掉了，而是对它们的效果突然没了自信。

我不由得打了个哈欠，扫视一遍客厅，希望能捕捉到某个可以激发灵感的物品。看来看去，还是毫无头绪。

“看什么呢?”注意到我如此用心地观察客厅，秦雪忍不住好奇地问。

“没什么，”因为不知道该怎么回答，我便随便找了句说辞，“就是发现你家里好像没电脑。”

“谁说没有?没拿出来而已。”

秦雪站起身，往楼梯口的储藏室走去。我跟了过去。

储藏室的门被打开，一台没拆箱的台式机，还有一个款式别致的电脑桌，被孤零零地搁在了空空荡荡的储藏室里。

“为什么不拿出来用?”

“你不知道，”秦雪叹了口气，“机器是一年前买的，刚买完，经纪公司就通知我有戏拍，机器送来，都没来得及拆，我就出去了两个月，回来后，再想把这玩意装起来，却忘了主机、显示器、鼠标、键盘之类的东西都该怎么接，拿说明书一看，厚厚两大本，头都晕了，一想还没用上就这么麻烦，只好算了。”

“没问题，包在我身上，不仅帮你安上，还保证把你培训到可以自如地使用。”因为终于找到了一件可以做一做的事情，我有点兴奋。

很快，我把电脑桌从储藏室里搬了出来，找了个合适的位置放好，然后三下五除二，把电脑的各个部件连接起来，插好电源，打开开关，随着Windows98 熟悉的叮当启动声，电脑进入到了工作状态中，虽然是2001 年出品的机器，但名牌机就是名牌机，落后了一年，性能依然良好，除了配置和相关软件稍稍过时，机器跟新的几乎没什么两样。

之后，我开始不厌其烦地教秦雪怎样通过开始菜单，一步步进入到游戏单元，玩翻牌或者挖地雷之类的小游戏。秦雪饶有兴趣地学着，丝毫不为屏幕上波浪一样的闪烁困扰。事实上，在这里待了两个晚上之后，我也已经习惯了这种情况。

秦雪专注地玩了一会儿挖地雷，然后又让我教她别的东西。正好水流云在园有自己的宽带接口，我便开始教她上网。教会浏览，又开始教她聊天。为了给她做示范，我特地用“小灵通”的名字进了镜花缘里的花果山。果然那个无聊透顶的“职业电力杀手”还是雷打不动地挂在那里。

“你好。”我在屏幕上打了两个字，然后向秦雪解释，所谓网上聊天就是在自己电脑上打字，然后这些字会通过网络出现在对方的显示屏上，这样大家一问一答，就算联络上了。

“怎么现在才跟我联系?!”职业电力杀手看上去有点不满的意思，在问号后面，还加了个感叹号。

“什么事?”

“不是说好了，今天六点，我帮你去看看吗?”

“啊?还以为是玩笑呢。”我想起来和职业电力杀手之间确实有这样的约定。

“跟人有约会?”看到我和职业电力杀手之间的对话，秦雪忍不住问。

我便把如何认识职业电力杀手，如何跟他谈起这里电流不稳的事情，一一说给秦雪听。一边说，一边继续和职业电力杀手的对话。

“你觉得我这么爱开玩笑吗?”

正在想该怎样回答对方，职业电力杀手已自顾自说起来：“对了，你好像不在自己家?”

“这你也知道?”我忍不住好奇。

“我的电脑和你的电脑都在电路上，所以只要测一下你那里的脉冲频率和电压，就基本上能知道你现在的位置。”

“好吧，那你说，我在哪里?”

“等会儿，算一下。”

说完此话，职业电力杀手很长一段时间没了动静。正在我以为他已经开溜的时候，屏幕上又出现了他标志性的红色文字：“你现在位置大概靠近金色天堂路的南段，西面是嫣然河，如果计算没错，你应该就在那叫‘水流云在园’的小区里。”

我只好认输：“确实在水流云在园。”

“哈，这下总该相信了吧……对了，你那边电流好像有点怪，是不是就是你跟我说起过的地方?”

“你是电力局的?”

“我要是电力局的，名字就应该叫职业电力保镖或者职业电力打手。”

“还是不明白，你怎么知道我位置的?”

“要能想明白，你不也成职业电力杀手了吗?怎样，要帮忙吗?”

我看了秦雪一眼，秦雪面无表情地点了点头。

“要来也可以，最多请你吃夜宵，没别的报酬。”

“唉，真是守财奴，终于知道你们这些人是怎样住进高级别墅的了。”

“再次声明，这儿是朋友家，我是守财奴，我朋友不是。”

“好了，好了，反正一回事，一会儿我派个徒弟去你那里，大约八点钟，到门口接他一下，他叫公输电。”

“你自己不来?”

“第一次就自己出马，多没面子。我徒弟也很不错的，对了，别忘了，招待他夜宵。”

“早知道只派徒弟来，就不说夜宵的事了。”

“哼哼，所以才故意不说。好了，我吃晚饭去了。”

说完，职业电力杀手下了线，我带着秦雪又去别的聊天室看了看，并帮她注册了一个小喇叭的用户名，便也从网上下来了。

此时天色已暗，一看时间，是晚上七点，便决定等职业电力杀手的徒弟来了以后，一起去吃夜宵。

因为还要等一个小时，秦雪提议一起出去散下步。

出了门，我们发现花园那里人头攒动，原来只在窗子后面闪动影子的邻居们，好像被某种情况召集了出来，我和秦雪当即打消到嫣然河边散步的计划，改变方向，向花园走去。

好像真的出了大事。平时难得露面的邻居们个个神色凝重，三五成群，低声议论着什么。我们凑到了其中一伙人跟前，大家都认识秦雪，跟她点了点头，然后瞟了我一眼，看到秦雪没有介绍我的意思，便各自继续刚才的话题。

听了大概五分钟的样子，终于搞清楚了事情的来龙去脉。昨晚刚见过第一面的老佛爷在凌晨的时候心肌梗塞了。当时房子里没其他人，所以没来得及抢救。早上六点，物业餐饮中心给老爷子送早餐时，才发现此事。据此，大家推测，昨晚老佛爷敲木鱼的声音和往常不太一样，很可能是老爷子在发出求救信号，传说心肌梗塞发作时，病人会连呼救的力气都没有，大概只有手还能动两下。

因为确实和老佛爷不熟，在搞清楚事情的来龙去脉后，小区居民充满焦虑的对话再也吸引不了我，我开始东张西望，打量秦雪的邻居们。这才发现，邻居们也一直在用眼角的余光打量我。

发现自己成了被关注的焦点，我有些不自在，便以口渴为由，跟秦雪打了个招呼，落荒而逃似的向会所附近的便利店走去。

在放饮料的冰柜里，我挑了两瓶可乐，付账过程中，跟便利店那个看上去高中生一样的女店员，贫了几句嘴。女店员一脸的阶级斗争，两手紧张地抓着格子围裙的下角，几乎把我当成了传说中的色狼。我心里不由得乐起来，借着这个轻松的小插曲，终于让自己宁心静气。我拿起可乐，决定回到花园，大大方方地让邻居们看个够。

刚从便利店出来，便听到有人叫我的名字。

我抬起头，看见花园入口的小径上，一个少妇模样的女人正在招呼我。虽然女人站在路灯的阴影里看不真切，但那个慵懒地将肩膀靠在香樟树上的人影，确确实实让我生出了某种亲切感。

“狗仔队当成你这样，也算境界，都住到人家明星家里来了。”女人一边阴阳怪气地说，一边脚尖在地上有节奏地抖动，她硕大的胸部也因此在上上下下颤动。

“误会误会。只是普通朋友，我得罪了人，暂时到这儿避避风头。”我满脸堆笑，一步步向女人走去，终于把她看了个真切。

果然是熟人，在众多的前女友中，是极少数让我刻骨铭心者之一。

她的名字叫蔡琰，原是我大学里的师姐，学工商管理的，我是在加入学校诗社的时候认识她的。

那大约是1987年，当时全国人民精神生活的娱乐化程度还不高，即使娱乐，也不愿意承认是娱乐，还要一本正经，所以大学校园里流行文学诗歌之类的东西，凡觉得自己多少还有点气质的男男女女们，都要去加入个社团什么的，然后男女混杂、吟诗作乐。

好不容易逃脱了父母多年的管制，我们这些中文系的生瓜蛋子自然不肯轻易安生，不知道谁在布告栏看到本校历史最悠久的文学社团正在招新，大家便跟打群架似的，约上一帮人，浩浩荡荡地往社团约定的招新地点拥去。

我清楚地记得，那天阳光明媚，秋天才刚刚开始，天气依然炎热，所以大家还是一副夏天的打扮。作为老社员的蔡琰也来了，坐在一张破破烂烂的课桌后面，专门负责报名和接待工作。

在发育状况普遍不算优良的八十年代，身高大约一米六八、身材凹凸有致的蔡琰在一大堆人里显得很出挑，衣着打扮在当时看来也算大胆，一身白色连衣裙，裙子的下摆刚到膝盖这里，袖管几乎就跟没有一样，仅够遮住肩和臂的连接处。但蔡琰好像还嫌不够，特意把袖管折了进去，以至于她整条油亮娇艳的臂膀都裸露在空气里，这对通常看惯了袖子最多到肘关节的八十年代大学男生来说，无疑充满诱惑，何况蔡琰还在额头套了一根天蓝色的束发带，有点日本电视剧《排球女将》的意思。操场上诗社报名的摊位虽有三个，但蔡琰面前的队伍显然比另外两个队伍长很多，而且大多是男生。虽然大家都一副心无杂念的样子，并自以为之所以选择这个队伍，只是因为这个师姐看上去比较“和蔼可亲”，但实际情况却跟大家的印象完全相反，那天蔡琰对待新生的态度极为恶劣。当时她刚刚升入大二，因为终于看到了一大拨比自己更生涩的文学青年，不免志得意满，一心想着要摆老资格，便表现出雷厉风行的姿态，一边给人报名，一边不时站起身来，煞有介事地警告后面排队的人不要插队不要拥挤一定要遵守纪律。无论谁来向她报名，她都一律不耐烦，不仅不用正眼瞧人，还连珠炮似的向生瓜蛋子们提问，语调傲慢，意思差不多都是追问报名者加入社团的真实意图。看她的架势，差不多把大家都当成了想混进文学队伍里七搞八搞的投机分子，弄得所有人在回答她问题时都有点哆嗦，结结巴巴掰扯自己如何热爱文学，甚至有人还被逼得慷慨陈词，表示愿意为文学献出全部生命云云。

轮到我报名时，她也问了同样的问题。当时我初生牛犊不怕虎，加上刚才乘人不注意盯着她闪闪发亮的臂膀和隆起在连衣裙下的胸部看了半天，便答非所问地说了句："同学，你的束发带真漂亮。"

我的回答显然让蔡琰吃了一惊，她呆了呆，然后白了我一眼，但好像没找到合适的说辞，便没好气地把一张社团报名表扔给了我。

就这一次，我和蔡琰对彼此都印象深刻。后来等我们熟了以后，她才告诉我，那时候她还以为我不是大一新生，而是那种专门为了泡新入学的女生而加入社团的高年级学生，因此看到我贼忒兮兮的笑脸，心里顿时乱了方寸，才那么轻易地把报名表给了我。

拿到报名表，我算过了加入社团的第一关。当时想参加社团的人实在太多，所以正式入围社团在当时的校园政治里绝对算是种特殊待遇，为了尽可能地把这个事情搞得严肃，在经过第一轮筛选之后，循例还有第二轮的考查，报名参加社团的人都要交一些习作上去，然后由社团的前辈认证，以确定报名者的才华是否到了足够入围的地步。

说来还算幸运，我把一些文字按诗歌方式组合了起来，受到认可，和韩费等人成为我们那一届新生中最终入围的幸运儿。就这样，我得到了进一步接近蔡琰的机会。

当时，蔡琰已经有男朋友，也是社团里的，好像还在核心层，无论从哪方面来说，都是我无力与之竞争的那种优秀人物。因此进社团后，虽然常常会忍不住多看她几眼，但此外便没有更多的非分之想了。

不过我注意到，蔡琰其实早就发现了我这些带着温度的目光。这时候她一般会把腰挺得更直，虽是在表现骄傲，但也不无喜悦。而我却会因为她挺直的腰，而观察到她的胸部正在进一步地隆起，髋部摆动的动作也因此更加袅娜。毫无疑问的，在这样的一些瞬间里，我愈发地为她迷醉。

在慢慢习惯了我那些有意无意的注视后，我们渐渐熟络起来，有时竟也能一起聊聊天甚至开些无伤大雅的玩笑。后来有一年初夏，她甚至还单独来约我出去玩，就我和她，没有第三个人。我们骑着自行车，沿着被太阳晒得浮了起来的柏油马路，一起到离学校大概有一小时路程的丘陵地带去远足。看得出，找我之前，蔡琰还特地把自己打扮了一番，嘴唇上涂了点淡淡的口红，遮阳帽下面戴了副蓝色镜片的墨镜，身上的穿着也好像是专门用来突出身材的，上身是一件紧身的运动型汗衫，紧紧贴在她S形的线条上，袖口被折到了肩膀处，正是她一贯的风格。下身是条牛仔短裤，看上去像是用长牛仔裤剪出来的，下沿很不整齐，还拖出了一些边边穗穗，把淡巧克力色的长腿衬得醒目耀眼。骑在自行车上，我好几次都忍不住把眼睛的余光扫到那两条上下翻飞的长腿上，那覆盖了一层淡淡汗水的长腿亮晶晶的，就像两面活动的镜子，把刺眼的阳光轮番轰炸在我的眼帘上。

那天，蔡琰看上去很豪放，除了衣着暴露，说话也没遮没拦，笑起来的声音很放肆，眼睛里水波流转，好几次甚至让我产生了她想勾引我的错觉。但事实上，情况正相反，那天之前，她刚刚跟男友吵了一架。每次吵完架，男友总是对她表现出一副一点也不在乎的样子，让她不由得对自己的魅力产生了怀疑。

为了重建那不太可靠的自信，她急需寻找一个能当救命稻草用的参照物。

不过，作为参照物，我显然拥有其他参照物所不具备的独特优势：第一，我比她低一年级，所以能让她产生出加倍的幻觉，以为自己魅力非凡到能把年轻的小弟弟都迷得晕头转向。第二，还是因为我比她低一年级，虽然我总装出很老练的样子，但实际上却嫩到连露水都滴得出来，她觉得完全可以把事态控制在她可以掌控的范围之内。

事实证明，我这个参照物效果还不错，所以后来她又单独约我出去过几次。

有了第一次的经验以后，我终于明白自己不过是一贴安慰剂，除了那个让她喜怒无常的男友，我断难在她心中占据一点位置。但每次她来找我，我还是会忍不住跟她出去，同时心里满怀企盼。

大二快结束的时候，我和她的关系终于有了转机。那个让她爱恨交加难舍难分的男朋友据说出了事故，不知道死了还是失踪了，反正此后再也没在校园里出现过。因为发生了这样的事情，蔡琰也在相当长时间里，消失在我们的视野里。这时候，社团最火爆的时期也终于过去，虽然活动还在照常，但大家好像都意兴阑珊，再也没了往日的热情。

再次见到蔡琰，大概是在半年后。这之前关于她的传言又重新出现在我耳旁。一次几个低级趣味的男诗人喝酒聚会时，一个和蔡琰同系的高年级男生告诉大家，她又重新出现在学校的社交生活中。传说她不仅常常和一些男生出去喝酒喝到烂醉，有几次甚至还在男生宿舍留宿不归。

没想到第二天，我就真的遇见了她。还是跟以前一样，是她主动找的我。那天早上因为有古代文学史的课要上，我起了个大早，脑袋昏昏沉沉的，在食堂排队买粥喝。排队时，发现有人在用脚踢我，抬头望去，发现踢我的人，正是蔡琰。她烫了个大波浪，指甲留得很长，上面涂满鲜艳的指甲油，什么话也没说，只是很酷地向我摆了摆头，示意跟她走，像足了一个正在招呼小弟的黑社会大姐大。虽然心里觉得蔡琰的动作对我过于轻蔑，但还是忍不住屁颠屁颠地跟她去了。

跟前几次一样，我们还是骑车到那片丘陵地带去。一路上，蔡琰都很沉默，几乎没说话。我明显感觉到，她的体形跟过去比，清瘦了。

骑了一个小时，我们终于到了那片丘陵，然后开始爬山。蔡琰还是没有说话，我的情绪也不高。大约只爬了十五分钟，蔡琰便好像再也没有继续往上的兴致了。她在路边找了块草地，很疲惫地躺下来，我也在她身边坐下来。不一会儿，我和蔡琰都点了支烟，这也是我第一次看见她抽烟，然后她又从随身带的那个鼓鼓囊囊的双肩背包里拿出几瓶啤酒。我们两个瓶子碰瓶子，一瓶接一瓶地对着吹。

喝了有一会儿，蔡琰脸上有了几丝潮红，眼睛又水汪汪了，神情迷离，还时不时地大笑，但笑声里总是能听到一些哭的意思。

果然，没多久，蔡琰眼睛里就真的有眼泪掉下来，虽然还在格格格地笑，笑声却越来越不连贯，终于好像不胜酒力的样子，把头靠在了我肩上。但我感觉得到，她的身体在微微颤抖。我忍不住把她的脑袋从我肩上拨拉开，然后细细端详她的脸。果然，泪水已经把整个的脸庞抹花了。我不知道哪来的浑劲，端着她的脸狠狠地吻了下去。

我的举动把我和蔡琰都吓了一跳，但我们很快就适应了这种新状况，觉得好像这么吻一吻，也没什么好失去的，就全心全意地投入到了舌与舌唇与唇的热身运动中了。

这样大约吻了有十分钟的样子，觉得天地间一下子轻松下来，蔡琰原来有些苍白的脸重新红润起来，她的眼睛躲着我看着别处，手轻轻地理着散乱在脸上的发丝，嘴里轻轻地问："真的很想要我?""真的很想。"我没有一丝犹豫。然后，蔡琰不说话了，眼睛一闭，把身体往我的怀里一靠，一副任凭我处置的态度。

就这样，我们两个好上了，虽然那时候我已经有了女朋友，但处得还不深，所以没费力气就把原来的恋爱关系结束了，和蔡琰正式成为了男女朋友。对于这样一种关系，蔡琰没有主动争取过，但看到我坚持，她也并不拒绝。

我们一好就是三年，其间我们再也没有提起过她的前男友，我完全迷恋上了蔡琰表情丰富动作轻盈的身体，她也似乎完全满足于我的迷恋。靠着这种迷恋，我们把过去完全隔绝在身后，打开了通向新生活的大门。其时，正好我身上发生了那个著名的情色诗事件，我在诗人圈子里的名声彻底坏掉，我就此跟所有熟悉我们来历的人渐渐疏远。

为了跟人高马壮的蔡琰走在一起时，不至于让人觉得不和谐，我一改中文系学生懒散糜烂的生活方式，开始锻炼身体，除了经常打打网球、跑跑步外，还常常去拉拉单杠、举举哑铃，慢慢地，身体上就出现了几条肉眼都能看得见的肌肉。

显然我的生活方式，也在影响蔡琰。她对自己身体的关注程度也到达了前所未有的地步。她不断翻新自己的衣着打扮。因为比我早一年毕业，她进了家外贸公司，收入还不错，再加上同事里颇有几个时尚人士，所以对如何修饰身体，她正在变得越来越内行，知道什么样的状况穿什么样的衣服化什么样的妆，能让身体产生最大化的迷幻效应。其中最让我印象深刻的是每次约会她都会给自己换上一套款式新颖的内衣，让我总是在她赤裸之前，就已被这若隐若现的诱惑激动得热血沸腾。毫无疑问，她把来自于身体的诱惑变成了一个真正的秘密，让我满心满意地沉醉在这秘密之中。以至于那三年时间里，我的身体几乎无时不刻不被一种阿摩尼亚气息充溢着，除了日常生活中那些必须去应付的事宜之外，脑子里整天就是想着蔡琰的身体和下一次我准备以何种方式与这个身体亲密接触。

但没想到，最后我们却以戏剧性的方式分了手。

那是进《炮手》工作差不多快一年的时候，一个星期五的晚上我和蔡琰从馆子吃完饭，直接回到了住处。

在吃饭的时候，我就已经心猿意马。这天，蔡琰的单位正好发奖金，她给自己买了条V字领的黑色紧身长裙，因为是名牌货，所以穿这件裙子时，她摆明了要显摆，一边吃饭，一边故意挺着胸直着腰。丰腴的身体液体一样，在紧绷的裙子里流来转去，把我看得心猿意马，脑子里就有了些想法。刚吃完饭，便忙不迭地要往住处赶。

回到住处一阵手忙脚乱，但就在紧要关头快到来时，不知怎么搞的，我好像听到身体里发出了嗤的一声响，好像阀门突然被打开的声音。于是前一秒钟还充满在身体里的兴奋劲，一下子消失得无影无踪。虽然该做的事情还在继续，但我却发现自己对整件事情一点兴趣都没有了。

当时，还以为是疲劳的缘故，但接着一连几天，我发现我再没有要和蔡琰亲热的冲动，那一直充满在嗅觉中的阿摩尼亚气息也突然消散了。

如此过了一段时间，我心里忍不住开始考虑，是否要跟蔡琰分手。但每次试探的话语刚到嘴边，就被我自己收了回去。

最后，还是蔡琰先跟我把事情挑明了。

这大概是三个月后，当时我正在她身上装出很卖力的样子瞎折腾着，突然她把我推开，一屁股坐起，很认真地看着我："是不是真的没兴趣了？"

"哪有的事。"我努力掩饰。

"算了，这样已经三个月了。我早就准备好了。分手吧。"

蔡琰神色宁静，既无悲伤也无愤怒。这神情让我心里发虚，联想以往种种被我忽视的细节，忽然发现虽然跟我好了三年，但这过程中她一直像旁观者，把所有事情都看得清清楚楚。

既然她已把我看得这么明白，再这么敷衍下去也没太大意思。我便老老实实承认，对她确实已经没了热情。

我们两个很和气地分了手。

不过，因为分手时我有种被当场戳穿的感觉，所以之后再没敢跟她联络。

三年前，在一本时尚类杂志上，我终于重新得到了关于她的信息。她成了某全球名牌在国内代理公司的老板。杂志上还登了一组她的生活照，看得出，她似乎过得不错，浑身上下都充满了干劲和自信。

10

坐在前往汉堡港的火车上，唐喻备受时间和记忆问题的困扰。

和来时一样，火车再次穿越了大半个德国。

快到汉堡的时候，唐喻心中的忧伤变得更加强烈，在感叹时间如白驹过隙般短暂的同时，他还发现，跟上次长途跋涉相比，这次的旅行只是把终点和起点颠倒了一下，但这个空间颠倒的过程，却意味着一大段岁月的流逝，他因此慨叹，所谓时间不过就是一个空间上的障眼法。

这个感叹后来在那艘名为“亨利子爵号”的轮船上，变成了一个重要的启示。

船刚刚起锚时，唐喻跟唐妙和公输义一起在甲板上坐了一会儿，看到轮船在易北河上有气无力地航行，唐喻忍不住开始向同伴们描述这样一番情景，要是轮船能用德国工程师戴姆勒发明的汽油内燃机做动力，那么轮船的航行速度将比现在快一倍都不止。

“蒸汽机之后，汽油内燃机将让世界进一步变小。”

因为说起了自己拿手的话题，唐喻有些口若悬河。他自信地表示，内燃机离被广泛应用的那一天已为时不远。事实上，速度问题将成为人类在下个世纪里最关心的问题，这方面的征兆已完全显露，欧洲各国的海军正在全面更新装备，要把原来笨重的装甲船换成速度快、机动力强的新型战舰。

为此，唐喻还为军机处李鸿章大人在建设新海军时，竟然去采购即将被淘汰的装甲船而深感惋惜，要是李大人身边能有一两个像自己这样懂行的人，新海军就肯定会是另一副模样。

然而这个让唐喻饶有兴趣的话题，并没有引起唐妙和公输义的兴趣。没过十分钟，唐妙就找到了新的猎艳对象，一位准备去香港和她服务于东印度公司的丈夫团聚的英国妇女，招呼也没打，他就跑到了那位正倚栏眺望的妇女身边。

又没过十分钟，公输义也歪倒在椅子上，大声地打起了呼噜。

甚感无趣的唐喻只得关住话匣，悻悻回到客舱。关上舱门，那个让他头疼的时间问题，又如鬼魅一样缠住了他。不知为何，他又想起了火车上的那个念头：所谓时间不过是一个空间上的障眼法。

念头闪现时，他的目光正好扫过《十三经注疏》里的《易经》。

在到达慕尼黑之后，出于对新知识的渴望，那些他从漂来随身带来的古书，被暂时忘却了。然而，随着归期临近，唐喻忽然意识到，这些书中的古老知识将是他与漂来人进行沟通的基础，所以又特地把它们找了出来，准备在旅途中好好温习一遍。

这百无聊赖的一瞥，此刻忽然让他获得了一个天启似的灵感：这本玄奥无比的古书其实不是一本阴阳占卜之书，而是一本时间之书。

一边这样想，唐喻一边拿起了那本《易经》，一页一页翻阅起来。那些生涩拗口的语句此刻忽然不再深奥难懂，每一卦每一句都清清楚楚地呈现为一个个时间的密码，这些最基本的密码通过不同的排列组合，组成了通往时间之门的秘密通道。

他恍然大悟，时间不过是不同天体之间的相对关系。如果站在万有引力的立场上看宇宙，任何一个物体其实都是一个天体。某种意义上，他现在身处的客舱就是一个独立的宇宙，里面的每一样物体每一颗灰尘都在按各自的轨道运行，因此根本没必要去研究地球、月亮和太阳，只要把眼前这些物体之间的相对关系搞清楚，时间之门也一样可以被轻而易举地打开。

在《易经》的帮助下，他计算出了这间客舱的时空方程式。按照方程式的提示，他把客舱里的物件重新布置了一番。当他再次打开舱门，他发现他已经重新回到了慕尼黑的公寓里。他走出房间门，看了看客厅里挂着的日历，正是他到达慕尼黑后的第二天正午，他终于把那些只存在于他记忆中的时间找了回来，并且获得了随意调配这些时间的力量。

很快，他还发现，实际上，“亨利子爵号”上的这间客舱才是他人生真正的起点。从这里，他走向诞生和死亡，走向过去和未来。这就是为什么当年他三次参加院试却三次脑子出现空白的原因：那些过去的时间被他挪用到了在慕尼黑学习新知识的岁月；而他在公寓里一晃眼就过了五年，也只是因为他调整了时间的排列顺序。恰如他的灵感所揭示的那样：时间不过是空间上的一个障眼法。

就在唐喻穿越时间的秘密通道时，唐妙也正在为时间的流逝而深感怅然。

他没勾引成那位叫维多利亚的英国妇女，却跟她十六岁的女儿简上了床。

二十二岁的唐妙有着双魔鬼的眼睛，里面好像藏着团幽暗的火，火很亮，但又亮得不明确，像是经过好几道玻璃的折射才被传递出来的，因此当人们看到这和他年龄极不相称的眼神时，总会忍不住被它吸引，产生想透过那层层叠叠的遮挡物，找到这光亮源头的想法。被叛逆期的荷尔蒙折磨着，简正处处想跟母亲一争高下，从第一眼看见这清秀而又时髦的东方人，就彻底被迷住了。

这天午餐过后，她跟踪唐妙到了客舱，然后主动关上舱门，脱下衣服，抓起唐妙的手，把它放在了自己粉红色的乳房上。

对这个突如其来的变化，唐妙并不感到惊讶。他手法娴熟，不带一丝偏见，轻轻松松地帮简完成了她结束自己少女生涯的仪式。

整个过程始终轻松而和谐，即使事情结束后，简还是没有从偷食禁果的兴奋中清醒过来，像所有这年龄的女子一样，脸上满是天真和娇憨，还不时把脸埋在唐妙怀中咯咯笑个不停，全然没有觉察，她的人生已被欲望之手拨到了下一个刻度。

听着简绷紧的肌肤蹭过自己胸口发出的沙沙声，唐妙的心中升起一丝怜惜：也许再过二十年，当欲望将美貌和天真销蚀殆尽，她才会意识到，在“亨利子爵号”上她失去的东西如此宝贵，从此她将被突然上紧发条，开始一场奔向衰老的加速运动，先是两天过得比一天快，然后一星期过得比两天快，再后来一个月过得比一星期快，最后一年过得比一个月快。到了反过来想乞求当初度日如年的感觉时，一切早已不可收拾。

多年的猎艳生活，让唐妙接触了各种不同年龄的女子，他亲眼目睹，时间如何以不同的面庞标记她们的身体和性情。她们为自己骄傲的妙处或者让人厌恶的瑕疵，不过是时间一时的造化，而她们以为发自内心的欢喜和悲伤，也只是时间之流暂时激起的浮沫。

1887 年的夏天，当唐妙第一次拥抱一个比自己年轻的情人时，他就已经感觉到了这时间的造化之力。

其时，唐妙在蒙马特尔住了有大半年，已彻底熟悉巴黎。他的舌头除了能发比巴黎人还要纯正的小舌音外，还练就了精准的品酒功夫，不管什么酒只要被沾过一滴，他便能准确地说出产地和年份。他背下了三百六十道法式美食的菜谱，任何一个厨子都无法随便糊弄他。他走遍了巴黎的每条大街小巷，知道哪里可以买到最醇厚的香水、最优质的服装和最新奇的工业品。

更重要的是他成了个象征派诗人。这让他得以深入到蒙马特尔的秘密生活中。

在这秘密生活中，有一项内容便是去阿戈斯蒂娜的餐馆用餐。

餐馆本身不算特别，但它的女主人在艺术圈里却人人皆知。这位棕色皮肤的西西里女人，十六岁起便流落到巴黎。因为生就一副绝美的皮肉骨骼，很快成了圈子里的头号模特。几乎每个画家雕塑家都把她请到过自己的画室，而这位意大利女郎也生性开朗大度，哪位艺术家，即使最落魄不遇，只要对她美丽的身体生起一丝一毫的向往之心，阿戈斯蒂娜女士便会心无芥蒂地把自己布施出去。她在巴黎赢得了一个好名声，成了众人心目中的缪斯。当她决定在蒙马特尔开餐馆时，那些心怀感激的艺术家便把餐馆当做了日常的会晤场所，从而引来更多的同行和他们的追随者。

对圈外人来说，这餐馆不过是个吃烩饭和意大利浓肉汁菜汤的地方。大不了就是一些自命不凡的家伙在那里一边咀嚼烩饭里的洋葱，一边诉说只有他们自己才懂的疯言疯语。但是对蒙马特尔人来说，这却是一个表明他们还留在核心圈子里的标志。因此成了象征派诗人的唐妙也就入乡随俗，每周总要来这儿吃一两顿饭，跟毕沙罗或者劳特累克之类的印象派画家点点头搭搭讪之类的。

这过程中，唐妙跟阿戈斯蒂娜渐渐混熟了。

他们相遇时，当年的缪斯已年近四十，唐妙只有从她松弛皮肤上偶尔残留的一两个惊艳细节上，才能略微感受到传说中她倾倒众生的风华。不过，仅这一两个细节就已经让唐妙下了决心。

开始的时候，阿戈斯蒂娜把这十八岁东方青年的追求当做了年轻人少不更事的一时冲动，没怎么当真。但不久，当她持续不断地收到唐妙一首又一首火辣辣的情诗时，她才意识到黏上她的，是个天才而又邪恶的年轻魔鬼，那些美妙到匪夷所思淫荡到骨肉酥麻的语句，让她看得脸红心跳浑身发热，以至于最终不得不向这些淫靡的暗示屈服，把他当成一个真正的对手，在情欲的世界里切磋起来。

阿戈斯蒂娜就此成了唐妙在巴黎期间重要的情人之一。她似乎天生有种让男人不对她设防的本领，即使青春不再，这魅力也丝毫未减，连一向善于把最深的秘密隐藏起来的唐妙都没抵抗住向她倾诉的欲望。

在一次癫狂到失控的床上运动后，唐妙被一种近乎于死亡的筋疲力尽裹胁住了，他流着泪告诉阿戈斯蒂娜，之所以总是去追逐那些年长于自己的妇女，其原因是对詹凤仙难以启齿的爱。

阿戈斯蒂娜郑重地告诫唐妙，如果他情场撒欢的目的只是在为追逐詹凤仙做准备的话，那么他就不应该仅仅把目标锁定在年长妇女身上，他应该更多地去和年轻姑娘厮混。因为所有那些上了年纪的女人，都是被困在时间牢笼里的野兽，一方面她们困兽犹斗，一方面她们却小心翼翼竭尽道貌岸然之能事，唯一能激起她们兽性的只有一样东西，那就是关于青春的幻觉。这种幻觉能让她们相信她们是时间之河上仅有的逆流而上的幸运者，谁能给她们这样的幻觉，谁就能彻底地征服她们，让她们为了他要死要活上天入地。而要营造这样的幻觉，仅仅了解她们本身是不够的，还需要去了解她们年轻时的状况，尤其对詹凤仙这样一个有身份的女人来说，她要牵挂的东西太多，这意味着她会比一般女人更敏感更脆弱也更难被欺和自欺。因此只有唐妙学好了这种勾引年轻女孩的功课，并把它融汇到每个眼神、手势和步伐中，让詹凤仙不用通过语言，就能感觉到在唐妙的眼睛里她已重新回到二八芳龄，唐妙才有可能让她陷入到爱欲的疯狂中。

在阿戈斯蒂娜的建议下，唐妙决定改变以往一根筋的猎艳模式，准备把一部分注意力转移到年轻女孩身上。

但具体操作时，他却有些为难了。他发现自己在情场上虽战果颇丰，但对年轻女孩的了解却像白纸一样贫乏。这时他恰到好处地遇见了一个叫洛克菲勒的美国人。

美国人是唐妙在“星期二茶话会”上认识的。

“星期二茶话会”是唐妙在巴黎的另一项秘密生活。这是象征派老前辈马拉美在寓所里提点后辈的一个定期聚会，所有认为自己跟象征派有点关系或者想跟象征派有点关系的年轻人，都会在每星期二想尽一切办法参加聚会。

一天，一个叫瓦莱里的诗人把美国人带到了聚会上。

此前，瓦莱里并不认识洛克菲勒。来参加聚会的路上，他听见有人在一个劲地叫自己名字，出于礼貌，便跟这个小胖子搭讪了几句。因为看到小胖子对自己很崇拜的样子，还跟他探讨了象征派之类的事情，瓦莱里以为他是某个自己忘了名字的圈中熟人，便在他肉麻的吹捧之下，不知不觉把他带到了茶话会上。

后来，大家都知道了小胖子并非诗人，只是美国著名的洛克菲勒家族的远亲，靠着股票红利和银行定息在巴黎游手好闲。但因为他总是副牛仔打扮，说话时还老带粗口，大家便觉得跟那些矫揉造作的本地布尔乔亚比，他很有点格调，便容忍他继续出现在聚会上。

跟洛克菲勒接触过几次后，唐妙也满心满意地喜欢上了这个粗俗的美国人。不为别的，只因为他够直接，不像他认识的那些文化人喜欢忸怩作态，明明想跟人家姑娘起腻，却要口口声声说着爱情、艺术、文学什么的，洛克菲勒碰到这类事情时，表述起来都比较简单粗暴："我操，老子就想抓着那娘们的丰乳肥臀，狠狠地干她一炮，哦嗬！"

就因为这句被颠来倒去反复唠叨的话，唐妙一下子把洛克菲勒当成了妙人儿，后来又跟他一起去了几次妓院，发现他果然让这种事情变得简单明了毫无障碍。因此，后来如果心里有某个粗俗的愿望想找人商量，唐妙便会毫不犹豫地去找洛克菲勒。唐妙甚至认为，自己所有那些文质彬彬的朋友之所以都喜欢小胖子，这肯定是一个不能拿到台面上来说的重要理由。

唐妙告诉洛克菲勒自己要找年轻女孩体验生活，这位牛仔马上给他介绍了一个叫艾曼妞的流莺。女孩自己告诉唐妙，她已经十六岁，不过根据她的外貌，唐妙认为她大概快二十岁了。

但洛克菲勒向唐妙保证，经过严密的调查，这个没有娼妓证的女孩只有十四岁。表述此事时，洛克菲勒的语气有些夸张，但以往经验表明，小胖子有着多得用不完的时间和精力，常为了求证某个毫无用处的小细节，费尽心机，百折不挠。此事应该千真万确。

艾曼妞与年龄不相称的成熟，让唐妙第一次感受到，生活对人的摧残同样是以时间为代价的，它在一些人身上走得慢些，而在另一些人身上却走得飞快。

不过，在第一次和艾曼妞肌肤相亲时，唐妙确确实实从她身上的每个毛孔里都感受到了那属于青春的物理特性。他恍然大悟，那些他所熟悉的松弛、肥硕、毛孔粗大的身体，也曾经如此光滑、饱满、充满弹性。

这些面目皆非的身体突然在时间之河上被联系了起来，唐妙脆弱的神经再一次被无名的悲伤刺痛。他看到时间的魔手无所不在，连那些天生尤物都无法逃脱愚弄，今天的诱人之处恰恰是明天的嫌恶源头。

这来自于时间的悲伤终于在1889年的万国博览会上达到了极致。

这是第四次在巴黎举行万国博览会。为了区别于以往三次博览会，这次增加了被谑称为“殖民地大帐篷”的展览项目，十八个殖民地大帐篷以埃菲尔铁塔为背景，浩浩荡荡地被布置在会场里，那些野蛮人、未开化民族和异教徒在帐篷内外把他们世界里的秘密生活展示了出来。

为了这一盛会，唐妙在巴黎已等了两年。四月二日，博览会开幕那天，唐妙和同样等不及的洛克菲勒结伴，兴高采烈地向那根三百米高一万吨重的大铁柱——埃菲尔铁塔走去。几乎全巴黎人都在朝着那根大铁柱的方向走。

置身在汹涌的人潮中，唐妙幸福的晕眩感一下子被加倍了，他脑子昏沉沉的，耳根发热发烫，眼前一切恍惚不定，他甚至感觉不到自己在行走，好像身体只是片随波逐流的落叶，他是被人潮直接送进博览会的。

直到这天晚上回到公寓，唐妙才从这窒息的兴奋中清醒过来。发现除了恍惚的幸福感，自己对博览会的了解几乎一片空白。回味了一遍白天那些呈现为碎片的情景，唐妙下了决心，要在博览会持续进行的半年里，天天到会场转一圈。除了拍照，他还准备尽可能地收集那些新奇玩意或者关于它们的记忆，以便回漂来后，可以向詹风仙转述。

第二天带着这个新计划，他又来到了博览会现场。心里仍然兴奋，但脑子却清晰而富有条理。

他先去了那十八个殖民地大帐篷。一番努力，终于让自己先后骑到了印度大象、撒哈拉骆驼和阿拉伯小马的背上，还让人把这感人的一幕幕用照相机拍了下来。为了保险起见，每个场面他都让人拍了三张，然后他又为詹风仙买了阿尔及利亚的香水和突尼斯的手镯。做这些事情的时候，他的嘴巴、耳朵和脑子没有停下来过，他把刚果、马达加斯加、亚马孙等这样一些带着蛮荒气息的名字和关于它们的浪漫叙述都记在了心里。

晚上他又去剧院欣赏了那些被送到博览会来的异国音乐。听着来自印度支那的剧曲和甘美朗音乐，他脑子里忍不住构想起一个浪漫而荒唐的计划，要和詹风仙从漂来私奔，然后一起进行环球冒险之旅。

整整用了三天时间，唐妙总算看完了“殖民地大帐篷”的项目。然后他头也不回地离开了这个野蛮人构成的帐篷公园，重新回到了充满新奇工业品的文明世界。

蒸汽机和电动机成了这次博览会上的明星。

在各新兴工业国家的展馆里，那些笨重而毫无享乐色彩的机器，像新的神灵被无限突出。虽然对这些机器毫无亲切感，但关于它们的解说词却让唐妙心情激动。煽动家们许诺，当这些新机器被广泛运用，人们会发现，远方将不再遥远，黑夜将比白昼明亮。人们能在有限的生命里，享受到比前人多上百倍甚至千倍的生活内容。这意味着每个人生命中的时间都在无形中被扩展了。

这个美妙的许诺让唐妙满心欢喜，特别是看到新机器的一个可见成果——三轮蒸汽动力车时，他的骨头都发出了丁零当啷的喜悦之声。这种由阿尔芒·标致和莱昂·塞波莱发明的新用品，被认为是火车之后，人类在交通工具上最伟大的发明，它不仅能像火车一样长途跋涉不知疲倦，而且还更灵活更私密。看到这辆老鼠一样的三轮车在场地里蹿来蹿去，唐妙的脑子里甚至还出现了一个淫荡的念头，有朝一日他将用三轮汽车将詹凤仙诱拐到僻静之处，然后在车子里当着豺狼虎豹的面，和她颠鸾倒凤。这让他无意中发现，这种新交通工具的另一个重要功能，就是为野合提供了新的形式和可能性。

整个博览会就像一个由各种各样的新发明构成的迷宫，缝纫机、印刷机、收割机、打字机、电报机、电话机、留声机等等，其中甚至还有一个可以连续显示照片的幻灯装置，原来只能在照片里静止不动的影子，变成了一个个活动的幽灵。

每样新发明都像一个来自于新世界的信使，它们不仅是它们自己，还是一扇扇门，在后面是更多的可能性和空间。这些来自于世界各地的物的精灵，不仅让唐妙第一次意识到，他生活的这个世界如此丰富多彩，而且还让他意识到这世界将变得比现在还丰富多彩千万倍。

刚开始的一个星期，唐妙还试图将这无穷无尽的新，保存进记忆里，但一个星期后，他就筋疲力尽了。他发现，新发明在将时间抻长的同时，也在拓展世界的边际。那些从黑夜和旅途中被省下的时间，在面对这更加无边无际的世界时，如此微不足道。反过来，无边无际的世界其实也是被生命的长度限定着的。无边无际的世界压根就不存在！所谓空间只是时间的障眼法。

这发现让唐妙伤心欲绝。他把自己在公寓里关了一个星期，躺在床上不言不语。实在饥渴难忍，便到厨房里喝两口自来水。他有些任性地打定主意，既然无论怎样努力，都不能穷尽这世界，还不如老老实实，把自己关在这个狭小的房间里，让这注定失败的时间早早了结。

幸亏好心肠的阿戈斯蒂娜因为发现很久没见到唐妙，便央求小胖子洛克菲勒帮她把公寓的门撞开，才把奄奄一息的唐妙从死亡的边缘救了回来。

从昏迷中苏醒过来后，这个充满孩子气的年轻人还喋喋不休着“生命无意义”，对这无病呻吟式的艺术家综合征，阿戈斯蒂娜早就见怪不怪，只用哄骗的口吻提醒他，在遥远的漂来，他还有事情要做，无论是死是活，先把那个叫詹凤仙的女人搞定了再说。

阿戈斯蒂娜的提醒，让唐妙意识到为了詹凤仙，这了无生趣的人生确实需要被继续忍受。

正好这时，全世界的社会主义者、工联主义者、无政府主义者、民族主义者都借着博览会召开的机会，聚集在巴黎，在他们的鼓吹下，五月一日被正式命名为国际劳动节，“第二国际”也在巴黎宣告成立。

这无疑让唐妙找到了新的救命稻草。不管什么“主义”，只要一有集会，他就会跑去参加。他为那人山人海的场面而着迷，在那里每个人都一起笑一起哭一起高唱一起出汗，每个人都再也没了彼此。这让唐妙觉得终于可以把自己整个地交付出去了，他的孤独他的脆弱他的无奈也都被交付了出去。他成了个彻头彻尾的集会狂。直到有一次，一个留小平头、鼻子下面有一撮小胡子、下巴上长痦子的土耳其骗子，在集会后把大家的捐款席卷一空，然后带着情妇逃去了美国，他才终于失去了热情。

没了集会，那无助感又在时时刻刻地缠绕他，他不得不加快着猎艳的频率，越来越厚颜无耻并且毫无怜悯之心，常常一个小时前口口声声跟姐姐说要跟她海枯石烂永不变，一个小时后就跟妹妹睡到了一张床上，还无比纯真地表示这是自己的第一次。

然而不管怎样努力，只要行动一有停顿，他就会无一例外地被那个叫做忧郁的魔鬼抓在手里。

此刻，在“亨利子爵号”上，忧郁的阴云再一次布满唐妙的心头。

简好像并未觉察到这一点，正顽皮地趴在他两腿之间，用手好奇地拨弄着，像在观察某个新奇的玩具。

这一幕要发生在两年前，唐妙或许还觉得有趣，甚至会再次情欲勃发。但现在，即使这样的场面都不能减轻他心里的厌倦。最近，他对任何一个猎艳对象，从勾引到厌倦的速度变得越来越快，有时甚至还未脱去她们的衣服，厌倦之情就已排山倒海般向他袭来。他进一步发现，人类生命的有限性，一方面是因为时间短暂，让他不可能得到太多。另一方面却是得到再多，最后终不过是对以往经验的重复。

因为情绪愈加恶劣，在把简送走之后，他就开始着手勾引维多利亚。他脑子里生出了一个邪恶的念头，要在这对母女之间捉迷藏，让事件最后在尴尬中进入高潮：母女俩不期而遇，发现她们同时成了他的情人。

这念头让唐妙暂时忘记了忧郁，他摩拳擦掌跃跃欲试。

没想到，这天下午，他就完成了计划的第一步。在通往客舱的走廊里，盯了维多利亚半天的唐妙，终于在楼梯下的拐角处，出其不意地把维多利亚拢入怀中，然后吻了她。

在使劲捶打了唐妙几下后，维多利亚便被他带有魔力的唇、舌和手折磨得喘不过气来，理智上的最后一点防御被身体上奔涌而出的欲望冲得无影无踪。当唐妙牵着她的手往自己客舱走时，维多利亚甚至变得比简还没有主见，完完全全地把自己交给了唐妙。很快，在上午简失去贞操的那张床上，维多利亚的裙子也被唐妙纤长光滑的手脱了下来。

这以后，唐妙会把母女俩轮番带回自己的客舱。一个月过去了，他的客舱里既散发着简身上那近似于酸乳酪气息的体臭，又充满了维多利亚身上那浓郁的金盏花香水的气味。但两个女人好像都没有觉察到这一点，长途旅行的枯燥无味，让她们的鼻子被秘密的情欲完全蒙蔽了。

不过一场印度洋上突如其来的大风暴，让唐妙苦心积虑构想的结局出现了偏差。

那天深夜，神秘的风暴把“亨利子爵号”吹得东倒西歪。面对惊惶失措的乘客，船长坦率地表示，与轻薄无力的救生船相比，这东倒西歪的大船无疑是他们所能找到的最安全的庇护所，与其死在惊惶奔走中，不如安安静静回到客舱，听候命运的发落。

于是乘客们在尖叫、忙碌一阵后，都返回了客舱，关上门闭上眼睛，等待着最后的一刻。

在其他乘客来回奔忙时，唐妙早已决定要听天由命，他拿出打算给詹凤仙带去的留声机，靠在床上，静静听着里面传来的《蓝色多瑙河》。

不一会儿，简找到了他，什么话也没说，爬到床上像只受惊的小猫，偎在了他的怀里。

又过了一会儿，维多利亚也找了过来。虽然看到了简，但更大的惊惶让她没了多余的能量。她什么也没说，在唐妙的另一边躺下，紧紧地抓住了他的右手。

唐妙没有想到，结局竟如此平静，好像此刻已经没有男人和女人、情人和情敌、母亲和女儿，只有三个一起等待命运发落的渡海人。原来想要恶作剧的念头突然没了踪影，唐妙只紧紧握住她们的手，希望能在大风和海浪涮过甲板的声音中，给她们最后一点安宁。

这场突如其来的风暴，也让公输义第一次为当初出国的决定而深感后悔。

此时，他已喝下了一瓶红酒和半瓶威士忌。酒是离开慕尼黑前唐妙准备丢弃的，公输义把它们从弃物中抢救了回来。

喝了酒，他天生的酒糟鼻开始发红发亮，脑袋拨浪鼓似的晃个不停，身体和此刻的印度洋一样起伏不定。由于摆动的节奏和幅度如此一致，以至于他狂妄地以为，他不用坐也不用躺，只要站着就能在船舱里保持平衡。

他心里这么想，实际情况并非如此，事实上，他不是完全站着，而是用一只手把自己一半的重量挂在了舱顶的吊灯上，这让他意识模糊的脑子产生了幻觉，认为自己站着的姿势像钟摆一样优美，他甚至能从自己身体的摆动中感受到飞翔的感觉。不仅他的身体在飞，那些记忆的碎片也正在从他脑海深处飞入他的眼帘。

他清晰地记得，上一次自己表现得如此无助，也是在一条船上。那是条船篷四处漏风的“满篷梢”，他坐着这条船离开乡下，一路摇到了比县城还遥远的扬州城。

那一年他刚十岁，平生第一次离开爹妈出远门。分手时，爹妈自始至终都在用近乎冷酷的口吻告诫他，要是不想再回乡下过苦日子，他就得完成为期八年的学徒生涯，并不是每个人都有机会进一品楼当学徒工的，更何况那里每天还能吃上三顿饱饭。

因为知道怎样哀求也不会奏效，公输义索性让自己一脸漠然，冷冷地看着眼前这两个满脸皱纹的中年男女，咬着嘴唇不说一句话。

不久，“满篷梢”上的摇橹把岸边那两个佝偻的身影拉成了两个黑点。公输义这才让自己的眼眶噙满了泪水，他用手紧紧地抓着身边装鸡的篾笼，试图让眼泪不被摇晃的小船震荡出来。

当摇橹把扬州城沿着运河岸一点点摇晃到他眼前时，他眼眶里的泪水已经干枯了。他开始习惯了小船的摇荡。现在小船在他的感觉里平稳得像陆地，而陆地所有的事物却都在摇晃。那个以烟花繁闹而著称的扬州城在他最初的印象里，像一片曲线诡异的虚影，晃进了他的眼帘。

在学徒生涯的最初三年里，他专门负责给师傅家当小杂役。除了在厨房和后院洗菜洗碗，每天早上他要帮师娘倒马桶，然后晚上给师傅师兄烧洗脸水倒洗脚水。

接下来的三年，因为新的小学徒接替了他，公输义终于可以以搬运工的身份，跟着师傅、师娘去市场买菜，然后负责在厨房里切菜和配菜。

两年前，馆子里有个师兄跟师傅闹别扭，出去自立门户，公输义等来了上灶的机会。

在灶台边给师傅打下手的过程中，公输义忽然发现自己竟然有着惊人的模仿能力，无论什么事情，只要在旁边看过一次，即使不明白其中的奥妙，他也能照着样子把事情丝毫不差地做上一遍，而且常常能做得比原版还地道。

因此，到了十八岁那年，当师傅自以为很慷慨地向他表示，要教他一百零八道淮扬菜的做法时，公输义甚至都忍不住暗暗发笑。事实上，他早已经把师傅所有的看家本领都学会了，不是一百零八道淮扬菜，而是三百六十道淮扬菜。

不过，表面上他还继续着装模作样的生活，有时甚至还故意扮出脑子不好使怎么学也学不会的样子。

因为出身卑微吃尽了苦头，公输义早就明白了一个道理：生存是一件比出风头更难的事情，所以无论做什么，他都会给自己留好后手。他总是告诫自己要学会闷声大发财，不到关键时刻，决不使出看家本领。

或许，正是因为觉得在自己一干徒弟当中，公输义资质平平，所以一品楼的李老板才会在唐望要他帮忙推荐厨师时，热情地把公输义引荐给了他。

一开始，公输义并不知道事情的原委。但是当唐望被师傅带着来面试他时，直觉告诉他，这个满脸忧愁的阔老爷可能正是他一直在等待的那个贵人。唐望要他随便做几个菜尝一尝，公输义脑子里没有一丝犹豫，就把全部看家本领使了出来。

吃完这顿饭，唐望当场给了公输义二十个银洋的赏钱，还要他马上收拾行李跟自己走。直到这时，李老板才第一次见识了公输义真正的实力。他这才发现，这么多年来，公输义的无能都是装出来的，他一直都在欺骗自己。直到公输义离开一品楼很久之后，只要心情稍有不好，李老板就会忍不住狠狠地骂一句："公输义这个小滑头！"

跟唐望到了漂来后，公输义才得知，新的工作地点不在漂来，而在更遥远的德意志帝国。按照唐望开出的价钱，公输义算了一笔账，未来四年他挣的工钱，足够他开一家比一品楼还大的饭馆。因此，还是没有犹豫，他马上又把工作给应承了下来。

带着一大堆调料和干货，公输义到达了慕尼黑。

就像刚到扬州时一样，公输义从头到脚都扮出乖巧和勤快，暗地里却在时时刻刻观察两位少东家。

慕尼黑时期的唐喻整天一副心事重重浑然忘我的样子，给公输义留下了呆头呆脑的印象，但不久后发生的一件小事，让公输义了解到喻少爷其实心思缜密。

那是第一次请四海总督的三公子来家里吃饭。

宴会约定在星期天，但星期三的时候，唐喻就专门让公输义把宴会那天要做的菜，先做一遍给他尝尝。虽然提出这要求时，唐喻的语气轻描淡写，一副心不在焉的样子，好像只是心血来潮，但从事情的步骤和条理上看，公输义明白，这是喻少爷在对他摸底。

他就此断定，喻少爷的眼睛里揉不得沙子。

不过，喻少爷心思虽密，待人却还算宽厚，只要事情还在可接受的范围，他就会把自己的想法隐藏起来，甚至让人以为，他根本就没有想法。

至于那个未满十八岁的妙少爷，则完完全全是个没长大的孩子，外表上再怎么荒唐不羁，也掩饰不了心里面的敏感和脆弱。公输义甚至认为就社会经验而言，他甚至还不如自己十二岁时懂得多，这并不是因为不够聪明，而是因为他根本就害怕知道这些事情。

从第一眼看到唐妙起，公输义就已经把他看穿，他知道妙少爷是个天生的败家子。

因此，公输义早就在心里明明白白地告诉自己，要找靠山，还是找喻少爷比较稳妥。

虽然心里清楚唐妙靠不住，但公输义还是满心满意地喜欢上了这位个性散漫的妙少爷。因为跟他打交道，公输义从来不用花太多心思，甚至都可以不把他当少东家对待。没了尊卑之分，什么话也就都能毫无遮拦地说出，公输义一直压抑着的俏皮话天分，被完完全全地释放出来。

那些带着市井乡野之气的苏北官话经过唐妙的点评和改造，在变淡的粗野味中多了些隽永。经过一段时间的试验，公输义甚至大着胆子在出洋生来聚会时，把这些粗野而机智的俏皮话漏了几句出来，没想竟引来了满堂彩。此后韩三公子每次来做客时，都会点名要他到饭桌边聊上几句。每到这种场合，他就会有意装傻，小丑似的，说出一串拿自己出洋相的苏北话。用这种方法，他还让自己赢得了韩三公子的友谊。

这让公输义终于恍然大悟，只要方法得当，那些有身份的人其实很乐意欣赏下人们的粗俗和顽劣，以此来显现自己的宽宏大量和幽默感。

到达慕尼黑后第三个月，公输义又得了份新工作，就是替唐妙去慕尼黑大学机械系顶课。虽然这份工作难度之大超乎想象，但公输义终究还是无法抵御银子的诱惑，硬着头皮坐到了慕尼黑大学的课堂上。

跟唐喻一样，借助那些由唐妙引发的女人呻吟声，公输义也很快就学会了德语。因为过了语言关，一个月后，坐在课堂上，他不像最初那样惶惑无助了，他开始思考，该如何跟那些高颧骨窄脸庞的德国学生拉近关系。

其时，整个欧洲都陷入到一场机器狂潮中，人人希望能像发明蒸汽机的瓦特那样，再搞出个什么让全世界震惊的机器。一方面把这个已经彻底改变的世界，再彻底改变一次，另一方面也好实现发财致富成为实业大亨的梦想。

作为这个机器梦想时代的前沿阵地，慕尼黑大学机械系里也充满了这样的机器狂人。从教授到学生，每人每天都在提出各种新的有关蒸汽机、内燃机和电动机方面的设想。但是这些设想总是刚刚才被提出，就马上被遗忘。因为无数产生这些设想的脑袋，到了第二天就会生出更多的新念头。

虽然对这些谵妄的设想本身不感兴趣，但为了打发时间，公输义有时会在脑子里构想，怎样把这些机器制造出来：哪个地方需要用金属杆，哪个地方需要装汽缸，哪个地方需要放轴承，然后用多大规格的螺丝、铆钉和齿轮把它们连缀成一个整体。他发现，他想这些事情时，并不费力，所有的步骤和细节都是自己啪啦啪啦从脑子里跳出来的。

一次，一位讲授机械原理的教授在课上提到了永动机的设想，表示可以利用地球引力，让机器不用燃料，就能始终保持运动状态。教授认为，这种永动机将来可以用来发明新的电动机，这样即使不烧煤也照样可以发电。

在教授向大家比画这个机器可能的样子时，公输义的脑子里已经完整地出现了一台这样的机器。

正好那个礼拜天士官学校要举行阅兵仪式，韩三公子那伙出洋生都无法来公寓聚餐，唐喻就给公输义放了一天假。无所事事中，公输义决定动手把永动机的模型做出来。

他去跳蚤市场买回了一堆旧铜器，包括三个铜烛台、一个铜花瓶、两个铜盆、五个铜勺、七把铜叉、十二个门把手。他把它们放在煤气炉上加热，等铜器变软后，就用铁锤把它们砸成一坨坨铜块，再通过新一轮锻造，敲打出各种所需的零件，最后装配到一起。于是那个设想中的永动机被完成了，并且没有丝毫误差。

星期一上课时，公输义将这个钟摆一样的东西带到了课堂上。永动机果然在永不停歇地摇来摇去，但教授和学生们惊喜之后却都发现，这种所谓的永动机真正的实用价值并不如想象的高。

虽然关于机器的构想被证明是个妄想，但大家都不由得对这个把妄想制造出来的中国人产生了敬佩之情。这个叫“唐妙”的人不仅把机器做了出来，还造得极为精致，如果不仔细看，还以为这个机器没有接口浑然一体。

一下子，公输义成了慕尼黑大学机械系的名人，大家甚至还因为他的缘故，就此认定所有的中国人都是些如他一般胸无大志却心灵手巧的能工巧匠。

虽然对自己被人用“唐妙”的名字来夸赞有些不爽，公输义还是忍不住有些自我感觉良好。

在轰动一时的永动机事件之后，机械系的教授和学生们一旦认为自己构想出了某种伟大的机器，都会毫不犹豫地来找公输义帮忙。公输义也一概不加推辞，往往只用一两个晚上就能把这些自以为是的机械天才的构想变成实际的模型，然后，这些模型又总是无可辩驳地证明这些狂人其实毫无天才。

在此过程中，公输义那天才般的造物能力却得到了充分展现。到后来，他的名声甚至传到了发明汽油内燃机的戴姆勒那里。当时戴姆勒正忙着要把内燃机转变成新的交通工具，为了赶在本茨之前，把这种叫做汽车的发明搞出来，他特地来慕尼黑大学拜访了这位动手能力超群的东方人，希望他能跟自己携手，共同改变人类的未来。

但公输义显然对改变人类的未来并不感兴趣，也没意识到改变人类的未来其实只是改变自身未来的曲折说法。他当时只满心满意地想着如何把唐老爷向他许诺过的那笔银子拿到手，同时还能从唐妙那里拿够顶课费。所以他一本正经地告诉戴姆勒，自己来德国，是为了将来去报效朝廷，他绝不会为了那种四个轮子的机器，而放弃理想。其实，这些措辞都是他在礼拜日聚餐宴会上，从军政出洋生那里听来的。

公输义连非凡的戴姆勒都敢拒绝的消息，很快在慕尼黑大学的校园里传开了。人们就此认定，这位小个子东方人不仅心灵手巧，还有着一颗高贵的心灵。机械系所有任课教授都对他肃然起敬，不管他的论文怎样文不对题，也不管在考试的问答中他怎样破绽百出，教授们都一律会给他 B－以上的成绩。最终公输义以优等生的资质替唐妙拿到了慕尼黑大学的毕业证。

那段时间，公输义善于制造机器的名声也传入了唐喻的耳朵。亲眼看过公输义敲铜砸铁铸造机器，他不得不承认公输义确实是个造物的天才。为此，每当唐喻想求证某个新知识而进行科学实验时，公输义便自然地成了他的助手。后来唐喻甚至亲口向公输义许诺，回漂来后，如果自己能得到官方的重用，他一定会提携公输义。

当“亨利子爵号”拉响悠扬的汽笛，从汉堡港起锚时，公输义的心里充满了关于美好未来的憧憬。为此在漫长的航行中，他常常会满怀豪情地站在甲板上，眺望茫茫无际的大海。

他不再是当年那个在“满篷梢”上茫然不知所措的十岁男孩。至少，在印度洋上的这场风暴来临之前，他是这样认为的。

但现在，像个陀螺一样颠来倒去的轮船，将那些原本被抛向暗处的记忆又重新颠了回来。他发现自己好像又回到了十多年前，一股温热的液体正不受控制地从眼眶里往外涌出，淌过他的面颊，在嘴角边留下了咸涩的味道。

虽然脑袋已经被酒精熏得晕晕沉沉，他还是毫不费力地判断出，自己现在的样子一定窝囊至极。

有一刻，他还曾打算去找自己的两位同伴，希望他们能让自己减轻此刻的恐惧和绝望。

但他最终没有这么去做。因为他忽然意识到，如果“亨利子爵号”就此沉没，两位少东家会比他失去得更多。

这样的想法让他心里稍稍平静了一些。

因为他心里稍稍平静了一些，他发现大海也好像平静了一些。没过多久，就彻底风平浪静了。

透过被海浪拍得湿淋淋的舷窗，他看到一轮硕大的红日，正慢慢升起在如大地一般平坦的海平面上。

11

“别这么盯着我！都快起鸡皮疙瘩了。”蔡琰的脚还在地上轻轻颤动，一边说话一边忍不住笑出声来。笑声听上去空空的，好像是地下过道里发出的回音。

“哈，没办法，很多年没见过你这种级别的美女了，想不激动都不行。”我尽量让自己语调欢快。九年不见，大约三十三岁的蔡琰看上去好像比实际年龄小三四岁，神色和姿态里都有种慵懒而没精打采的劲头。

“前两天碰到韩费，说你找过他，要他帮忙解决这里的电力故障。当时还想，你怎么会无缘无故管这闲事。”

“都八百年没联系了，怎么现在又都重新联系上了？”我略带调侃地看了蔡琰一眼。

“做事情嘛，本来就朋友越多越好。”

“为了跟领导搞关系，没对他用美人计吧？”

“你看你，什么年纪了，还愤青？咱俩好的时候，你不已经不愤青了吗？”

“嗯，可能给韩费气着了，求他办点事，支支吾吾卖关子，就又不知不觉愤青了。”

“别怪他，你求他办的事，太难为他了，你不知道今天死的那老头，天天找上面反映情况，电力局上上下下为这事不知受了多少训斥，上面都很久没从电力局提拔人了。你以为他们不想把问题解决？只要能把那老头嘴堵上，哪怕让他们花几个亿都愿意，但问题不在电路。”

“问题在哪里？”

“邪门就邪门在这，谁也不知道问题在哪里，电力局的人最怕别人跟他们提这事，恨不得全世界都把这事忘了才好。”

“至于吗？”

“你不知道，他们电力局还流行这样的说法，谁要听到别人反映水流云在园的电力问题，谁就要倒三天霉。想想，那天你找韩费反映情况前，墨之翟已经为这事找过他。你说他能不郁闷吗？”

“墨之翟也找过他？”我问，说出这句话后，我才发现我竟然想不起墨之翟是何许人，只记得这个人跟自己很熟，当年好像也是诗社里的人。

“是啊，墨之翟。”我发现说到“墨之翟”仨字时，蔡琰的脸上也掠过了一丝迷惘之色。

“墨之翟怎么也会跟这件事联系起来的？”虽然想不起墨之翟是谁，我还是忍不住问了一句。

“谁知道，他就突然冒出来了。”

“对了，墨之翟究竟长什么样？我有点记不起来了。”因为想了半天，还是没有眉目，我只好直接问蔡琰。

“不瞒你说，”蔡琰尴尬地笑了笑，“我也不太记得他了，就是听韩费提起，觉得名字熟，但要把名字跟脸具体对起来，就一点头绪没有，为这事我昨天还想了两个小时。”

“没问韩费？”

“韩费说他也想不起来墨之翟是谁，墨之翟走到他面前，他一下子就认出他了，还记得过去跟他很熟，但就是想不起来是谁。”

“他自己没问？”

“墨之翟一直跟他掰扯水流云在园的事，情绪激愤，搞得韩费心慌意乱的，等想问时，墨之翟已经走了。”

“这样啊？”我有些怅然若失，“没关系，既然找韩费问这事，那肯定跟这里有关系，说不定哪天就碰上了。”

“我也觉得是。”蔡琰眉头紧皱，点了点头。

“对了，最近还好？”把墨之翟的事情暂时放一边后，我关切地问蔡琰。

“什么好不好，凑合呗。”蔡琰脸上又恢复那懒洋洋的神情。

“不会吧，都住这儿了，还凑合？不是想故意挤对我这码字民工吧？”

“算了，说了你也不懂。”蔡琰低眉垂眼，声音有些低沉。

“我理解力这么差？”

“不是理解力的问题，是你的人生态度有问题。”

“不会吧，说得这么深沉。”虽然嘴里这么说，我心里还是很想知道蔡琰接着会说什么，便接口说："说说看嘛，问题在哪里？"

"你的问题就是，你看事情从来只看表面，哪怕稍微深入一点，你就马上把自己给摁住了。"

"哦，说我这人不够深刻？"我努力嬉皮笑脸。

"没意思。跟你这人说话就是没意思。"蔡琰虽有些恼怒，但还是保持了平静。

"好吧，说说看，我怎么不深刻了？"

"最简单的一个例子就是，咱们两个人好了有三年吧，但你什么时候真的了解过我？"

闪烁不定的路灯下，我看到蔡琰的眼圈红了。

我心里一紧，想起当年和她一起时，确实从未试图去了解她。说不清原因，就是觉得深入了解以后，反而会把事情弄糟，不如用身体上的需要避开所有可能触及的雷区。有时候看她难过或者眉头紧锁想心事，我有过要追问她的冲动。但转念一想，问了也未必有结果，还可能会让她甚至连带着自己生出更多的坏情绪，便马上打消了询问的念头。

"不是为了保护你吗？"我很无力地为自己辩解。

"保护我，还是保护你自己？"蔡琰的语气里终于有了些怨恨的味道。

"彼此彼此，你难道不跟我一样吗？其实不是我不了解你，而是太了解你，咱们两个都一样，喜欢肤浅，不想深沉，我们不是为了让自己肤浅，才好上的吗？"我发现我也有些激动了。

蔡琰不说话了，我也沉默着。我们相互对视，好像这番对话突然让我们明白了，大家是一样的人，都只想把事情应付过去而从不愿去问个究竟。就应付的能力而言，我们还算不错，总是能把自己的人生调整在一种比较舒适的状态中。今天，之所以出现这样的状况，大概是因为大家最近都有些心烦吧。

许多的交流都在沉默中完成了，我们的脸上又不约而同各自现出了轻松的笑容。

"什么时候上我家玩，秦雪知道我家。"蔡琰注意到我肩上蹭了点灰，为我掸了掸。

"好啊。"我也让自己语气活泼，好像刚才什么事都没发生过似的，并迅速找到了新的话题，"还没结婚？"

"没。"蔡琰面无表情地说。

“那……平时怎么解决问题?”我努力挤眉弄眼，希望能进一步缓解彼此的紧张。

“这个不用你担心，男人多的是，社会进步了，男人死光了，这个问题也一样可以解决得很好。”蔡琰也恢复了那慵懒而轻佻的神态，慢悠悠地说。

“那我放心了。”我一边说，一边真的松了口气。

然后，我们又不咸不淡地随便聊了会儿。看时间快八点了，我跟蔡琰打了个招呼，回去找秦雪。

来到花园，我发现原来聚在那里议论的人群差不多都散了，秦雪一个人坐在长椅上想心事。我注意到她坐在了昨天老佛爷坐过的地方。我走过去，轻轻拍了拍她肩膀。秦雪好像还沉浸在自己的思绪中，没有动，只是喃喃自语：“唉，昨天还看到的人，今天就没有了，真搞不清楚是怎么回事!”

我不知道怎样安慰秦雪，只好提醒她，那个叫公输电的人可能已经到了。听我这么一说，秦雪才缓缓站起身，跟着我一起往小区门口走去。

小区门口只有一个背双肩包的小女孩在滑旱冰，我们并没有看到那个可能是公输电的人。

这时，正对小区门口的马路上走来了一个佝偻着背的中年人。中年人身上穿着件蓝色卡其布中山装，头上戴一顶跟中山装配套的卡其布鸭舌帽，衣服的两个袖管上套着两个看上去颜色更深一点的卡其布袖套，手上拿着个老式的黑色人造革拎包，脸上架着一副老式塑料边框眼镜，活脱脱一副三十年前国营工厂里木讷的老出纳员的形象。除了年龄偏大，想象中公输电的样子大概就应该这样奇怪。

在“老出纳员”脸上那副厚得都能看见圆晕的镜片快到跟前时，我下了决心，准备去跟他打招呼。

秦雪看出了我的意思，在后面轻轻拉了拉我的衣襟，然后微笑着向“老出纳员”点了点头。

“老出纳员”瞥了秦雪一眼，好像那就是他的招呼。然后又目不斜视一点弯都不拐，直愣愣地继续向前，似乎即使前面是堵砖墙，他都能毫不费力地穿过去。

在他进入小区大门时，时刻保持警惕的保安并没有伸手拦阻他的意思，他就这样一直往前，最后脆生生地拐了个直角，消失在我的视野中。

我带着询问的目光，看了秦雪一眼。

“那是唐工程师，”秦雪解释道，“这儿的住户。其实不是工程师，是建筑师。据说在建筑界里只要提唐又的名字，几乎无人不知。水流云在园就是他设计的。”

“啊？这么个怪人，设计出来的房子还能这么清秀？”我感叹。

“是啊，绝对是怪人。据说不算花红，年薪就好几百万，但他从来不用，除了这里的房子，没见过他有一样值钱的东西，车也不配，每天都走着去上班，然后走着回来。”

“为什么叫他唐工程师？”

“不知道，反正大家都这么叫。”

“还以为这怪人就是公输电呢。”

“不会吧，我能这么怪吗？”身边有人慢声慢气地在嘴里嘟哝，我一惊，转过头，看见刚才还在一边滑旱冰的小女孩已站在了身边。

我忍不住盯着这个梳羊角辫的小女孩看了半天，女孩被我看得有点不好意思，大眼珠滴溜溜转着，最后羞涩地低下了头，继续嘟哝，“干吗盯着人家看，一点礼貌都没有。”

“你就是公输电？”秦雪问。

“我当然是公输电，你们俩谁是小灵通？”

因为没料到公输电是个小屁孩，我感觉自己受了愚弄，开始坚信整件事情只是个恶作剧。

“你是小灵通？”因为注意到刚才问话时，秦雪看了我一眼，这个古灵精怪的小孩便认准我正是她要找的人，“师傅说了，你答应管我一顿饭的，还饿着呢，先去吃吧。”

我哭笑不得，和秦雪商量了一下，决定先带公输电去吃饭，然后送她回家。

在去会所的路上，小女孩因为认出了秦雪，一路上都在唧唧呱呱地跟她搭腔，又要签名又问八卦的。因为小女孩看上去着实讨人喜欢，秦雪没怎么排斥她，有一搭没一搭地跟她闲扯。不知不觉间，我们来到了餐厅。

我和秦雪其实都不饿，便把点餐的任务交给了小女孩。公输电要了一大堆点心，还有可乐。

默不作声地吃了大概有半个小时光景，公输电喝完了最后一口饮料，然后心满意足地叹了口气，便彻底停下动作，安静地坐在对面，一动不动地看着我们。

被她看得不好意思，我和秦雪也只好停下筷子。问她还要些什么，公输电摇了摇头。

看到这个一直在动个不停的小孩突然安静下来，我们反而不习惯了，你一言我一语问起她本人的情况。

交谈了大约有半个小时，我们终于把女孩的背景了解得差不多了。

公输电正是她的本名，今年十三岁，父亲是本城一家钢铁厂的电工，因为一直觉得电是个奇妙无比的东西，所以女儿一生下来，不管公输电的母亲怎样反对，都铁了心给女儿取名叫电。后来，大约在公输电八岁时，父母离了婚，妈妈很快跟另一个男人成了家，公输电被甩给了那个长年做夜班的电工爸爸。电工爸爸对她总的来说还不错，不过因为老上夜班，所以很少有时间管她，再加上这个失败的男人并不会打理生活上的事情，所以大多数时候公输电都是自己在照顾自己。

凡是有关自己的问题，公输电一律有问必答，但一旦我们问起职业电力杀手，她则一概沉默应之，即使用些小诡计逗她，她也能马上警觉到我们的企图，一概用句“师傅不让说”来搪塞我们。结果问了半天，我们对职业电力杀手还是一无所知。

到了十点钟，看到时间已经不早，我便准备送她回家。刚把这个意思表达完，公输电有些着急了，无论怎样劝说，都不肯就范，表示一定要去秦雪家看看。

没辙，我和秦雪只好带着她往家里走。

很快，我们回到了秦雪的住处。公输电打开双肩包，从里面取出了整套的电工工具，包括万用表、电笔、钳子、电线以及一些不知名的零件之类。然后，她老练地往手上套好手套，要我带她去看电表。

因为身高够不到电表的位置，她给自己搬了张椅子，噌的一下跳到了上面，然后歪着脑袋，盯着表盘看了半天。计数器依然发疯似的转个不停，公输电皱了皱眉头，眼珠子转动着，好像开动脑筋的样子。

想了一会儿，她从凳子上下来，在那堆工具里找了几样家伙出来，又跑到电表前，问都没问一句，就开始动手拆卸电表。

因为注意到她拆表的时候没有关电闸，我心里一紧，想过去拦住她。

但没想到她动作快得像剥豌豆，三秒钟就把电表整个拆了下来。在此过程中，房间里的电竟然没被切断。我只好暂时放弃阻止她的企图，在一边耐心地观察着。

拆完电表，她又拿着各种仪器在原来电表位置的电线上测了半天。她的神色略显凝重，似乎事情有些麻烦。

又皱着眉头想了一会儿，公输电褪下手套，将手直接放到了裸露的铜线上。

我和秦雪吓了一跳，想过去阻拦，却已经来不及。

然而公输电好像什么事都没发生似的，把手又从铜线上拿了回来。

“小意思，”公输电有些不好意思地挠了挠脑袋，因为看到我和秦雪张口结舌，连忙向我们解释，“这种情况万用表什么的派不上用场，只能用手摸摸看了。刚才戴手套是怕你们担心，其实我根本不怕触电。”

“你有特异功能?”秦雪问。

“可以这么认为。”

“摸出什么名堂来了?”我好奇起来。

“怎么跟你们说呢?”公输电一副很严肃的样子，脑袋后面的羊角辫有节奏地随着脑袋摇摆着，“我师傅是不是告诉过你，所有的电力问题其实都不是一个三维空间的问题，你们这里的情况正好可以解释我师傅的理论。通常情况下，电流都会沿电网在同一空间里运动，但有时它也会因为某种特殊原因，从一个空间流动到另一个空间里。也就是说你们这个地方存在着一个能量黑洞，我们这个世界的电会顺着这个黑洞，漏进另一个世界。这就是为什么这里的电力供应会出现异常的原因。明白了吗?”

我和秦雪茫然地摇了摇头。

“不用跟我们解释，就直接告诉我们，问题能解决吗?”我说。

“办法总是有的，”公输电又露出一脸古灵精怪的笑容，用手指敲了敲自己的脑袋，“只是现在还没有想出来而已。”

已经是半夜十二点，我的精神还出奇的好。整晚都很亢奋的公输电，此刻却终于露出了倦意，她蜷缩着，猫一样地盘踞在副驾驶座上。虽然眼睛都快睁不开了，嘴里还在不断嘟哝。

“明天让师傅帮你们查一下，看看这里以前到底发生过什么。”公输电的声音有些沙哑，看来真的累了。

晚上忙活了两个多小时，虽然没能解决问题，但公输电为秦雪的房子布置了一个所谓的“电力效应场”，让电力流失的速度稍稍减慢了一些。

“有个问题想问一下。”趁着公输电的眼睛还没完全合上，我决定问一个在心中盘桓已久的问题。

“说说看。”公输电目光呆滞地应着。

“这个能量黑洞，除了影响供电，会不会对别的事情也有影响？”

“什么意思？”

“譬如它会不会影响人的情绪或者行为之类的？”

“这个就说不清楚了。不过归根结底，世界上所有事物都不过是能量的表现形式，人也无非如此。所以，这样去看，能量黑洞对人肯定有影响，至于怎样影响，不太好说。”

“这样啊？”我心不在焉地透过车窗看了看前方，心里说不出的茫然。

“不过，从能量守恒的角度看，你之所以会坠向这个能量黑洞，并非偶然，肯定有某种原因让你必然坠向此地。”

“对了，说说你的特异功能吧。”公输电的说法让我心情愈发沉重，我连忙换了个话题。

“什么特异功能？”

“就是把手直接放在电线上，却不会触电的那种。”

“没什么好说的，大概是遗传。”公输电好像对这个问题没多大兴趣，不过还是打起精神回答了我。

“遗传？”

“是啊，因为我老爸有，所以我也有了。”

“你爸是怎样做到的？”

“事情说来简单，老爸年轻时，有一次在厂里干活，缠到了高压线上。事情发生半个小时后，同事才发现他出了事，当时他衣服头发什么的都烧焦了，大家以为他肯定活不成了，但把他从高压线上弄下来后，却发现他还活着，送到医院，医生一检查，结果除了毛发，身上没有一点烧焦的痕迹，心脏和其他器官也没问题。虽然昏迷了三天三夜，但最后他就跟睡了一大觉似的，醒了过来。这之后，他就发现自己再也不怕触电之类的事了，多高的电压都伤不到他。再后来，他和我妈结婚，生下了我，四岁那年，我拿插座当玩具瞎倒腾，等大家发现，我已经把手搭在了火线上。全家人吓了一大跳，我却一点事儿没有，这才发现，我遗传了我老爸的特异功能。”

“你爸想必是个神人。”

“我可不这么觉得，就没见过他这么窝囊的人。”公输电侧了侧身，将脸歪向了我，看她的样子，精神头好像恢复了一些。

“怎么这样说自己老爸？老和他闹别扭？”

“不是，其实我挺喜欢我老爸的，从来不跟他闹别扭。他都窝囊到了让人不想跟他闹别扭的地步。”公输电的神情突然认真起来，“真的，他这人最大的特点就是没特点，每次别人问我老爸是什么样的人，我都不知道该怎么说他。”

“不会吧？至少他不怕触电。”

“幼稚！”公输电不屑地闭上眼睛，撇了撇嘴，“这种事能跟人说吗？别人听了，要么以为我吹牛，要么当我神经病。”

“看来你还挺成熟的。”看着眼前的小丫头努力扮出很世故的样子，我故意逗了逗她。

“本来嘛。”公输电故作冷漠，脖子还微微地梗了起来，“所以，我妈甩他的时候，我一点都不怪我妈，要怨只能怨他自己太窝囊。”

“是吗？”公输电的表述，不知怎么的，让我有些心情沉重。

“怎么说呢？反正这个人就是没一点原则，对谁都讨好，所以谁都不拿他当回事，有什么得不了便宜的事，都推给他一个人做，当了二十年电工，连徒弟都坐了办公室，他还天天加夜班。干的是劳模的事，但真要评劳模，又总轮不到他。替别人顶班、代班的事，他也不好意思跟人计较，最后全算在别人头上了。虽然技术好，活也干得多，却从来不知道在领导面前表现一下。结果一年下来，他反而是大家印象里最不起眼的一个。我妈实在看不过去，就找设备科科长理论，让他至少给老爸换白班。没想到理论来理论去，我妈就跟设备科科长好上了，觉得他起码比我老爸更像男人。事情发生后，从头到尾，我老爸都没跟我妈红过脸，有一次他以为我睡着了，才一个人偷偷掉眼泪。你说，世上还有比他更窝囊的人吗？”

说着说着，公输电眼圈都红了，直到这时我才明白，虽然嘴上那么说，心里她却完完全全是向着她爸的。我不知道该怎样安慰她，只好打开车上的 CD，在那些甜腻而沉醉的歌声中陪着公输电一起沉默。

把公输电送回家，往回走的路上，我心里还是被那种伤感得一塌糊涂的情绪占据着，这时，天又开始下起毛毛细雨，我更加沮丧，便决定先在马路上兜兜风，然后再回秦雪那里。

车漫无目的地开了一阵，我忽然发现我的漫无目的并非漫无目的。事实上从公输电家出来后，我的车便一直在朝自己家的方向行驶。不过，就算发现了这一点，我也不打算加以纠正。

我凝神静气调整方向盘，让车偶然路过似的从楼门口滑行而过。我发现门口的小路上停着辆陌生的丰田越野，车上有两个男子正在交谈。虽然不能确定上面的人一定是黄国歌派来的，我还是出了身冷汗。直到彻底从越野车的视野里离开后，我才终于敢抬起头向我家所在的楼层望去。看到房间的灯竟然亮着，我心里一惊，怕是莫尼卡·王有什么东西忘了，今天又过来拿。连忙拨了她的手机。

电话很快被接通了，莫尼卡·王的声音听上去气喘吁吁的，我的心不由得一沉。

“找我?”莫尼卡·王问。

“没事吧?”我屏住呼吸，一字一句地反问。

“没事。”莫尼卡·王还喘着粗气。

“真的没事?”

“你有什么事?”莫尼卡·王不耐烦了。

“最近最好不要去我住的地方了，有人找我麻烦，我自己也回不去了。”

“是吗?”莫尼卡·王的声音有些心不在焉，好像并没有意识到事情的严重性，“昨天我把钥匙留在你卧室了，要去也去不成了。”

“那我就放心了。”我咂巴咂巴干燥的嘴唇，心里却并不想把电话挂断，但又实在找不到合适的话题。这时，电话里莫尼卡·王不仅在喘气，还近乎妖娆地叫出了“Oh yeah! Oh yeah!”的字句，紧接着我又听到一个男人畅然的嘘气声。我心里一惊，连忙下意识地挂断了电话。

电话里的声音让我心思散乱，虽然已经和莫尼卡·王彻底了结了关系，但想到她现在可能正和那个叫约翰的老外在一起，心里难免有些不舒服。为了分散注意力，我开始让自己思考房间里灯亮的原因。想来想去，无非两个可能：第一，昨天莫尼卡·王走时忘了关灯；第二，黄国歌的人已经破门而入，正等着我自投罗网。

就在我刚把这个问题想出点眉目的时候，手机响了起来。打电话的正是莫尼卡·王，从来电显示看，她好像还在办公室。

“Sorry，刚才不好意思。”莫尼卡·王的声音听上去怯生生的，几乎轻到听不见的程度。

“没什么。”我让自己咬紧的牙关放松下来。

“最近不知道哪里出了问题，就是想在办公室里做那事。”

“Why?”因为心里紧张，我不知不觉也染上了莫尼卡·王那种爱往外蹦英文单词的毛病。

“我也不知道，”莫尼卡·王的声音听上去很烦躁，“一坐到办公室就浑身发热，老盼着发生点什么事情。”

“就这么跟那个叫约翰的好上了?”话说出口，我才意识到，我问了个不该问的问题。

“这么说也没什么不对。”莫尼卡·王好像并没有生气，“反正就是出了毛病，原来一想到要去办公室就害怕，现在却天天想留在那里，每时每刻都想着跟John在一起，还满心希望这事情能被人知道。刚才你打电话来，我都有点兴奋。你说我是不是有什么毛病?”

我沉默，不知道该怎样回答，电话里传来了莫尼卡·王轻轻的抽泣声。

“那个约翰呢?”我问。

“走了。”莫尼卡·王一边擤着鼻涕，一边回答。

“要不我过来接你，咱们一起去喝点东西?”

“算了，”莫尼卡·王好像思考了一会儿，又重新开口，“想了想，觉得最近还是不要见面比较好。”

“真的?”

“真的。”

“那我可以为你做点什么?”

“想起来了，”莫尼卡·王的声音突然又提高了一些，“给你打电话，是有件事想问你。”

“该不是又来问咱们以前是不是认识?”

“有点关系吧。今天想问你，是不是认识一个叫墨之翟的人?”

“墨之翟?”

“是啊，今天我在街上碰到了墨之翟，一看到他，就觉得脸熟，他也主动跟我打招呼，可我想不起他名字了，他主动告诉我，他叫墨之翟，多年前跟你跟我都挺熟的，我也觉得好像是这样，但就是想不起具体的细节。所以想问问你，是不是记得有这么个人。”

“好像有这么个人来着。不过，从时间点上来说，我跟他认识的时候，还不知道世界上有你呢。”

“但他就是这么说的。我觉得这个人看上去还比较靠谱。”

“是吗？”我心里忽然有些吃不准了，“对了，能告诉我这个墨之翟长什么样吗？”

“觉得我在骗你？”

“不是，其实今天也有人跟我提起他。我也记得有这么个人，但就是想不起他长什么样子。”

“这样啊，”莫尼卡·王好像在沉吟，过了很久，她才重新开口，“对不起，刚才因为心乱，所以一时半会儿也想不起他的样子了。过两天吧，说不定他就重新蹦进我脑子里了，到时候再告诉你。”

“好吧。”我无奈地答道。

车窗外，雨下得越来越大了。

12

1890年的秋天，当唐喻的双脚重新踏入到处飘着桂花香的漂来城时，才发现他对这里已经完全不习惯了。

过去的五年里，他几乎无时无刻不在思念漂来，离它越远，漂来在他心中的形象就愈发清晰而完美。

但真的回来了，他才发现这个属于现实的漂来和那个想念中的漂来，完全不是一回事。

幸亏唐喻的理智坚硬如铁。在对思维进行梳理后，他终于想明白，自己对漂来的失望不是因为漂来变得更糟了，而是因为他在欧洲时对漂来的回忆其实并非回忆，而是一个一遍遍重新构想漂来的过程。真实的漂来如同一张素描的底稿，而他则像个画师，每天都在往这底稿上重新添加色彩，勾画细节，这些变化在每天看来，都微不足道，但经过五年的堆积，却足以把他对漂来的记忆转变成另一副模样。

为了纠正偏差，回来后的第一个星期，他决定先在漂来城到处走一走看一看。

这个已经陌生化的漂来城给唐喻的第一个印象，是它小得几乎不成样子，贴着城墙根骑着马只用一个多时辰就能绕上一周。青森森的城墙挡住了它向外延展的可能。唐喻甚至据此认为，漂来与其说是一个城市，不如说像一个牢笼。

除了面积，漂来的小还体现在容积上。

与那些动辄容纳上百万人的欧洲大城市比，漂来城容纳的人口少得可怜，除了驻城的官员、士兵和商家，真正居住在这座城市里的居民寥寥可数。人们只会在重大的集市日从周边的四乡八镇赶来，采购各种手工品和奢侈品以及看热闹。但他们只是潮水一样地涌来，又潮水一样地涌去，并不会在此蓄积，以聚集更大的力量。

城里的建筑也无一例外地显现了这种缺乏容积的特征。大部分土地都被各种各样的官衙、兵营、寺庙和各级官员的府邸所占据，市民的居住地零星分布在城角、城边和大宅门与大宅门之间的空隙中。

那些占据了大半个城市的深宅大院都一律地大而无当，里面充斥着厅堂、檐廊、空地、花园、水池等近乎奢侈的设施，而真正可以生活起居的场所却毫不起眼。

所有这些占地巨大的建筑都在同一平面上向外延伸，根本没有把空间利用起来，这让整个漂来城呈现为一个紧贴着大地的平面城市，或者说是一片被城墙围出来的洼地。如果按容积来计算这个城市的大小，那么漂来可能只有十分之一慕尼黑那么大。它不再是唐喻记忆中那个无边无际似乎能容纳下整个世界的漂来。

在沿着这个城市的城墙重新熟悉它的过程中，唐喻甚至觉得这个城市连所能容纳的空气都不够用来呼吸。

当然，影响他呼吸的，其实另有原因。

在这个城市的街道上，到处飘散着排泄物的气息。虽然官府在漂来城的主要街道上设置了供路人排泄的专门地点，与毫无遮拦的男性排泄场所比，女性专用的场所还有围拦物，但是由于这些公用排泄点都需要收费一文钱，所以更多的路人习惯于在大街上随地大小便，各家马桶和便器里积存起来的便溺，也被随便地倾倒在大街上或者路边的水沟里，再加上牛马等牲畜随时拉在路面上的粪便，整个漂来城的街道看起来更像是露天的下水道，只要天气稍微炎热，空气里就会弥漫着臊臭味。

这些曾经让他习以为常的细节不知为何现在被放大了，难以容忍了。

唐喻记得，在欧洲时，看着工业革命造就的灰蒙蒙的天空以及被烟尘遮盖的街道和房子，他总是会不可阻挡地回忆起漂来城那蓝得透明的天空，想起春天在杂乱的土街上一茬一茬往外冒的小草，想起雨后的青石板上密密麻麻的苔藓，想起大户人家的高墙里伸出的那几枝碧绿的柳条或者粉色的海棠。在那时候，遥远的漂来在他脑子里的景象始终呈现为花园，永远洁净而无垢。

但现在，漂来的天空和绿色变成了常态，粪尿和臭气却被凸显出来。在耳濡目染欧洲完备的市政设施和公共卫生条例后，这些以前曾让唐喻熟视无睹的情景，现在每一分每一秒都在折磨他。他甚至发现要是面前没有那种白得让人心慌的抽水马桶，他连大小便都会产生困难。事实上，在回漂来后第一次坐在家中的雕花马桶上时，他就发现自己已经开始想念慕尼黑了。

到了夜晚，这想念会进一步变本加厉。即使同时点上三盏最高级的西洋煤油灯，都无法驱赶走黑夜给他带来的怅惘。

虽然到慕尼黑一个月后，唐喻便已经对电和爱迪生灯泡熟视无睹，但现在，当漂来的夜晚悄无声息地占领了房间的每一个角落，他才突然发现，在爱迪生灯泡把世界照亮过一次之后，重新来临的夜晚突然变得如此沉重而空虚。煤油灯的光在这样的黑夜不仅无法赶走空虚，反而衬托出这空虚的无边无际。

在这样没有希望的黑夜里，在这样内心最虚弱的瞬间，唐喻把生命归结为一场和夜晚的战争，而电则是这场无望的战争中唯一可以被看到的希望。

虽然漂来需要改变的东西很多，但唐喻在回来后的第一个星期里，便打定主意，他要做的第一件事情，就是让漂来人能用上电。

但这个野心勃勃的想法，让他陷入到无可名状的孤独中，因为除了那些毫无意义的寒暄，只要一说到具体事情，他根本无法和其他漂来人交流。譬如一说到电，大多数漂来人都会认为他说的是打雷时的白色闪光，因此要跟他们把这件事情说清楚，他就不得不从法拉第的电磁感应说起，而要说清楚电磁感应，又不得不去解释吉尔伯特的磁学理论和“电物体”理论。而这样一次次漫长的表述，通常情况下，只会让倾听者产生进一步的迷惑。除非能让人们直观地看到和感受到电的存在，否则所有的表述都是在浪费时间。

这深深的孤独感，让唐喻和唐妙变得比以往更加亲近。虽然对新知识并无兴趣，但那些新知识创造的新生活，唐妙却毫无例外地感同身受过，因此即使对电学一无所知，唐妙还是能毫不费力地理解唐喻所说的事情。

当唐喻把自己要在漂来建电厂的设想告诉唐妙时，这个在欧洲过惯了夜生活的浪荡子甚至还欣喜若狂了一阵，表示无条件支持唐喻，但他的热情并没有维持多长时间。

此时，在漂来城东门外的租界里，十多年前洋人就已经用煤气灯建起了公共照明系统。每到夜晚，漂来江边的那片洋楼会在煤气灯的照耀下，亮得仿佛一座月宫里的城市。大约五六年前，一些英国人还联合法国人和美国人组建了电气公司，开始试验用电气弧光灯替代原来的煤气灯。虽然进展缓慢，但街道上还是被陆陆续续地装上了一百盏弧光灯。电气公司称，一盏电灯的亮度大概相当于五盏煤气灯，在未来电灯还会变得越来越亮，终有一天只要用一盏电灯就能照亮整座漂来城。

虽然对漂来城毫无希望的黑夜同样深恶痛绝，但唐妙并不认为建电厂是唯一的出路。既然洋人已经解决了这个问题，与其花时间等待唐喻计划中那个遥遥无期的电厂，还不如直接从城里搬去租界。

回国后的第三个星期，唐妙便借口要跟一个叫洛克菲勒的美国人一起合办报纸，从唐家大院搬了出去。听唐妙说报纸是一门利润丰厚的洋生意，作为监护人的唐望对他的决定表示了支持，不仅出资为他在租界里买了栋小洋楼，还给他提供了一笔丰厚的办报资金。看到租界正日复一日地繁荣起来，这位唯利是图的商人一直都在盘算，要将自己的触角伸展到那里去。唐妙的想法正好和他的心思不谋而合。

唐妙的离去，让唐喻心中的孤独感更加深不可测，也让他本就硬如铁石的心肠变得更加坚硬。他下定决心，不再向任何人倾诉心声，他决心扫除所有的软弱，从此像草木般无情，像机器般有效，除了自己，他再不会让任何人知道自己的心思。

就在银杏叶簌簌落落往下掉的时候，唐喻终于收到了韩叔政的来信。

回国第一天，唐喻就给远在威海卫炮台服役的韩叔政去了一封信，向他通报自己已经回国的消息。虽然知道自己的信在还没有铁路运输的情况下，至少需要两个星期才能被韩三公子看到，但这并不能阻止他在一个星期后又给韩叔政发了第二封信。事实上，此后的每个星期他都会非常有规律地在星期天给韩叔政写信。对他而言，这种连续发信的方式与内容无关，只是在向韩三公子表达自己不达目的誓不罢休的决心。在连续发出七封信后，他终于收到了韩叔政的回信。

信中，韩三公子向他表示，他已和他父亲打过招呼，总督答应，要给唐喻在四海制造局的洋枪厂安排一个副工程师的职位。

收到韩叔政的回信，唐喻在第一时间向父亲通报了要去拜访韩凤阳的意思。

在此之前，唐望已经给唐喻找过很多在官府任职的机会，其中一个职位甚至是道台府下面专管采办事务的库大使。

但每次唐望征询儿子的意见时，唐喻都不置可否，脸上的表情虽然一贯的温文而雅，一副不会拒绝任何人的样子，但目光却像三九天的冰棱一样淡漠而凝固。唐望发现儿子好像拥有一种奇怪的魔力，每次他刚刚要把话题打开，唐喻就会引领他的思绪往另一个毫无关系的话题奔跑而去。即使唐望知道这是唐喻在故意打岔，他还是无法抗拒，说着说着，就会彻底忘记自己的初衷。

这样的经历有过几次后，唐望沮丧至极，终于明白他给儿子安排的职位并非儿子所想。无奈之下，他只好放弃努力，从此不再过问儿子求职的事情。

所以这天，当儿子自己跑来找他，说要去拜访韩总督的时候，唐望不由得有些惊讶，发了好长一阵子呆，才终于意识到，儿子来找自己不仅仅是为了向自己通报这个消息，他是来向他寻求建议的。

看着儿子光滑得不带一丝褶皱的微笑，唐望有些激动，语调磕磕巴巴的，把自己和韩凤阳在打交道过程中积累的经验毫无保留地说了出来。诸如，在总督面前，什么话可以说，什么话不可以说；什么样的谈吐能让总督觉得对方是自信的，但又不是狂妄的；什么样的表情能让总督觉得对方是文雅的，但又不是怯懦的。

在这过程中，儿子没有插过一句嘴，始终在安静地倾听。每当唐望自己对述说的内容不太确定时，儿子还会向他投来信任的目光，帮助他将叙述更顺利地进行下去。

这样整整说了一个上午，说得连唐望自己都大为惊奇，没有想到自己对韩凤阳的了解竟然如此缜密而深入。

在把要说的话全部说完后，没等唐喻告辞，唐望就主动挥了挥手，示意他离开。

目送着唐喻被阳光打得发亮的背影穿过天井，消失在视野中，唐望忽然感到前所未有的疲惫和空虚，好像刚才唐喻是在用倾听的方式把他给整个地掏空了。

与唐望的感觉恰恰相反，唐喻此时心里却无比充实而饱满。用过午餐之后，他乘着马车从漂来城东门附近的唐宅，沿漂来城最长的主干道瓮口长街一路西去，用了大约三十分钟的时间，到达了位于城中央的四海总督府。

有韩三公子的手信做凭证，唐喻没有遇到任何阻碍，很快被带到了韩凤阳的书房。唐喻将自己的表情和言语都调适到最恰当的程度，让一向对年轻人怀有成见的总督打心眼里喜欢上了这个商人的儿子。虽然面子上，总督反而表现出更为严厉的姿态，但心里他却打定主意，要好好栽培唐喻，为儿子未来的仕途培养一个可以依靠的左膀右臂。

1890 年秋天的最后一个星期，唐喻终于如愿进入了四海机械制造总局的洋枪制造厂。

洋枪厂的工程师兼督管是个叫亨得利的英国人。成为工程师之前，他原是洋枪雇佣军里的一名军医。

长霞之战后，对洋枪战法的全新认识，终于让韩凤阳下定决心，向洋人雇佣了一支洋枪队，在侧翼保护部队的补给线。擅长游击战的长毛党人，常常不分昼夜，对洋枪队的保护目标发动攻击，所有人都在疲于奔命。相对清闲的亨得利便被安排了额外的工作，除了维修雇佣兵的身体外，还要负责医治各种枪械。一段时间磨炼后，他对枪支器械那些类似感冒发烧的小病小痛，拥有了丰富的临床经验。

有一天，时任漂来总兵的韩凤阳专程来洋枪队驻地，慰问广大雇佣军官兵，正好目睹亨得利在拆卸两杆雷明顿洋枪。他肥胖的手指在枪杆上滑动着，老练得一如屠夫在用剔骨刀割肉，一瞬间就让那两杆枪变成了一堆毫不相干的零件，然后肥胖的手指又巧妙地一转，两杆坏枪合并成了一杆好枪。

韩凤阳就此对这个红鼻子三流军医印象深刻。组建四海制造局时，亲自点名，要把亨得利请来当洋枪厂的工程师兼督管。正好亨得利因为酗酒被雇佣军开除，正为下一份工作忧心忡忡，一收到总督的邀请，他没有一丝犹豫，就迅速改换行当，成了枪械制造工程师。

虽然熟悉雷明顿枪的拆卸和组合，但他对如何制造它们，却毫无经验。通过大英帝国的朋友，他弄来了一批枪械制造方面的技术资料。但那深奥的图纸和术语连篇的说明除了把这位前军医折磨得神情憔悴之外，并没能让他的脑子稍稍开窍。

相当长一段时期内，洋枪厂效率低下，一年通常只能生产一百杆不到的雷明顿洋枪。枪的质量很差，实弹演习时常常发生炸膛、卡壳之类的事故，搞得装备这些洋枪的部队怨声载道。

此时，总督心里已对这英国人深恶痛绝。但人是自己一口咬定要请的，对此他只好睁只眼闭只眼。一些时候出于政治上的考虑，还要在人前夸赞一番洋枪厂的业绩。

因为对洋枪厂不再抱幻想，韩叔政写信推荐唐喻时，总督抱着死马当活马医的态度，破格为这个没有资历的年轻人增设了副工程师的职位。

去洋枪厂之前，借着唐望布下的关系网，唐喻详细了解了洋枪厂的现状以及人事上的沟沟坎坎，打听到亨得利是个不折不扣的酒徒，尤其喜好产自苏格兰阿伯丁镇上的调和威士忌。

正好八年前唐记南货铺通过里奥公司曾进口过一百瓶调和威士忌，当时在铺子里放了一阵，一瓶也没卖掉，便从货柜上撤下，扔进了铺子后面的库房里。

因此，当唐喻请求唐望给他弄几瓶威士忌的时候，唐望隐约想起了那宗失败的洋货，便调动人手整理库房，终于在一堆破瓶烂罐中，找出了这一百瓶粘满蛛网和灰尘的威士忌。

唐喻将这份带有岁月印痕的礼物，一瓶一瓶带去了洋枪厂。

为避免亨得利疑心，他把自己也伪装成一个调和威士忌的爱好者。

他把酒放在办公室最显眼的位置，在边上摆了几个从奥匈帝国的波希米亚进口的高脚玻璃杯，还煞有介事地把其中一个杯子天天摆在办公桌上，杯里总要残留一层浅浅的酒液，看上去就像是喝剩下的样子。

果然，这看似随意而又精心的布置，引起了亨得利的注意。这位资深酒徒有着敏锐的嗅觉，第一次进唐喻的办公室，就闻到了那浓郁的威士忌酒香。看到放在茶几上的酒瓶时，他激动得眼泪都要流出来了。即使像他这样百分之百的苏格兰人，在这个远东的异教城市里都难得尝到一滴如此纯正的调和威士忌，而眼前的这个中国人不仅拥有一整瓶，而且看起来还把它当做了日常的开胃饮料。

这之后，嘴巴里他还在跟唐喻讨论工作上的事情，心思却已缠绕于那个深棕色的酒瓶上。酒瘾不合时宜地发作了。

看到亨得利的目光一遍遍滑过酒瓶，唐喻不动声色，很耐心地做出认真倾听的样子。直到亨得利连说话的声音都冒出不规则的颗粒时，他才若无其事地走到茶几前，拿起玻璃杯给亨得利倒了一杯，然后又往自己的杯子里也加了点。整个动作漫不经心，好像平常不过的待客之道。

但唐喻倒酒的动作，在亨得利的眼里却像一位技巧高超的琴师在钢琴上拨出的美妙乐章。他忙不迭地接过杯子，和唐喻仓促地碰了碰杯，便一股脑将杯中的酒液倒进了嘴里。那带着烟熏味和苏格兰泥土气息的爽辣穿过咽喉，让他忘了当初要将唐喻视为对手的决心，满心满意地接纳了他。

自此，每天下班，亨得利总要在唐喻的办公室流连。这时唐喻都会识趣地给他一杯杯斟酒，有时还煞有介事地和他讨论品尝调和威士忌的心得。这些背景知识，唐喻都是从唐妙那里打听来的，在心里反复演习之后，俨然成了他自己的切身感受。

只要大半瓶酒下肚，亨得利便神志不清了。这时，唐喻会反复在他耳边灌输上马制造马克沁机枪的建议。唐喻的声音藤蔓一样，一层一层缠绕在亨得利被酒精泡得酥软的身体上，让他仿佛深入到这声音制造的梦境中。那关于马克沁机枪的说辞，如屋檐上正在滑落的水滴，遥远，缓慢，却又持续，固执，每一点每一滴都落在他心坎上。三四天后，即使清醒时，他也发现，脑子里有个叫马克沁机枪的灵感正在不断跃动。这灵感如此强烈，以至于有一次在总局督管面前，他想也不想，就把这念头说了出来。

听到英国酒鬼又说大话，制造局的德国工程师又好气又好笑，故意附和了提议，还把他狠狠夸了一番。

受到夸奖，亨得利心中好不得意，傻呵呵乐了半天。直到在办公室坐下后，才忽然意识到，他甚至连马克沁机枪是什么都不知道。

他吓了一跳，冷汗都冒了出来。那些残留在记忆中的医学知识，让他怀疑，自己的感知系统出现了精神病的征兆。

下班后去唐喻的办公室喝酒，亨得利还陷落在这失魂落魄的状态中，不住地唉声叹气。早知事情经过的唐喻不动声色，故作关心地问他出了什么事。等亨得利自己把事情全部说出来后，他才表示，从欧洲回来时，他正好带了马克沁机枪的图纸和技术资料，现在可以把它们贡献给亨得利。

然而，亨得利仍旧愁眉苦脸。他老老实实告诉唐喻，图纸不是问题，难就难在如何把图纸变成真家伙。

唐喻不失时机地把公输义推荐给了他。

第二天一早，唐喻把公输义带到了洋枪厂。等亨得利来上班时，两个人已经在车间的车床边琢磨了老半天，正准备动手制作机枪弹链的模具。公输义操作车床时动作娴熟而优雅，即使是外行，亨得利也不得不承认，这个长相滑稽的小个子，确如唐喻介绍的那样，是个技术能手。

在公输义的帮助下，不过半个月时间，第一挺马克沁机枪和专门供机枪使用的无烟弹药便被生产出来。唐喻还为这新式武器印制了使用手册。

马克沁机枪的验收会很快举行，连准备看笑话的德国工程师都承认，机枪的工艺和性能堪称一流。因为怀疑机枪是亨得利从英国走私的，德国工程师不怀好意地提出，洋枪厂应该马上对马克沁机枪进行批量生产。

但德国工程师没想到，只用一个月的时间，洋枪厂便又生产出了二十挺新机枪。

不久，机枪和使用手册被装备到韩凤阳的嫡系部队中。几次演练后，机枪赢得了赞誉，洋教习们甚至认为，由于在水冷管技术上做了改进，这些仿制的马克沁机枪要比正牌货还好用。

机枪项目的空前成功，让亨得利扬眉吐气。出于私心，在人前他一概不提唐喻和公输义。唐喻对此倒不计较，甚至在韩凤阳传召他时，还把功劳全部归到了亨得利名下。

在官场打滚多年，总督表面上大大咧咧，心肠却细如针尖，下面发生的事情没什么真能瞒得住他。整件事，想都不用想，他就猜到，在其他条件都未变化的情况下，洋枪厂让人耳目一新的改变，只能归结于唐喻的出现。

不过，唐喻让韩凤阳欣赏的，不是造出机枪的奇迹，而是他的韬晦和隐忍，有才能的人不少，难得的是有才能却又懂得安守本分。韩凤阳的爱才之心油然而生。

不久，韩凤阳以亨得利制造机枪有功为名，把他提拔为自己的洋务顾问。实际上，这等于把洋枪厂事务全部移交给了唐喻。不过，为了再考验一下他，总督没有急于将他扶正，而是继续让他以副工程师的名义工作，时不时还要惺惺作态，到处托人为洋枪厂物色督管。

对总督的小算盘，唐喻从一开始就一清二楚。这刻意的考验，并未影响到他。他开始有条不紊地推进自己的计划。

花了三个月的时间，他和公输义一起，改造了工厂的机器和生产流程，然后下令转产德式五发毛瑟枪，以取代原先的雷明顿枪。

新推出的毛瑟枪得到了军方的好评，订单络绎不绝。改造后的洋枪厂效率也大为提高，大半年竟产出了两千支毛瑟枪。不久，连四海总督府辖区外的新军部队，也纷纷要求装备四海制造局生产的毛瑟枪，“四海造”就此成了毛瑟枪的代名词。总督在李鸿章他们面前大大地争了回面子。看到时机成熟，在制造局方面屡次建议提拔唐喻的情况下，韩凤阳终于半推半就把他扶了正。

然而唐喻对此并未感到丝毫的喜悦，他清醒地记得，自己接近总督的真正目的是要在漂来城建造发电厂。然而时间丝毫不肯体恤唐喻的一片苦心，在庸庸碌碌的日常生活中，指针不知不觉拨到了1892年夏天。

这年，总督的老母亲终于活到了八十岁。通过那本记录漂来城豪门关系网的牛皮面账本，唐望早就得知了此事。一个月前，借着给老太太送增城挂绿，他主动提出要帮她操办八十大寿。唐望看似质朴的花言巧语，把老太太感动得心里暖烘烘的。因此当总督向老太太征询寿庆事宜时，她一口咬定要把事情交给唐望去办。

唐望无孔不入的钻营，让韩凤阳一边厌恶，一边又忍不住欣赏。一笑之后，他答应了老太太。

听说父亲要给韩老太太办寿宴，唐喻意识到自己一直在等的机会终于出现了。他主动找到唐望，建议寿宴可由午宴改为盛大的夜宴，只要用一组铅酸电池和几个弧光灯泡，就足以照亮总督府的后院。

唐喻这突如其来又莫名其妙的建议，让唐望完全摸不着头脑，但他还是决定，要无条件地支持儿子。

第二天，唐望特地去拜访了韩老太太。在征询老太太对寿庆活动的要求时，好几次他一边擦汗一边抱怨今年夏天热得实在不像样子。这不动声色的暗示终于起了作用，空气中的闷热似乎也通过话语和手势，被强烈地施加在老太太的感官系统中，她开始上气不接下气，没等唐望进一步试探，就主动表示，寿宴放在中午显然不妥，不如改在傍晚，反正现在天也暗得晚。

唐望马上顺水推舟，表示只要是老太太自己的意思，他就一定想办法满足，实在怕暗，他可以准备一些西洋运来的爱迪生灯泡。那种洋玩意点亮了以后，像小太阳，能把黑夜照得透亮，大家也正好可以托老太太的福看回新鲜。听了唐望的描述，老太太喜上眉梢，就此铁了心要将寿宴放在晚上。

立秋还差三天的时候，寿宴如期举行。

前一天，唐喻就带着公输义，在总督府的后院，把电线和弧光灯布置好了，寿宴当天又搬来了几组铅酸电池。

寿宴是在这天下午六点开始的，大约七点半的时候，天还是亮得出奇。幸亏这时飘来一块厚厚的云层，让天色一下子暗了下来。主桌上终于有人喊起了“掌灯”的号令。

等了一晚上的唐喻深深地吸了口气，转过身向公输义点了点头。

电线和电池被连接了起来。

哗，光像镀了金的洪水，一下子涌满整个院子。已被昏沉之气笼罩的寿宴好像被突然注入了活力，宾客们又兴致勃勃起来，一边指点着弧光灯，一边窃窃私语，连那戏台上演到高潮的武生戏都不能让他们分心。

韩凤阳也被这强烈得像梦幻一般的光明吓了一跳。特地从威海卫赶回来拜寿的韩叔政笑着告诉韩凤阳，欧洲人已经学会用电来让白昼变长，总有一天，这个世界将再也没有白昼和黑夜之分。韩叔政这新鲜的说法，让韩凤阳好奇地问，电究竟是什么东西，韩叔政不失时机地把解释工作推给了唐喻。

尽管早打好腹稿，但真的解释起来，却异常艰难。唐喻手脚并用说了半天，韩凤阳还是不明白他说的内容。虽然脸上礼貌地保持了倾听的姿态，脑子里却越来越茫然，瞌睡的念头爬满他日渐稀疏的发丝。沮丧至极，他突然感叹，自己真的老了。

看见总督越来越烦躁，唐喻不得不加重语气，让话语更加直接：电，就是现在让爱迪生灯泡亮起来的东西，这是人类迄今发现的最强大的事物，它不仅能让爱迪生灯泡照亮黑夜，还会让其他许多事情发生改变。因为电，总有一天人们会发现，生活其实可以不是这样，而完全变成另一副模样。

唐喻这突然充满了压迫感的叙述方法，让韩凤阳受了惊吓，包裹他知觉的沮丧被这灯光一样炽烈的声音驱散了。他发现，院子里原本偃旗息鼓的知了又在发出嘈杂的鸣叫，那本已躲进暗处的麻雀也在重新扇动翅膀，前来拜寿的下属们也再不像刚才那样恭敬和谄媚。韩凤阳皱了皱眉头，眼睛看也不看唐喻，嘴巴却在对他说话：我看还是不要变成另一副模样吧。

一边说，总督一边还想明白了另一件事：眼前的年轻人志存高远，绝非自己所能驾驭。

总督此刻的心思好像也一丝不差地被唐喻捕捉到了。

站在这个被电灯照亮的空间里，那么多的光亮此刻却像一丝丝冰碴，唐喻感觉到一种无以名状的寒冷和孤独。

这天，孔道台去总督府拜寿，唐妙又跑来孔家别院找詹凤仙。趁着丫环小翠出去拿水果，唐妙把手伸进了詹凤仙绉纱短衫的斜襟里。肚兜后面，詹凤仙柔软的胸部汗津津的，在唐妙的抚摸下，海一样地起伏着。刚吸完大烟，詹凤仙目光迷离，哧哧笑着，脸上泛起艳若桃花的红晕，鱼尾纹包裹的眼睛水汪汪的，让唐妙流窜在指间的欲望一下子充满了整个身体。

从欧洲回来后的第二天，唐妙十三年来一直都在等待的那个时刻，毫不费力地变为了现实。

当时，詹凤仙正一件一件把玩着唐妙为她带来的礼物。为了取悦詹凤仙，唐妙为她准备了整整两皮箱的新奇洋货，里面有爱迪生公司刚刚推向市场的留声机、从巴黎的意大利大道买来的卡地亚手链、威尼斯木兰诺岛上出产的银框镜子、英国维多利亚女王最钟爱的百达翡丽珐琅表、荷兰米德堡市制作的小型镀金望远镜以及在万国博览会的殖民地大棚里买来的各种世界特产。其中有件礼物尤其卓而不群，那是巴黎的康康舞娘们最喜欢穿的一种紧身内衣，内衣是用丝绸做的，四周还镶着蕾丝，为了夸张胸部的线条，内衣前面的三角形衬垫里整整用了二十根鲸鱼骨支架，而更大胆的是它后背上的设计，开衩一直延伸到了腰部，几乎明摆着的诱惑。

看到这怪异的礼物，詹凤仙被吓着了，呆了呆。一边静静观察她的唐妙，用优雅得快让人心碎的语调告诉她，这东西叫紧身褡，在欧洲，女人穿在最里面的不是肚兜，而是这种能让身体变成诱惑的东西。

“穿上它，给我看一看。”唐妙一边说，一边已经从侧面绕到詹凤仙面前，镇定自若地看着她，好像在向她发出不可抗拒的命令。

詹凤仙窘迫得眼泪都快流出来了，但她的身体却好像着了魔，并不准备抗拒唐妙的无理要求。她站到床榻上，将身上的衣服一件件脱下。这时，她才想明白，刚才看那些礼物之前自己为什么要把丫环打发走，还特地把房门闩上。事实上，第一眼看到这个跟过去完全不同的唐妙，她就已在福寿膏的余韵中意识到，这个变高变壮变黑的唐妙完完全全地成了个危险的男人。他的目光还是温婉的，然而里面的内容不再是当年的羞涩和单纯，而是懒洋洋的世故和老练，这目光里似乎有邪恶的魔力，看似随意实则轻浮地在她身上扫来扫去，有意识地在她自认为还值得骄傲的部位稍作停顿，仿佛那不是目光，而是手，仿佛那不是看，而是抚摸，仿佛唐妙不是唐妙，而是某个附在唐妙身上的魔鬼。这目光看得她心跳加快喉咙干涩，一方面恼怒不已，一方面又忍不住生出不知廉耻的喜悦，好像她重新变回了风华书寓里那个任性恣情的清倌人。她脸红了，四肢绵软，耳朵里唐妙那些介绍巴黎风情的言语，根本钻不进她的脑子，只觉得唐妙的声音柔和而充满磁性。心里想着要让唐妙走，嘴里却什么话也说不出，只好咬着嘴唇，心烦意乱地一件一件翻看礼物，然而这些奇特的物品丝毫稳不住她慌乱的心，当她看到那件充满大胆暗示的礼物时，最后一丝想在心里建立防线的努力也被打散了。

她一副听天由命的样子，很快脱掉了身上最后一件衣服，把那件能让正派人生出羞耻之心的紧身褡穿在身上。竟完全严丝合缝。好像这是唐妙依着她的身体给她买的。她想用手去遮住私处，但她的手运行到一半，便放弃了，根据唐妙目光的提示，她还怯生生地转了个圈，那成年后重新包裹起来的小脚让她转身时，根本无法保持平衡，她觉得自己转身的姿势蹒跚而笨拙，就像只陆地上的白鹅。她都快站不住了，一歪身子，倒在了走到她跟前的唐妙怀里。

直到所有该做的事情都做过以后，詹凤仙还是不敢相信这是真的。

这之后，唐妙几乎每个星期都会找借口来看她，而且每次差不多都是黄昏时分，正是詹凤仙刚刚在卧榻上抽完福寿膏，神情恍惚意志薄弱的时刻。虽然之前之后，詹凤仙都会痛悔万分地告诫自己，要结束这荒唐而寡廉鲜耻的关系，但每次当唐妙在桌底下老练地将脚伸进她裙子时，所有费尽力气筑起的堤坝便会崩溃。

这样的事连续发生多次后，詹凤仙就彻底把自己放开了。所有的担忧突然不重要了，她甚至决绝地想到，自己的人生不过就剩下些渣渣滓滓，要毁灭的话就随它好了。这样想过后，她就不再顾虑，和唐妙见面时，也不再处于被动，有时候她甚至会故意让自己表现得轻浮而放荡，或者在裙子下面什么都不穿，或者用大胆而放肆的姿态诱惑唐妙，就如当年书寓里那些青春已逝的长三们的种种疯狂表演。现在她终于理解了她们，这无耻到近乎孤绝的举动，与其说是在取悦他人，不如说是为取悦自己。

当詹凤仙做出这些大胆举动时，感伤和兴奋便会同时占据唐妙的心头，他知道这凄婉的美丽，只有鲜花在凋谢前的惊艳才可以与之相比。

在这样一个气氛保守的城市里，维持这样大胆的关系，显然困难重重。但好在保守让偷情变得困难的同时，也让人们对偷情的想象变得狭窄。因为詹凤仙要比唐妙年长十五岁，人们并不习惯将两人的频繁接触当做偷情的征兆。唐妙接近詹凤仙的目的，更多时候被看做是商人的儿子和道台大人套近乎的手腕，格调虽卑劣，却也不至于惹出乱子。显然，道台自己也是这样认为的。

即使如此，他们的欲望仍要受到时间地点场合的限制。可怕的危险无处不在，每次，欲望的种子刚刚发芽，便又要被匆匆收藏。意犹未尽的怅惘让唐妙反而生出更强烈的期待，他发现，和巴黎不同，欲望在漂来的形态是绵长的，看不到底部和顶点。在兑现欲望的漫长等待中，每一天都有度日如年般的感觉。这也让这个心已经野掉烂掉的登徒子愈发地迷恋和孔三姨太之间的暧昧关系。

楼梯上传来了小翠的脚步声。

虽已被情欲撩拨得心急如焚，唐妙还是把手从詹凤仙的衣襟里拿回来，蹑手蹑脚地坐回到詹凤仙的对面。趁这工夫，詹凤仙已整理好衣服。两人又闲聊起唐妙在欧洲时的种种见闻。詹凤仙语调平缓地问，唐妙语调平缓地答。声音的大小，刚刚可以被楼梯上的小翠隐隐约约听到。

不久，小翠端着盘切好的西瓜进了房间。

詹凤仙很客气地请唐妙吃，唐妙很客气地劝詹凤仙先用。一阵相让后，两人才各自拿起一块瓜。詹凤仙的嘴唇在西瓜上轻轻地一啜，只在切得很薄的瓜瓤上，留下个小小的缺口。唐妙倒是一咬就一大口，但并不急着咀嚼和吞咽，而是将瓜瓤含在嘴里，慢慢地品尝。两人眼睛的余光注视着对方，仿佛手中的西瓜不是西瓜，而是对方嘴唇的隐喻。

桌子底下，两人的脚也已交缠起来。桌子上铺着的红色方格桌布，刚好可以挡住詹凤仙身后小翠的视线。

桌布也是唐妙从欧洲带回的礼物。

半个小时过去，小翠打了三个哈欠，两人的话题显然不能引起她的丝毫兴趣。她不耐烦了，借口要下楼洗衣服，离开了房间。

听到小翠的脚步声消失在楼梯尽头，两人确信，在重新受到召唤之前，她不会再次出现。不用唐妙表示，詹凤仙就已经迅速倒在了卧榻上，裙子被撩了上来，没有一丝遮掩的腿旗帜一样地举在半空中，她的云鬓已经散乱，发丝粘在汗津津的脸上，让她的神情憔悴、饥渴而柔媚。唐妙也已忍耐不住，欲望的巨浪毫不费力地把他冲到了詹凤仙面前。

大约二十分钟后，不管唐妙怎样哀求，刚才还沉浸在肉欲欢悦中的詹凤仙，铁了心不让唐妙继续在她身边缱绻。作为情侣中的年长者，她知道控制尺度是她必须承担的责任，为了彻底打消自己心中同样的纠缠之意，她决绝地把小翠召唤了上来。

因为詹凤仙叫得急，小翠踢里踏拉的脚步声也来得急。唐妙只好起身，让自己的身体远远地离开了詹凤仙的身体。距离重新形成，要打破这距离至少还需要再次等待一个星期的时间。

从孔道台金屋藏娇的孔家别院出来，唐妙的脑袋昏昏沉沉的，心里却空空落落的，那爱情中充满喜剧色彩的怅惘之情，让他唏嘘不已，好像痛不欲生，却又生机盎然。因此他的脚步在外人眼里看来，轻快而飘逸，从詹凤仙的住处到总督府，平时需要二十分钟的路程，只用了十五分钟。

这时，时间刚刚是这一夜的七点，天还亮得跟白昼似的，除了炎热，空气里没有一丝风。唐妙开始担忧，生怕唐喻演习电灯的计划会落空。早在一个星期前，唐妙就从公输义口中得知，堂兄这一个月来一直都在为这件事忙碌。因为同样确信这将是个历史性的时刻，唐妙也早早做好计划，要在这天来总督府，为唐喻助阵。他还打算写一篇记述此事的专栏文章，登载在他和洛克菲勒合办的《西洋镜报》上。

说来几乎神奇，唐妙他们坐着“亨利子爵号”回到漂来的那一天，也是洛克菲勒坐着“勒布朗夫人号”抵达漂来港的时候，这对曾在巴黎一起寻欢作乐的难兄难弟没想到，还没出码头，他们就已重逢。不过，这奇迹般的重逢让唐妙一开始还紧张了一阵。因为洛克菲勒的身边还站着个唐妙最怕见到的人——法国女演员伊丽莎白。

过去的两年里，伊丽莎白的人生陷落在一场近乎疯狂的追踪中。对这位诗歌天才的狂迷，让她发了疯似的四处打听唐妙的消息。

根据唐妙留下的线索，她找到了慕尼黑。慕尼黑大学里的中国人寥寥可数，几乎不费吹灰之力，她就见到了那个叫唐妙的中国人，但她发现这并不是她要找的那个忧郁苍白的恶魔，而是一个长相滑稽的小个子。不肯死心的伊丽莎白向小个子中国人描述了一番唐妙的容貌，小个子眯缝的眼睛里露出幸灾乐祸的笑容，根本不用她请来的德语翻译帮忙，他已经开始用一口生疏变调的法语告诉她，她要找的人已经去了巴黎。伊丽莎白问小个子，既然他叫唐妙，那另一个人的名字又是什么。小个子脸上的表情愈发促狭，哈哈大笑着表示另一个人的名字也叫唐妙，所有的中国人都叫唐妙。

小个子过于夸张的神情让伊丽莎白终于搞清楚，她受到了揶揄。无奈，她灰溜溜地回到了巴黎。不过心里却变得无比坚定，无论如何她都要生下肚子里那个意外的爱情结晶，以寄托她对那位邪恶天才的无尽思念。

伊丽莎白没有想到，当她生完孩子，重新回到巴黎的社交生活时，她竟然真的听到了唐妙的名字。在堕落分子们聚集的蒙马特尔高地，这个东方来的象征派诗人正变得炙手可热，关于他的流言蜚语成为各类沙龙活动中让人津津乐道的重要话题。

追踪就此由巴黎展开。

伊丽莎白像个处心积虑的猎手，收集着所有关于唐妙的信息。然而老天好像在故意考验她的耐心，每次她循着线索找到唐妙曾经出现过的地点，唐妙总是刚刚从那里离开。她在这些地方耐心守候，唐妙又总是不肯出现。但一旦她守候的劲头稍有松懈，人们又会告诉她，当她离开时，唐妙重新露面了。

每次的情况几乎都是如此，好像她的时间和唐妙的时间被一种奇怪的力量错开了，每个咖啡厅、每个康康舞俱乐部、每个小酒馆、每个公寓楼，在时间迷雾的笼罩下，不再是同一个地点同一个空间。

几经周折，她终于打听到行踪不定的唐妙有个经常在一起的朋友，那是一个名叫洛克菲勒的美国人。但当伊丽莎白找到洛克菲勒时，这个美国胖子却告诉她，唐妙已经回慕尼黑了，现在可能已经航行在无边无际的大西洋上，他最终的目的地是远在东方的漂来。

为了博取同情，她告诉洛克菲勒，她和唐妙共同的女儿已经一岁多了，但女儿直到现在还未见过亲生父亲一面。在表达这个意思时，伊丽莎白把自己作为戏剧演员的天分全部发挥出来，浑身上下充满着莎士比亚悲剧才有的感人力量，让那个身高体胖内心柔弱的美国人也不禁对她产生了同情。正好，洛克菲勒对喧闹的巴黎生活也有些厌倦了，因此二话没说，主动表示要带伊丽莎白母女去漂来寻找唐妙。

长达一个半月的海上旅行，让一向喜欢热闹的洛克菲勒感受到了真正的孤独。因此，在码头上突然重新遇见唐妙，这个习惯扮硬汉的美国牛仔也忍不住热泪盈眶，好像一只饥饿的狼突然看到一条美味的鸡腿，一把把唐妙拥进了宽大的怀抱里。

在洛克菲勒热情的拥抱中，唐妙注意到洛克菲勒身边那个抱小孩的女人。因为经受了太多爱情的煎熬，伊丽莎白看上去苍老而憔悴，但唐妙还是毫不费力地认出了她。他还发现，从第一眼见到自己开始，伊丽莎白就一直在直勾勾地盯着他看，然而目光里没有惊喜，没有怨恨，没有歇斯底里，它是冷静的，让唐妙甚至以为她是在打量陌生人。一开始唐妙还怀疑这是暴风雨来临前的宁静，为此他深深地吸了口气，怀着破罐子破摔的决心，随时等待伊丽莎白的突然发难。但是僵持良久，突然，伊丽莎白却决绝地掉转身，话也没说一句，扬长而去。

遵照唐喻的嘱咐，即将重回秩序的唐妙从“亨利子爵号”下来前，换了一身行头，除了长袍马褂之外，还在公输义的帮助下，重新刮亮了脑门，在后脑勺编了一根又细又短的“猪尾巴”。换了中式行头的唐妙在伊丽莎白看来，活脱脱像个小丑，不再是她记忆里那个柔弱、邪恶、疯狂的天才，她忍不住产生了深深的鄙夷之情。她的爱她的怨恨她的委屈，在这个可笑的形象面前彻底失去了施放的可能。

把自己关在租界的莫里斯饭店痛哭一场后，伊丽莎白再次坐上“勒布朗夫人号”，像个被放逐的女王，离开了漂来。

但陪她前来的洛克菲勒却留了下来。

从到达漂来的第一天起，洛克菲勒就打心眼里喜欢上了这个到处都是农田的城市。与巴黎人的颓靡不同，漂来人身上的欲望还依然潮湿而饱满，尤其在租界，那些在巴黎已经让人们渐渐感官麻木的生活时尚，在这里却刚刚成为人们津津乐道的事情。在这一点上，巴黎就像一个已经从树上掉下的苹果，而漂来还仍然水灵灵地挂在树上，等待人们将它摘下。洛克菲勒甚至在心里粗鄙地将漂来比喻为一个一本正经而又渴望放纵的老处女，她在衣服外面做出一副紧绷而不可侵犯的姿态，衣服里面却是情欲泛滥欲纵还休，租界的存在给了她一个很好的理由，让她可以相信自己在灵魂上依然纯洁，肉体上的放纵不过是一个强迫的结果。租界表面上是种难堪的屈辱，实际上却是这个城市真正的灵魂所在，内在被压抑的欲望将假借外人之手，在这里施放并且生长。因此，洛克菲勒觉得，与其回巴黎看那个风尘气十足的女子的日常表演，还不如留在漂来看这个老处女怎样一步一步堕入风尘。

打定了主意，洛克菲勒便开始在租界里四处收购土地。不管农田还是荒地，只要地产拥有者愿意转让，洛克菲勒一概照单全收。他的这种豪阔之举，遭到了其他洋人的嘲弄，但洛克菲勒却并不为之所动。

在收购地产的同时，洛克菲勒发现，整个漂来城竟然没有一张中文报纸。正好此时唐妙要找借口从漂来城里搬到租界来住，两人商量一番之后，决定合资在租界办一份中文的《西洋镜报》，除了报道本地新闻外，更主要的内容是向漂来人推介各种各样正在洋人世界流行的时尚生活。唐妙除了担任报纸的主编，还专门用镜花生的笔名在报纸上开了个名叫“西闻录”的专栏，以回忆他在巴黎期间的种种见闻，吃喝玩乐，几乎无所不包。没想到这竟成为《西洋镜报》上最受读者欢迎的栏目，一段时间后，镜花生成了租界华人新潮分子的代名词。

在脑子像条装满回忆的鱼不断向外吐泡泡的时候，唐妙忽然注意到不知何时，天已大暗，他擦了擦脸上的汗，忍不住为唐喻高兴。但不知为何，欣喜的下面却布满忧虑。

这时，他的目光下意识地穿过明晃晃的灯和人群，寻找起唐喻的身影。最后他在寿宴的主桌边上看到了他，虽然唐喻的脸上带着一贯的温和笑容，但唐妙分明感觉到，那身影好像是在暗示着某种孤独。他看起来像个不实在的影子，好像在这个空间之内，又好像在这个空间之外。

13

还是和上回一样，离水流云在园越近，雨就下得越大。在外面漫无目的地蹓跶了两个小时，我终于有些倦了。

车开进水流云在园，保安似乎已习惯了我的存在，并没有阻拦的意思。

把车停妥，我一阵狂奔，飞一样地跑到秦雪家的檐廊下面。

房门虚掩着，一些听上去懒洋洋的爵士乐正在回响。我推门进去，看见秦雪呆呆地半卧在三人沙发上，独自出神。

经过公输电的改动，屋内灯光闪烁的情况已大为改善，大约十多分钟，光才会水一样地退一次潮，CD 里的音乐也听不到走音的迹象。如果不仔细听，甚至都听不出音乐节奏变慢的趋势。

虽然跑得很急，我还是浑身湿透了。我朝秦雪点了点头，想先上楼洗个澡。

“你刚出去，就有个叫墨之翟的人来找你。”秦雪还是一动不动，眼睛睁着，却好像梦游一般，声音听上去虚无缥缈。

“是吗?”我停下脚步，心里不由得感觉诡异，“他怎么知道我在这里?”

“他说他碰到了 23 栋的蔡姐，说你住这里。”

“蔡琰?”

“对。”秦雪点了点头。

“他怎么说?”

“也没说什么，就说过来看看你。”

“他也住小区里?”

“不知道。”秦雪一脸迷惘地摇了摇头，“好像以前没在这里见过他。”

“也就是说你不认识他?”

“这就说不清楚了，觉得他有点脸熟，他也说以前就跟我认识，还说他至今保存着十多年来跟你、我还有其他人一起拍的合影。他这么说的时候，我脑子里隐隐觉得好像真有这样的印象，仔细想想，又觉得不对，十多年前，我都还不认识你，怎么可能跟你一起合影？”

“后来呢？”

“后来他看天要下雨，就走了，我还想呢，真是个怪人，都十二点半了，还来串门。”

“是够怪的。”我心不在焉地回答，努力想回忆这个叫墨之翟的人，然而终究一无所获。

“算了，别想了，洗澡去吧，小心着凉。”

我点点头，重新迈开脚步。但脑子却不肯停下，一次又一次地拐向那个神秘莫测的墨之翟。

又是一个不眠之夜，仿佛我已经开始习惯这样无休止的失眠。

时间终于把夜晚从身边带走，外面的光线越来越亮，再厚的窗帘似乎也无法遮挡住它们，我努力伸了个懒腰，让半个身体克服引力支了起来。随着我的动作，秦雪也掀开身上的被子，俯卧着，让透过纱帘的阳光照在她背上。这样保持了数分钟，先是我，然后是秦雪，都各自起了床。

昨晚晾在阳台上的衣服还没有干，正为此发愁，秦雪无声地走到我身后，拉了拉我的睡衣。

我跟着她走进一间放着三个大衣橱的客房，她打开其中一个衣橱，里面有好几套男装以及男式衬衫、内衣等，都是崭新的，我随便拿过一套穿上，竟然正好，不大也不小。

把起床后该做的事情都做完，我和秦雪又开始大眼瞪小眼，坐在客厅的沙发上发呆。

幸亏脑子里还惦记着昨天墨之翟来访的事情，我便建议秦雪带我到蔡琰那里去。

大概摁了十几次门铃，就在我快失去耐心时，蔡琰家的门忽然开了条缝，探出了蔡琰半张睡眼惺忪的脸。

看到是我，她没好气地说了句：“先等我一会儿。”然后啪地把门关上了。

我和秦雪在蔡琰家门口的台阶上又大约坐了有半个小时的样子，门又重新打开。

刚才还怒气冲冲的蔡琰不见了，她又重新变得自信。看着她光滑得就像白煮蛋一样的脸，我忽然明白她刚才生气的原因。与现在这张容光焕发的脸相比，刚才那半张脸无疑憔悴而晦暗，上面甚至还能看见粗大的毛孔和眼角上的细纹。

蔡琰把我和秦雪让进了客厅，先是和秦雪一起唧唧喳喳地聊了会儿衣服和化妆品之类的事情，然后才总算把脸转向我。

“昨天见墨之翟了？”我问。

“见了。”蔡琰点了点头。

“怎样，还认得出他？”

“当然，要自己一个人想，老半天都不一定想得起来，但只要一见面，我就马上认出，他是墨之翟。”

“是吗？”

“可不是，”蔡琰舔了舔抹着透明唇膏的嘴唇，“昨天跟你说完话回家，远远就看见有人在门口转悠，一眼就认出他了。”

“他怎么找到这儿的？”

“可能昨天去找韩费，从他那里知道我正好住这儿，就过来找我了。”

“他现在怎样？”

“老样子，一说话就激动，都不给别人插嘴的机会，这么多年了，还喜欢较劲。”

根据蔡琰的提示，我再次试图把墨之翟的形象从记忆的灰烬中复原出来，但每次好像快要成功时，那个刚刚聚集起来的形象又吧嗒一下散开了。没辙，只好继续跟蔡琰对话。

“他都说了些什么？”

“具体什么的，我也说不清楚，反正说来说去就那几句车轱辘话，就是无论如何都要把这个事情给查清楚，只有查清楚了，才能解决漏电的问题。”

“他也住这儿？”

“这个，他倒没提起，本来想问的，但是说着说着就忘了这茬。”

“他找我什么事？”

“能有什么事？跟我说完，还不过瘾，再去跟你说呗。也怪我多嘴，跟他提起你也找过韩费，让他帮忙解决这事，这下他就来劲了。”

“是吗？有他的联系办法吗？”

“没有。”蔡琰很干脆地摇了摇头，然后好像想起什么，向我做了个手势，起身走到杂物架那里，从上面拿了个文件袋过来，交到我手上，“对了，昨天没碰到你，他很失落，临走前特地留下这个，让我一定转交给你。”

我从蔡琰手里拿过文件袋，打开。里面是厚厚一摞复印件，都是本地报刊上的新闻报道，时间跨度大约十五年左右。表面上看，报道之间毫无联系，每篇报道有的间隔一两天，有的间隔三四个星期甚至两个月以上，但是把这些报道都看下来以后，便可以明白，所有这些报道都是关于水流云在园地区的。

稍微整理一下，基本线索是这样的：这地方在被兴建为水流云在园和金色天堂商业区之前，叫嫣然浜。名字虽风雅，但其实只是本城相当破旧的一个老住宅区，里面三分之二建筑都是平房，还有一部分是五六十年代建的五六层高的老式公寓房。当时嫣然河也不像现在这样，河水碧绿、柳树成荫，而是本城一条著名的臭河沟子。这些都可以从当时的照片和新闻的背景描写上了解到。

资料还表明，这里的居民成分复杂，除了附近几家化工厂、钢铁厂的工人外，还有一部分社会无业人员和弄不清身份的游民。复印件里，有一部分的材料都是从社会新闻版上复印下来的，里面有凶杀案、强奸案、抢劫案、诈骗案、斗殴事件或者卖淫嫖娼之类的流氓事件，如果不仔细看，会以为是一堆社会新闻的集锦。但这些复印件里凡是出现“嫣然浜”的地方，都用红笔勾了出来，要么犯罪人来自此地，要么这里是事发地点。

上世纪九十年代，由于附近几家国营大厂不景气，居民中不少人下了岗，与此地有关的新闻中，于是又有了很多再就业工程方面的报道，如社区再就业中心如何帮助下岗职工进行职业培训、再谋生路之类的，还有就是方方面面的头头脑脑到这里看望下岗工人并鼓励他们再上岗云云。就这方面的报道来说，此地的经济状况似乎不甚乐观。

此外，此地历年还发生过几起不大不小的火灾、食物中毒、水管爆裂等突发性公共事件，这些在社会新闻中也有所涉及。

在这些材料中，有一点值得注意的是，从上世纪八十年代后期开始，几乎每年都有一两篇大小不等的报道，涉及是否要对小区进行危房改造，但每篇报道都提到，小区人口密度过大，搬迁成本过高，再加上嫣然河污染状况严重，整块地皮毫无开发价值，因此很难找到合适的开发商接手此事。

1993年此地发生了一场大火，终于让整个平房区意外地获得了集体搬迁的机会。关于1993年冬天的那场火灾，材料里虽然有好几篇报道，但内容却不超过一百字，它们虽然被登载在不同报纸上，实际上却是一篇通稿。通稿上说，某夜嫣然浜地区发生特大火灾，虽然火情严重，但伤亡不大，火灾目前已被彻底控制住等等。

虽然报道很浓缩，但我记得当时本城关于此事的小道消息却多得不计其数。传说中，这次火灾大约烧掉了嫣然浜平房区四分之一的建筑，而且由于是深夜，死亡人数大约上百。虽然有关方面马上澄清，关于死亡人数的传言纯属造谣，但一般小市民思想觉悟不高，最喜欢夸大其词信谣传谣，所以在非正式的场合中，小道消息反而越传越神，我也因此对这一事件印象深刻。

火灾之后，方方面面都觉得欠了此地居民，所以一直拖着没解决的居民搬迁问题便开始着手进行，几乎一夜间，居住在平房区的四五万居民便被消化到了城市的各个角落，只在此地留下一片废墟。

在1994年的新闻剪报中，这次大搬迁好几次被媒体当做实事工程的楷模加以称赞，但也有一些专家、教授对废墟迟迟没有制订开发计划忧虑不堪，并向有关部门提出了种种建议。

这些报道中，我竟看到了那个像“老出纳员”一样的建筑师——唐又的名字，看上去好像还是这个事件的主角。

一次接受采访时，他提出要在废墟上建一座广场。根据他的构想，要把死地做活，首先需要对嫣然河进行治理，让它恢复一个世纪前“天映水底，一池碧绿”的胜景，然后在岸边修建一座绿树环绕的西式广场，通过广场吸引人气，这样就可以把街区边缘原来那些老式公寓房所在的地方建成一个商业区，以实现所谓经济效益和社会效益的双丰收。唐又在接受采访时还表示，如果有关方面愿意采纳他的意见，他可以免费为广场提供设计方案。

紧接这篇报道的，是三天后的另一篇，上面说，著名建筑师唐又的建议引起上级部门的重视，有关领导还专门三顾茅庐向他请教。

果然，三个月后，便有好几份报纸都报道了嫣然广场规划启动的消息。

再接着的报道，便是嫣然河治理的连续报道，因为河边的几家工厂差不多都快倒闭，所以搬迁工作很顺利。污染源去掉以后，河道梳理和两岸绿化的工作也分别由环保局和园林局携手展开，几乎每隔一个月，不同的报纸总会出现一些豆腐块大小的新闻，告诉本市居民，嫣然河又变清了一些。

伴随嫣然河治理，另一些与此地有关的报道则显示，正如唐又预言的那样，周边地区的房地产开发工作也渐渐热门起来。最早，正是那个叫黄国歌的房地产大亨把那块老式公寓房区域的地皮批租了下来，后来和外商合作建起了金色天堂路上最早的几座高层写字楼。在一本财经类杂志的专访中，这位肥胖如猪的房产大亨深情地表示，作为一个出身在嫣然浜的苦孩子，他为自己能参与本地区的改造工程而深感自豪。

到1999年，金色天堂路已经成了本城最时髦的商业区，一簇簇装饰着玻璃幕墙的崭新高楼，林子一样矗立在这里，把这个城市里最时髦的人群纷纷吸引了过来。

这些材料中，还有两张杂志图片的复印件，是两张航拍图，一张拍于上世纪七十年代末，基本上反映了老嫣然浜当时的环境和状态，另一张摄于1999年，差不多就是现在金色天堂路商业区的全景，通过两张照片的对比，可以发现不仅原来的老式公寓房区域被改造成了商业区，另一片原来被规划为嫣然广场的废墟部分也被吸纳进了商业区，整个废墟只剩下了最后一块不毛之地，大约就是现在水流云在园和周边绿化所在的位置。

这之后，大约两年多时间里，再也没有丝毫关于计划中的嫣然广场的消息，所有的复印材料都在反复陈述金色天堂路商业区怎样变得越来越繁华，嫣然河怎样像玉带明珠一样艳丽。

材料中的最后一篇报道是2002年年初写的，大意是著名建筑师唐又设计的水流云在园项目因其非凡的创意，荣获了2001年度的一项国际建筑大奖。

把材料看完，我抬起头，看见对面墙上的挂钟显示时间已经是下午两点。过去的四个小时里，我被完全地吸纳到这个由复印件构成的事件迷宫中，跟随材料上红笔勾出的提示，我小心翼翼探索着它可能的路径和出口。

虽然事件本身并不有趣，而且也司空见惯，但是探索却又饶有趣味。

在这个过程中，我也在试图一步步还原提供这些材料的墨之翟。

正努力尝试着为墨之翟找到一个确实的形象，我忽然意识到周围好像已鸦雀无声，我抬头向四周望了一眼，发现蔡琰和秦雪都直愣愣地盯着我。

“有什么问题吗?”我下意识低下头看了看自己，但没有找到任何不妥的地方。

“没什么，就是有点羡慕你。”秦雪凝固的脸稍稍松动了一下，笑容很淡却很由衷。

“羡慕什么?”我有些摸不着头脑。

“羡慕你专心的样子啊。”秦雪把正襟危坐的身体也松弛下来，靠在了沙发背上。

我看了一眼蔡琰，她也点点头，好像深有同感。

我有点不好意思了，只好傻笑着挠了挠头。

“怎样，看出什么名堂了?”蔡琰又悠闲地跷起二郎腿，左手横放胸前，右手托着下巴，手指细长而白皙，透明指甲油正闪闪发亮。

“只知道这儿原来要造广场，但发展商神通广大，把规划改了。不过，还是没看出来，这跟漏电有什么关系?”

“就是嘛，本来就两码事，墨之翟偏偏爱联想，觉得两者之间有什么不可告人的内幕。”

“他怎么说?”

“他说，之所以出现这个问题，是因为原来的规划是广场，电力局方面布线的时候肯定是按广场要求做的，现在变成住宅区，就自然有问题了。”

“有这可能吗?”

“什么呀，”蔡琰的语气充满不屑，“你脑子也坏掉了，这种没常识的话都说得出来?我承认，规划是变了。但一码归一码，广场的电和住宅区的电都是一样的电，更何况造房子之前这里根本就是一片废墟，就是当年被火灾烧掉的地方，电路是造新房子时才布的，因为开发商有实力，电力局也不敢随便对付，派了最好的人，用了最好的设备和材料。”

“你怎么跟电力局新闻发言人似的。”

“不瞒你说，昨天墨之翟跟我说这事后，我还特地打电话去问韩费，这是韩费亲口告诉我的。”

“他的话能信吗?”虽然知道这个说法更合理，我还是忍不住抬杠。

“你看看你，小气，人家不就在你面前装孙子了吗?”蔡琰一脸浅笑，朝我扬了扬手指，“早就跟你说了，问题根本不是他们电力局不想解决，而是他们根本就不知道怎样解决。”

“好了，不要磨嘴皮子，起来后还没吃饭呢，你们不饿啊?”坐在一边的秦雪终于不耐烦了，打断了我们的争执。

这顿延迟到下午两点半的午饭，场面很是沉闷，我只是一个人闷着头吃饭，什么话也不说。

两个女人以为我有什么事不高兴，不免有些紧张。

秦雪大约看出我和蔡琰以前关系非同一般。蔡琰也看出我和秦雪关系虽一般，但终究还是暧昧。两人都怕说错话，支支吾吾顾左右而言他，说着说着自己也觉得挺无趣的，便先后闭上嘴不说话了。

我的思绪还固执地沉浸在那堆文字材料的迷宫里。

不知怎么搞的，它们让我对嫣然浜的历史发生了浓厚兴趣，或者确切地说，是那种将一个一个细节堆砌在一起、在时间上展现其面貌的方式，让我为之着迷，我已忍不住想沿着时间之轴继续上溯，以窥探此地埋藏在现在之下的那些过去。

吃完饭，我打算去图书馆查资料。当我把这个意思告诉秦雪和蔡琰时，她们似乎对此兴趣不大。我便独自去了市图书馆。

14

在时序紊乱的记忆之河中，唐喻依稀记得，在1893年的春天，他似乎离开了漂来城，开始在城外的租界里修筑一条贯通东西的洛克菲勒大道。但另一种记忆却又告诉他，他其实一直都被锁闭在城墙之内，关于他出城的事迹不过是时间魔术的一种幻觉。

这年的春天，老是刮风，风从三月头上一直刮到了三月底，马路的工地上尘沙飞扬，只要一张嘴巴，牙齿缝里就会有沙子咯吱咯吱作响。这让唐喻对这段时间的记忆也变得零落而散乱，他就像一具丢了魂魄的躯壳，飘荡在位于城池东郊那块叫做“租界”的开阔地上。

那次著名的生日宴会让唐喻失去了总督的信任，他被彻底遗忘了。在洋枪厂喧嚣而单调的敲打声中，他心中那不可救药的使命感被一点一点地击碎。他不再坚硬得像块石头，生命中第一次出现了颓唐的感觉。为此，他开始随波逐流得过且过，还接受了父亲的安排，在只看一眼的情况下，便决定娶那位脚若金莲脸似满月的女人回家。新娘是漂来盐运司运判家的小姐，亲事意味着盛唐南货行将拥有更多的官盐销售份额。

恰如媒婆预言的那样，新娘果然很善生养，结婚没三个月，便顺顺利利地怀了孕。

一想到自己马上要当父亲了，唐喻忽然意识到，时间不舍昼夜，很快他就会变得像父亲一样老迈，而对此他却毫无招架之力。

唐喻身上出现的暮气，吓坏了唐妙。为了让堂兄振作起来，他开始劝说唐喻离开洋枪厂，到租界来寻找发展机会。

正好，这时租界的工部局正在计划建造这条东西向的大马路，它长约十公里，宽约十五米，号称将成为远东的香榭丽舍大街。大马路用了洛克菲勒的名字，因为那位已经变成大胖子的美国人是大马路最重要的捐助者。

在过去的两年里，洛克菲勒一直在大肆收购土地，已经成了租界里拥有最多租约的地产大王。第二帝国时期巴黎大改造的历史，让他判断出“香榭丽舍大街”一旦建成，路边的土地将翻倍上涨，因此他主动向工部局捐献了好几块筑路所需的地皮，以确保大马路的选址可以经过他名下的那些地产。这一义举也为他赢得了声誉，他被选进了工部局董事会，成了租界里的头面人物。正是在他极力推荐下，唐喻被请到了租界，成了大马路工程的总督管。

然而，从筑路工程开始的第一天起，漂来城就开始没完没了地刮风。此时，唐喻还未从使命感破灭的沮丧中摆脱出来，不由得怀疑这风隐含着某种不祥的征兆。

果然，大马路的土地平整工作虽然进展得很快，但铺路所需的石料却迟迟不能到位。

工部局本来跟邻近漂来的沙河县商定，要在附近的山上开辟一座采石场。但很不幸，事情被传到了韩凤阳的耳里。虽然收到唐喻的辞呈时，总督曾故作轻松，对唐喻表达了祝福，但心里，他还是忍不住将唐喻的行为看作是挑战。这位正一天天变得固执的老人认为自己受到了侮辱，就此下定决心，要埋葬掉这个年轻人所有的梦想。

在总督的暗示下，沙河县以采石会破坏风水为由，收回了向租界提供采石场的决定。工部局方面不得不委托领事去和韩凤阳交涉，得到的回应却是，作为一种毫无意义的娱乐设施，租界里的马路已经超过了合理的额度，完全没必要再修建这样一条更宽更长的马路，它会让人们沉浸于一种不务正业想入非非的生活中。

听说总督大人这个近乎荒谬的解释时，唐喻正在工地上指挥工人平整一片刚刚被填满的洼地。从英国买来的蒸汽压路机发出了让人心烦意乱的噪音，因为愤怒，刚刚从自行车上下来的洛克菲勒，说话时有些声嘶力竭，他那日渐变大的啤酒肚几乎快从衬衫的纽扣下蹦了出来。但唐喻却发现自己丝毫没有受到影响，洛克菲勒说出来的每个字他都听到了心里，脑子没拐一点弯，他就判断出总督这么做，完全是在针对自己。总督的过激反应，让他反而领悟到自己并没有真的被从漂来城的历史中甩出去，相反他在租界的所作所为，是在用另一种方式影响漂来城。随着那种不可救药的使命感重新回来，唐喻浑身上下又充满了干劲。

“这样也好，没有石头，正好可以造一条硬木马路。”唐喻慢条斯理地告诉洛克菲勒。

不久，在工部局讨论大马路善后事宜的会议上，唐喻打消了董事们想从日本长崎订购三千吨碎石的打算，他让董事们相信，只要再多花点银子，就能从澳洲进口铁藜木，这样漂来城的租界便可以拥有一条世界上最先进的硬木马路，马路将具备磨损小、无须维修等特点，长远来看，要比碎石马路更省钱。那些从慕尼黑大学学到的新知识，终于变成了有力的说辞，所有在漂来城里说不明白的话语，在这里却拥有了强大的煽动力，董事们立刻答应再增加三千两银子的预算。

一个月后，一支满载着澳洲铁藜木的船队浩浩荡荡开进了漂来港。那些澳洲船长为了卖弄各自的航行技术，在漂来江里展开了一场你追我赶的竞赛，一时间汽笛声开了锅似的此起彼伏，甚至连住在城池中央的韩凤阳也被这尖厉的声音惊着了。不久后，派去打探消息的下属跑来报告，拉汽笛的船是专门运送修路材料的。

澳洲船长们即兴的胡闹，却让唐喻背了黑锅，韩凤阳再次下意识地认定，汽笛声是唐喻的挑衅。出于愤怒，他盘算着要给这个傲慢的年轻人一个深刻的教训。

然而，唐喻根本不打算让总督有时间思考，他决定改变以往按先后顺序进行的作业方式，把整个工程分割成六段，雇用了六支筑路队，同时在不同路段展开作业。

很快，澳洲来的铁藜木块被涂上柏油，整齐地嵌入了打着水平线的框架内，不过一个月时间，一条平整、宽阔的硬木马路贯通了整个租界。当第一辆马车行驶在这条全新的洛克菲勒大道上，人们听到，马蹄铁在坚硬的木块上敲打出了快活的咔哒声，马儿们的姿态突然间变得高贵而优雅。原来在碎石路上艰难行驶着的自行车和黄包车，也突然拥有了光滑而流畅的运行轨迹。人们开始相信硬木马路是一种足以让行走者产生幻觉的设施。一时间，洛克菲勒大道成了租界里的一大景观，人们三五成群地跑到这里，不是为了到达某个确定的去处，而只是为了在这整齐的硬木块上走上一走。

马路上人来人往的盛景让洛克菲勒依稀看到了巴黎的影子，他就此下了决心，要在这条以自己名字命名的马路上造一座远东最大的百货商店。

就在洛克菲勒为百货商店的事情奔忙的时候，唐喻已经在脑子里构造了一个新的计划。为了将澳洲铁藜木从港口运到租界，工部局方面曾雇用了整整五十辆马车，来来回回跑了几千趟。这让唐喻发现在港口和租界之间修建一条铁路，是一个绝妙的好主意。

当唐喻将想法向工部局报告的时候，董事会方面却告诉他，造铁路的想法十几年前就有人提出过，但因为铁路需要穿越华界，结果被漂来当局否决了。

然而这对唐喻来说，并不是什么难题。那些继承于唐望的古老智慧，终于拥有了施展的余地。唐喻向工部局提出了一个暗渡陈仓之计：由私人公司出面租下铁路必经的土地，然后以修筑马路为名，贿赂地方官，使这项名为铁马路的工程能够顺利上马。只要生米煮成熟饭，漂来城当局也知道洋人得罪不起，最后必定睁只眼闭只眼，让事情不了了之。

唐喻的提议让工部局的董事们茅塞顿开。

不过，为了不引起总督的猜疑，唐喻随即辞去了工部局市政总管的职位，回到了位于漂来城的老宅子，做起了赋闲的寓公。

唐喻从租界辞职的意外举动，让一直在关注他的韩凤阳深感不安。越是看不明白，总督就越是觉得有蹊跷在里面。他好像着了魔一样，想尽办法搜集着一切关于唐喻行踪的情报。然而，探子们得到的消息却总是千篇一律：自从辞职以后，唐喻每天都关在书房里，足不出户，谁也不知道他在干什么。这让总督的不安进一步地加剧，然而除了等待唐喻出招，似乎也找不到什么更好的应对方法。

事实上，连唐府里的人也不知道唐喻每天都在忙些什么。全家人只有每星期回来一次的唐妙，被允许进入他的书房。作为唐喻和洛克菲勒之间的联络人，唐妙每次都会带着一堆问题回来，但每次不等唐妙开口，唐喻就会抢先把一大堆图纸和方案交给他。这些图纸和方案无一例外正好可以解决洛克菲勒想要咨询他的那些问题。

有好几次，唐妙忍不住想问唐喻，他是怎样做到这些的。但每次话一出口，唐妙就再也记不得接下来发生的事情。唯一被保留在他记忆中的是这样一个情景：唐喻靠在太师椅上疲惫地望着书房窗户漏进来的那几缕光线，这时他的人几乎像那带着灰尘质感的光线一样透明，如同一个不在此时此地的幽灵。

每周替唐喻和洛克菲勒传递信息的时间，也是唐妙偷偷跑进漂来城和孔三姨太幽会的时间。

这种只有一个小时的约会，让唐妙在每次约会之后，对詹凤仙的思念之情反而愈发强烈。

于是，在接下来的一个星期里，他会像发了疯一样，想念她带着栀子花香味的发梢，想念她被福寿膏酥麻甜味浸透的唇和舌，想念她被岁月磨去了所有棱角的丰腴身体，甚至想念她带着情欲气息的汗味和眼角边的鱼尾纹。有好几次，他忍不住向詹凤仙提出私奔的建议。他告诉她，只要她肯下决心，他们随时可以在漂来港坐上任何一艘远洋轮船，从所有认识他们的人身边走开，从此以后，世界上将再也没有什么东西能阻止他们相爱。

对唐妙这浪漫的说法，詹凤仙始终没有表示过认同。在吸食福寿膏的漫长岁月中，她终于明白了一件事情：欢乐终究短暂，所有欢乐的巅峰都会是欢乐的终结，只有漫长的等待才是人生的真相。她相信，即使他们能逃开那些人为设置的阻碍，也终究逃不开那些从自己心里生出的厌倦。因此与其跑到陌生环境里让这厌倦轰轰烈烈地来到，不如留在自己已经习惯的生活中，让这欢乐和厌倦都在悄无声息中完成。

这一年冬天，两人关系的转折时刻终于到来。

一场突如其来的绞肠痧，让属于孔尚秋道台的人生画上了句号。孔道台毫无交代的死亡，不可避免地让詹凤仙遭遇了一场名分危机。当年孔道台纳青楼女子为三姨太，孔老太太强烈反对，甚至以绝食相威胁。一向以孝名著称的孔道台只好从长计议，另辟别院安置詹凤仙。

但道台没有料到，自己会走得比老太太更早。

没有获得过正式名分的詹凤仙自然成了被讨伐的对象，那些悲愤的女人甚至还将孔道台的死归咎于这个来历不明的红颜祸水。于是，道台大人尸骨未寒，詹凤仙就被从孔家别院赶了出去。

詹凤仙倒也并不坚持，孔家的排斥对她而言正好是额外的豁免。一收到最后通牒，她眉头也没皱，便孤零零地离开住处，回到了当年居住过的租界。

得知詹凤仙重获自由之身，唐妙喜不自胜，连忙为她在一幢公寓楼里租了房子。由于周围的邻居都是些蓝眼睛白皮肤的洋人，唐妙觉得自己终于可以肆无忌惮地和詹凤仙约会了。

在詹凤仙来租界后的第一天，他就让自己赖在了她的公寓里。尽管此前他已求欢三次，她也一一满足了他，其中一次甚至强忍心中的不适，很不雅地撅起屁股，让唐妙从后面进入她的身体，但唐妙依然不依不饶，好像非要把两个人身上最后一滴情欲都榨干了才肯罢休。无论詹凤仙怎样暗示他应该离开，他还是故作不知。当詹凤仙想捡拾自己散落在地板上的衣服，穿回身上去时，他还故意顽皮地在詹凤仙的手伸过去之前，把衣服远远地踢开，任由她难堪地在壁炉火光的映照下，赤身裸体在公寓的客厅里走来走去。后来，她只好放弃了重新穿回衣服的努力，耷拉下长长的睫毛，向唐妙认输，问他究竟要怎样。唐妙也并不知道自己想怎样，只坏坏地笑，说因为詹凤仙欠了他的，所以她要认罚，不能再像以前那样，让他走，他就要走，现在他想留多久就留多久，想跟她要求几次就能要求几次，甚至只要他在这间公寓里，他就不会让衣服重新穿回到她身上去。唐妙这些任性的说法，让詹凤仙心跳加速脸红耳热，她分不清是因为羞愧，还是因为那被撩动起来的情欲。不过，很快她就习惯了在唐妙面前赤身裸体地走来走去。西式公寓虽然看起来有很多住户，但其实却比疏落的中式院宅有着更好的封闭性，詹凤仙发现即使在同一个单元的不同房间，也未必听得见另一个房间的声音。房间的每扇窗户上都有厚厚的窗帘，只要把它们拉起来，连光都不能透进一丝一毫。关上门，每个单元就是一个独立的世界，如果里面的人不准备向外面透露信息，外面的人根本无从知道里面发生了什么。这一发现让詹凤仙放松下来，她开始毫不羞耻地把腰挺得更直，将胸耸得更高，让那不成功的缠足造成的身体摆动扭得更有韵律，使丰腴的臀部湖水一样地起伏着。

在这过程中，唐妙反倒一声不吭了，乖巧地蜷缩在房间的一角，抿紧嘴唇，手托下巴，静静地看詹凤仙以如此的姿态收拾房间。他的目光变得澄澈透明，随着壁炉里的火光忽闪忽闪的，完全入迷的样子。这情形，詹凤仙看在眼里，心里愈发喜悦，甚至忘了最初对自己的告诫，开始彻底沉浸在这爱情的迷醉中。这天吃完晚饭，甚至不等唐妙主动要求，她就忙不迭地钻到了他身子底下，把乳房鼓鼓囊囊地贴在他胸口，用轻轻的抚摸帮助他勃起，然后将理智全部交给了想被他完全占有同时也把他完全占有的欲望。

他们在昏昏沉沉的缠绵悱恻中度过了新生活开始后的第一个月。唐妙又开始写诗，只要待在詹凤仙的公寓里，除了跟她缱绻交缠，他便呆呆地看着她，或者把头枕在她腿上，或者将脸埋进她柔软的胸部，在脑子里构思那些奇妙的句子。有时想着想着，还忍不住流下眼泪。詹凤仙问他为什么，他也不说话，就一个人发愣，沉浸在自己营造的忧伤感动中。要过很久，才会把构思出来的诗念给她听。虽然字面上，詹凤仙并不能理解这种西化而晦涩的诗，但从唐妙吟诵诗歌的语调和韵律中，她明白唐妙是在发自内心地向她示爱，有时候听着听着，她也会稀里糊涂地跟着一起流眼泪。此时因为纵欲和竭思惮虑，唐妙看上去是憔悴而苍白的模样，在她眼里，如此柔弱，需要好好呵护，她总是忍不住我见犹怜地把他拥在怀里，用手轻轻地抚过他的发、他的脸。在詹凤仙温柔的抚慰中，唐妙觉得自己好像重新回到了九岁，他躲在唐记南货铺的柜台下面，偷偷顺着她拖到地上的裙子和旗袍，打量这个妩媚而时髦的女人。

到了第二个月，那种疯狂和造作的情形似乎有所收敛，就像一条奔腾的大河从上游来到了主干，虽不湍急，但也不再狭窄，完全是一副浩浩荡荡的宽阔之相。肉体欢愉的频率降低下来，不再是那种生怕过了今天没有明天的饥渴状态，但是欢愉的深度和长度却在不动声色地增加，他们身体动作的幅度不强烈了，但更为温柔体贴，当淫秽的想象和对情欲可能性的试验变得不再重要以后，感觉反而得到了解放，他们可以更细腻地觉察双方身体在交合中的每一丝细微变化，原来囫囵一口被吞下去的糖，现在被品尝到，除了甜还有其他各种微妙的滋味。这慢节奏的爱，让唐妙向詹凤仙示爱的方式也变得更加细腻丰富，每天来公寓，他都会随身带一件小礼物，一些时候会是一枝玫瑰花，另一些时候会是一包上好的胭脂水粉或者一条西式丝巾，还有一些时候则是詹凤仙爱吃的干果。其中最出人意料的一次，是唐妙顽皮的本性再次发作，给詹凤仙送来了一个做成春宫的音乐盒，两人因此又像刚刚开始时那样疯狂了一次。

这个时期，唐妙依然在为詹凤仙不断写情诗，但这些诗里火辣辣的词语和排比句少了，诗的长度也不像一开始那样毫无节制，但这些沉静的诗歌里却时时透露着饱满的幸福感。当唐妙身上的孩子气一点点减少，詹凤仙变成了更孩子气的一方，两个人在一起时，她常常故意做出生气或不高兴的样子。于是，唐妙便想尽一切办法哄她高兴，但唐妙越哄，她就越要显出不高兴，仿佛她又重新变回当年那个刁蛮任性的芳龄少女。

当他们这样自由自在的相处累积到第三个月时，他们开始感受到爱的轻松。爱情中所有那些会让人产生压力的东西，正在慢慢消退。他们的爱开始变得像藏匿在山林中的小溪流，那些伴随爱情而生的疼痛能量转化成了自然状态下的轻松自在，身体上的要求不再是注意力需要刻意把握的事情，有时候，欲望只要稍稍探出头来，不用言语，不用剧烈的表示，只一个淡淡的眼神或者一记微不足道的手势，就能让另一方轻而易举地领悟，并在对方的心中激起同样的涟漪。两人相拥时，动作通常舒缓而放松，看似漫不经心，却每一分每一毫都恰到好处。唐妙不再每次都给詹凤仙带礼物，但是只要带礼物来，总会是她此刻最想得到的某样东西。这时候，他们除了在公寓里幽会，还常常结伴出游，或者是去租界某条繁华的街道逛商店，或者一起到嫣然河畔踏青。他们走在一起时，显得并不是很亲近的样子，之间的距离保持得恰到好处，让人以为不过是年轻的后生陪着家里年长的女眷出来兜风，所说的言语也是半咸不淡有一搭没一搭，丝毫听不出多余的感情，但他们自己却很清楚每一句话后面的潜台词，他们已经学会了用最平常的词语来包裹浓情蜜意。唐妙几乎不再专门给詹凤仙写情诗，但写诗的习惯还保持着，这些诗用词简约，或者咏物或者写景或者记事，但这些写诗的冲动和灵感，往往是詹凤仙在他身边时产生的，而这一点本身就已经很让詹凤仙觉得满足了。其间有一次他们为香菇炖鸡的盐是否放多而大吵了一场，但随即他们便直接在餐桌边上用更激烈的身体语言补偿了刚才对彼此的伤害，仿佛他们又回到了那最疯狂的第一个月。

在第四个月中的某一天，唐妙和詹凤仙几乎不约而同地感到了惊惶，他们怀疑他们之间的爱情可能已经变成了一潭死水。不过，幸好那时候这潭死水看起来还水质清澈，让他们可以将之想象为一座宁静的湖泊。内心那种突然而巨大的寂静，让他们又开始对激情充满渴望，他们重新变得像第一个月时那样如胶似漆甜言蜜语，想尽办法制造一切肌肤相亲的机会，然而这些语言和身体上的努力带来的是更多的疲惫和厌倦，他们并没有像他们想象的那样让自己燃烧起来，他们发现他们越是想得到什么，他们想得到的东西便离他们越是遥远。在这个阶段，唐妙又开始写火辣辣的情诗，他的用词造句甚至比以往任何时候都要更加新奇大胆，但只有他自己心里知道，他已经完全丧失了写诗的才能。当唐妙满怀激情地向她吟诵这些诗歌时，詹凤仙听到的只是声嘶力竭的叫喊，她再也感觉不到那声音里的韵律和节奏，她知道这代表着唐妙对她爱的枯竭。她的智慧足以洞悉这些最微妙的细节，但无法控制失望和不甘，她越是觉察到这些，便越是忍不住想从唐妙那里索取爱情。唐妙也总是一副心甘情愿的样子，给她想要的东西，给她吻，给她鲜花，给她拥抱，给她甜蜜的情话，那些欧洲时期的放纵经验，让他能在即使没有欲望的情况下都能让自己的身体产生强烈反应。但是这些感情的仪式如同那些热情的情诗，只是反复在让詹凤仙体味爱情枯竭的征兆。他们像世界上所有愚笨的男人和女人一样希望用自欺欺人的方式制造他们永远在初恋的幻觉，但是他们又像世界上所有聪明的男人和女人一样根本无法被彼此的自欺欺人所蒙蔽。

当唐妙第一次对詹凤仙打嗝产生厌恶之心时，他就知道他和她之间的爱情已失去了最后的可能。这时，离詹凤仙搬进租界，已经过去五个月。所有爱情产生的幻觉正在被慢慢撕碎，成熟的韵味变成了青春的消逝，丰腴的身体变成了发福的体态，天生的妩媚变成了刻意的轻浮，娇憨变成了迟钝，柔弱变成了憔悴，含蓄变成了世故，体贴变成了俗气。一个诱惑力十足的尤物被重新还原为一个养尊处优的中年妇女。所有这一切的感觉都不是他故意想出来的，而是他一睁开眼睛，就自然而然呈现出来的情景。

那天傍晚，因为心里烦躁，唐妙借口要回报馆办事，离开了詹凤仙的住所。然后他跑到附近的添春书寓，找了个年轻的长三，嘻嘻哈哈地胡闹了一晚。他希望这种释放欲望的方式，能让自己忘记那厌倦带来的空虚。果然，当烦躁借助酒精的力量，液体一样地释放进那个美丽而活跃的身体后，在那昏昏沉沉的空虚中，他忽然痛恨起自己。他发现这么多年来，他对詹凤仙的爱不过是个借口，只是为了让自己的肆意放纵有个正当的理由。他在欧洲的种种猎艳之举、他对无数女人造成的伤害，归根结底只是为了自己的欢娱。这可怕的想法，让唐妙心里充满负罪感，天没亮他就匆匆从那位年轻妓女蜜糖一样黏稠的怀抱中挣脱出来，一路狂奔，跑回詹凤仙的公寓。

詹凤仙还在熟睡，她的神情看上去很憔悴，事实上，她是这天早上的三更时分才刚刚入睡的。为了能让自己不去想唐妙离开的原因，她尝试了很多方法。先是把屋子里所有能吃的东西都拿出来，试图用它们冲开自己被怨恨纠结住的肠胃。然后又找了一堆脏衣服，坐在窗前，借着外面煤气灯的光亮，反复地搓洗。最后，她翻出了一直放在床底下的那几个大箱子，里面大多是当年唐妙刚刚从欧洲回来时带给她的礼物，她用一块干燥的绸布仔细擦拭物品上的尘垢，如同在灰烬中寻找最后一丝火光。忽然，她在这些物品中发现了一块被严严实实包裹起来的鸦片膏。由于还没有掺进人参、桂圆之类的滋补品，与福寿膏相比，这纯正的鸦片膏颜色发暗发黑，飘散着苦涩的气味。詹凤仙记起来，这是她和唐妙相好之后，托人给自己买的，准备一旦事情败露，就用这种自己最迷恋的药物做个自我了断。离开孔家别院前，她丢弃了很多东西，唯独把这鸦片膏和唐妙送给自己的礼物带在了身边。当时她没多想，现在却隐隐地猜出，她心里其实早就料到，总有一天唐妙会彻底厌倦她。

因为看到了鸦片膏，她再也没有心思做别的事情，把其他东西匆匆放回箱子里以后，便抱着鸦片膏，像个满怀心事的小女孩躺到了床上，用冰凉的舌尖一遍一遍舔着已完全失去水分又干又硬的鸦片膏，心里一遍一遍问自己，是不是已经到了该把它吞咽下去的时候。在唾沫的濡湿下，那幽香、酥麻、空虚、苦涩、痛悔的滋味慢慢弥散在她嘴里，仿佛是爱情的滋味在舌尖上一一重演。让人疲惫至极的回味让她终于安静下来，进入了梦乡。

一夜的煎熬，让詹凤仙此刻看上去好像一下子老了二十岁，唐妙甚至在她鼻孔里呼出的气息中，闻到了一股老年人才有的腐朽气味。但是，他告诫自己，不能对她生出半点嫌弃之心。为了表现这种决心，他马上让自己悄悄在她身边躺下，将脸正对着她的脸，近到可以看清她脸上的每条皱纹，近到可以感觉到她的鼻息如夏天燠热而潮湿的风拂过他的脸庞。

在唐妙用钥匙慌乱开门时，詹凤仙已经醒来。但是除了将拿着鸦片膏的手收回到被子底下，她并没有让自己的姿势有丝毫改变。她闭着眼睛，试图用听觉和身上的每个毛孔窥探唐妙的真实心意。当她感觉到唐妙在她身边躺下，几乎鼻尖对鼻尖地贴着她的脸时，心里不免产生了一些感动。她觉得她好像能宽容他对自己的厌倦了，她知道这厌倦并非他真心所想，事实上，为了抵御这厌倦，他已经耗费了很多的精力和时间。

接下来的十多天里，两人心里因为都有了些沉甸甸的感动，因此相处时都对对方怀抱着一种淡而沉静的温情，满脑子都在思考要为对方去做些什么。这让亲切感重新回到了他们中间。但是，当欲望的油料在他们身体的容器里重新蓄积起来时，厌倦和怨恨便分别而同时地到达了他们心里。唐妙又一次去书寓找了那个年轻的长三。似乎早就料到他会再来，不用更多提示，这个小名醒醒的长三便极富技巧地用海绵一样柔软的身体拥抱了他，帮他吸去身体里胀得难以抑制的欲望，然后拧干再吸。

直到整个身体都空掉之后，深深的痛悔又重新充满唐妙的心。

接下来又是段温馨的日子，如此周而复始。

在又一个欲望即将冲垮理智的黄昏，离开报馆后，唐妙强迫自己直接回到詹凤仙的公寓。让他惊讶的是詹凤仙为他开门时，脸上竟没有一丝紧绷和锐利，她笑得很甜很媚，浑身上下都给人一种软塌而松垮的感觉。当唐妙狐疑地望向她时，她也不说话，只用一只汗津津的手牵着他的手往卧室走。卧室里充满了熟悉的酥麻气味，当唐妙看到床榻上一边各放着一根烟枪时，他就明白，他闻到的是福寿膏的气味。还没等他想明白这是怎么回事，詹凤仙就已经把其中的一根烟枪递到他手里。唐妙的脑子只迟疑片刻，便决定接受这个为他而设的陷阱。他学着詹凤仙的样子，在床榻上半倚下来，对着烟枪深深地吸了一口。眼前顿时烟雾缭绕，詹凤仙像个不确定的影子，在烟雾里甜蜜地微笑，在长睫毛柔软而缓慢的闪动中，娴熟而极有耐心地为他烧制大烟泡。当身体被鸦片的气味完全浸泡到酥软，那最初催生出爱情的感觉便又重新回来。唐妙仿佛又回到了少年时那些美妙的黄昏，他在孔家别院的床榻前充满渴望地观望那个颓废而慵懒的美人，他被彻底打动了，那些关于爱的狂野想象和奇妙幻觉让他不顾一切地把詹凤仙拥在了怀里。

幸福重新回来了。

每天只要卧室里飘散出福寿膏熟悉的气息，唐妙身上的每个细胞便会被快乐浸透。几乎每时每刻，他脑子里都想着快点回到詹凤仙那里。再也没有一种诱惑能大过这种诱惑，再也没有一种欢乐能多过这种欢乐。

在书寓里的那些年轻女孩把唐妙的心完全勾走之前，詹凤仙终于把他重新抢夺了回来。

在唐妙迷上福寿膏后的第二个月，漂来城历史上的第一条铁路终于宣告贯通。五百三十二名乘客在一支二十人的铜管乐队护送下，从港口坐着一辆八节车厢的“铁龙”，只用了半个小时，便被顺利地运抵租界。

这五百三十二名乘客，除了英法德美俄日诸国驻漂来的领事外，还有最大的三十个洋行的大班和租界里的华商代表以及各界贤达名流。

在首航班车的第一节车厢里，洛克菲勒安排了一个隆重的酒会，为了向人们显示这条铁路非凡的稳定性，他特地让人在一张铺着白色台布的餐桌上，用斟满香槟酒的酒杯，叠起了三个足有一米高的宝塔。火车虽然在快速地前行，但这三个黄澄澄的宝塔却没有丝毫晃动，参加酒会的人们一边兴致勃勃地观赏着宝塔，一边一杯一杯从宝塔上拿酒喝。车厢里一片欢歌笑语，全然一副节日的气氛。

铁路和火车既成事实，即使漂来当局再怎么惊诧，也不会对此有任何实际的伤害，对于这一点，洛克菲勒早就从租界的洋人前辈那里得到了确认。这让他以为自己创造了一个奇迹，并因此有些心满意足，在火车毫无真实感的平稳运行中，洛克菲勒的心被香槟酒的气味泡得绵软妥帖，他产生了奇妙的幻觉，仿佛不是在这座城市内部前行，而是在这座城市的天空上自由翱翔，好像这座古老的城市是他的创造物，他在一点一点为它剥去腐朽的表皮，为它带来新的文明。他感到鼻腔里有一种结结实实的热力正在涌动，让他忍不住想去注视自己的鼻尖，但是这种努力的结果，只是让他眼里的鼻尖出现了三四个重影。因为看鼻尖看出了重影，因此当他的视线重新扫视车厢时，他眼里的每件事物都无一例外地出现了重影。洛克菲勒快乐地将脑袋转过来转过去，这个影影幢幢的世界让他满心满意地欢欣鼓舞，直到看见鬼一样地站在车厢角落里的唐喻。

穿一身黑袍黑马褂的唐喻阴郁得毫无温度，他冷冷地看着眼前的一切，好像火车和铁路都跟他毫无关系。洛克菲勒发现眼前的世界中，只有唐喻一个焦点是没有重影时，好像所有幻觉的可能性都在这个点上被阻挡了。他不由吓出一身冷汗，使劲眨了眨眼睛，这下车厢里什么东西都没有重影了。

唐喻自己也不明白，在这样一个欢庆场合中，为何会生出心灰意冷的感觉。仿佛这一切的盛况和喜悦只是过眼云烟，虽热闹却无一点真实之处，他甚至有一种正在参加一场盛大葬礼的感觉，那嘹亮而明快的铜管乐，在他耳里说不出的沉闷和呜咽。为此，他努力让自己的听觉穿过这悲凄的乐声，去捕捉车轮和铁轨在接触时发出的咔嗒声，好像是在触摸一位将逝的美人身上最后一丝温度。那压抑的情绪，让他甚至感觉不到自己的呼吸。

忽然，有人在身后拍了拍他。很快，一脸吊儿郎当相的唐妙从他的侧后方转到他身前。唐妙身旁还跟着一个穿白色长袍却戴一顶西洋白礼帽的清瘦男子。唐妙介绍，男子是租界里著名的善堂永济会的会长墨仁。虽然墨仁从头到尾都是陌生的，但唐喻还是不由自主地对他生出了由衷的亲切感，好像他们并不是初次见面。刚开始时，唐喻还不断想要清除这种莫名其妙的亲切感，但越是这样努力，这似曾相识的幻觉便越是强烈地涌入他的心头。他坚强的神经开始动摇，在短暂地抵抗了几秒之后，他决定接受墨仁，让他成为自己的朋友。

“在担心什么?”在唐妙的介绍结束后，墨仁的嘴角上带着一丝怪异的笑容，慢吞吞地问唐喻。

唐喻不由惊讶地看了墨仁一眼。在墨仁的眼光里，唐喻有一种自己正在被他看穿的感觉。他连忙让自己也笑了笑，然后摇了摇头。

墨仁的目光还是一样地坚定而热情，脸上的微笑似乎本身便是一种语言。

几乎不约而同地，两人都把脑袋探出车窗，开始向下俯视。铁轨两边的路基像时间一样，黑鸦鸦地刷满了他们的眼帘，不断消逝，又不断进入，不肯有丝毫的停留。在那一刻，唐喻终于确信，墨仁和自己是同一类人，都在试图穿过时间到达尽头。

这时，唐妙的烟瘾却很不恰当地发作起来。眼泪和鼻涕止不住地往外冒，他努力控制着自己抖动的身体，让它尽量和火车运行的节奏配合在一起，然后开始尝试着一点点把身体挪送到车厢的角落里。

直到确信自己已完全躲进了阴影，他才抽出装饰在衣襟上的白色丝质手绢，擦拭着那些从鼻腔和眼眶里渗出的液体。身体上的不适，让他的思绪被一种深深的厌倦之情占据了。首航列车启动时那明亮的光景在他眼前消失了，所有的事物都在变得黯淡，好像被用粗粝的沙子磨蚀过似的。他慢慢把眼珠从这一边挪到那一边，又从那一边挪到这一边，感觉自己像个正在窥探人世的亡魂。

他目光冰冷、呆滞无力。唯一可以改变这状况的，是唐喻和墨仁那双对比强烈的身影，在目光从两人身上掠过时，他仿佛隐隐看到他们身上都在发出炫目的光芒，在他们的身前身后似乎存在着一条光的通道，他们在这个空间之内，又似乎不在这个空间之内。

“不舒服吗?”

不知什么时候，那一黑一白两个身影已经移动到自己身边，那个白色的影子甚至还俯下身子，凑在面前忧虑地看着他。火车依然在晃动个不停，有一刻，唐妙注意到墨仁那白色的影子已经和堂兄那黑色的影子重叠在一起，仿佛他们本来就是同一个人似的。

事实上，在第一眼看见墨仁的时候，唐妙的心里就产生过这种奇怪的感觉。虽然，这个眼窝深陷的岭南人，无论外形还是气质，跟唐喻几乎没有一丝一毫相似之处。

第一次和墨仁相遇是在半年前。当时唐妙正坐在《西洋镜报》的总编办公室里，追忆关于巴黎普洛科普咖啡厅的往事。冬日午后的阳光顺着二楼的马蹄形联拱落地窗洒进房间，薄薄地铺陈在他的胡桃木书桌上，桌上那杯用正宗阿拉伯咖啡豆蒸煮的咖啡冒出了氤氲的热气，浓郁的咖啡味正在被送进鼻腔。他微微闭上眼睛，把那支派克水笔在指尖轻巧地晃动，希望这充满小布尔乔亚气息的氛围，能帮助他完成明天将要刊登的专栏。

不久，他感觉到一直在透进眼帘的光线好像被什么物体挡住了。睁开眼睛，一个浑身散发着光的身影正居高临下地冲他微笑。本来他觉得自己应该为这个突然闯入的不速之客感到不快，然而却惊奇地发现心里没有丝毫怨气，他甚至还给这个穿白色长袍的家伙同样温暖的微笑，听见自己在这样客气地说："啊，你好，请问什么事？"

随后，在不知不觉间他竟然和这个叫墨仁的中年男子聊了整整一个下午。在询问来意的过程中，他还了解了墨仁和永济会的事情。

墨仁并不是土生土长的漂来人，他是广东南海人，后来搬去了作为大不列颠帝国殖民地的香港，是个学西医出身的医学院毕业生。开业行医之前，他到漂来探望在此地行商的长兄，三个月的客居生活让他喜欢上了这个异乡的城市。正好租界的教会学校开设的医学部需要任课老师，他便留了下来。

不久，他租住的地方发生了一场火灾。火灾给这个处于租界中心地带的小镇造成了巨大损失，事后墨仁主动呼吁，为避免再次发生这样的事情，镇里应该组织救火队。为此他自告奋勇拿出积蓄，又从商人哥哥那里要了一笔赞助，再加上居民们捐集的资金，购置了先进的蒸汽救火车和其他消防设备，建立了最早以救火为目的的永济会。

永济会成立后，租界的华人聚居区只要有火讯，永济会的业余救火队便会以最快速度赶到现场，几次突发事件之后，机构的名声越传越广。在此过程中，墨仁还凭借着三寸不烂之舌，说服了不少有影响的华人士绅加入机构，让他们出钱出力。

之后，永济会渐渐由救火会发展为一个有影响的善堂组织，除了救困济难，墨仁还在租界的华人聚居区搞起了基础的公共卫生建设。为了让这些在漂来人看来颇为古怪的举措能被理解，墨仁以永济会的名义创办了礼拜日学堂，每周日在永济会的会所里为华人居民普及基本的卫生和科学知识。

随着永济会的规模越做越大，漂来官府和租界工部局也开始关注起它来。官府对这类民间组织虽然一贯持压制态度，但因为永济会处于租界之内，官府便觉得它是一个可以用来掣肘洋人的棋子，不仅任其自由发展，还在暗地里给予支持。工部局方面则把永济会当做租界里华洋冲突发生时进行沟通的中介机构。凡有公共事务需要和华人谈判，常常会拉永济会当做华方代表。不知不觉间，墨仁竟成了租界里颇有影响力的华人名流。

那天下午，墨仁就是专门跑来向唐妙求助的，他希望通过《西洋镜报》，发布礼拜日学堂的公告，以吸引更多华人到学堂里学习那些应对新世界的新知识和新技能。当时，唐妙没有一丝迟疑，马上答应了。

15

图书馆里很安静，亮堂堂的光透过崭新的玻璃幕墙，充满了整个阅览室，让空间更加空旷而沉寂。

这是个刚刚建成不久的新馆，虽然层高不如旧馆，但面积却宽大许多，而且也没有老建筑那种浸透于每道石头缝里的阴沉和暮气，让人置身其中时全然没有紧绷之感。但也因为不紧绷，我忽然对自己的行为产生了怀疑，暗暗以为自己一定是因为无聊透顶，才会跑来做这种没名堂的事情。特别是看到一柜子一柜子的卡片和一架子一架子的书刊，心中的无所适从进一步加剧，恨不得马上抽身离开。

正心里打鼓，有人在后面拍了拍我肩膀，很有力，能明显感觉到这手骨节粗大，掌心宽阔。

我脑子里忽然闪过念头，觉得招呼我的人是墨之翟。

心里这么想，嘴巴早已把名字叫了出去："墨之翟?"

我转过身。

果然是墨之翟。

虽然还是没有想起我和墨之翟之间的关系，但眼前这个穿白衬衫戴黑框眼镜的瘦高个，无论从哪个角度看过去，都能让我不假思索地认出他。除了墨之翟，不会是别人。而且就穿着打扮而言，他跟十多年前也几乎没有两样。

"哈，这么多年不见，没想到最后在图书馆遇到了。"墨之翟推了推他的黑框眼镜，虽然说话时压低了声音，但语气里还是透着爽朗。

"是啊。"因为除了形象，再没找到与他有关的记忆，我含含糊糊敷衍了一句。

"怎么样?给你留下的材料很有意思吧?我就知道你看了那些东西，肯定会觉得后面有故事。"墨之翟的兴奋溢于言表，好像很自信他对我做出的这些判断。

毫无疑问，这种自信到武断的性格也正属于墨之翟，他一说这句话，我又马上找到了另一个与他有关的记忆。

为了不驳他面子，我很诚恳地点点头。忽然又想起，以前好像也是这样，心里未必同意，但面子上我还是乐于附和他。

果然，墨之翟愈发兴奋，二话不说，拉着我就往阅览室尽头的长桌走去。桌上堆了十来本书，旁边还有一沓便笺纸，上面密密麻麻地记着各种书名和页码。

“不查不知道，一查吓一跳，嫣然浜还真有来历。”

“怎么个有来历?”

“漂来历史上第一座中国人自己造的发电厂，就在这个地方。”

“是吗?”

“可不是，一百多年前，这地方比现在还繁华，有个横滨来的日本浪人在给家里人写信描述嫣然浜时，感觉就跟刘姥姥进了大观园……”

“你觉得水流云在园的电力问题，真跟当年的广场规划有关?”因为感觉若不打断他，兴奋起来的墨之翟肯定滔滔不绝，所以我连忙换了个话题。

“这个……现在我也不太肯定了。”墨之翟有些不好意思地挠了挠头，说话的腔调顶真得让人难受，“昨天跟蔡琰探讨以后，觉得可能是太主观了，所以今天再来图书馆查资料，看看是不是有别的可能。”

“有眉目了?”虽然知道这么纠缠下去，会让自己和墨之翟一样傻气，但因为实在记不起其他与墨之翟有关的事情，所以暂时只能这样继续。

“没。”墨之翟眉头紧锁，摇了摇头，随后好像想起什么，“对了，你慢慢看这些资料，我再找找别的线索。”

说完，墨之翟一副雷厉风行的样子，又用手紧张地撑了撑眼镜架子，皱着眉头，头也不回地往卡片柜那里扎去，把我一个人留在了桌旁。

显然，这种做事情想到什么是什么的风格，也正属于墨之翟。就像回到一个曾经生活了很久的地方，你已十多年没去过，甚至觉得你这辈子不会再回去了，你以为自己已经完全忘了那里的模样，但进入之后，每看到一样熟悉的物事，你便发现它不在记忆之外而在记忆之内，只是潜藏在暗处，只要光亮深入进去，它便显现出来。它不需要你去重新发现，只等着你去唤醒。

本来还想继续跟他掰扯，以便找回更多记忆，但是看着他坚决得有点不留情面的背影，我只好叹了口气。

奇怪得很，刚才进阅览室时那种兴味索然感忽然不见了，我不再心神不定，竟然一屁股坐了下来，很有耐心地拿起墨之翟找出来的那些书，一本一本翻阅起来。

书是重新装订过的，崭新的硬皮封面上还散发着新鲜的纸浆味，但翻开硬皮面，里面的书页却旧得泛黄，每一页纸又干又脆，好像稍一用力，就能让它碎成尘屑。

其中有三大本八开厚的大部头是上个世纪四十年代出的书，内容是再上个世纪末本城第一张华文报纸的汇编。这张名为《西洋镜报》的报纸创刊于1891年，最早在漂来城的租界发行，后来逐渐渗透到华界。虽然报纸从创办到倒闭没几年工夫，却为晚清时代的漂来城留下了很多重要的文献，其中关于嫣然浜建电厂的记载最早就见于这张报纸。

当时嫣然浜正处于漂来城最大的公共租界和华界的交接地带，华界大约占到了三分之二左右的面积。1895年，在一位名叫唐喻的新派人物运筹之下，四海总督韩凤阳终于答应和租界方面合资在嫣然浜地区建设一座庞大的火电厂，电厂的设计规模据称是当时远东地区最大的。

电厂建在华界这一边，建成后同时为华界和租界提供电力服务。随着电厂建立，嫣然浜地区迅速发展起来。由于租界方面受面积所限，地价上涨过快，一些原来准备在租界投资的中外商人，便退而求其次，纷纷在嫣然浜地区开店设厂。

当初推动建电厂一事的新派人物，便趁热打铁，在嫣然浜又搞了一系列新式的公共设施建设，让嫣然浜最终成了漂来城最具现代气息的地区。

不久京城发生了百日维新事件，四海总督赶时髦，也要在漂来城搞新政，那位名叫唐喻的新派人物便被委以重任，受命在漂来主持全新的市政工程建设。但没想到，百日维新迅速失败，为了应付上面的追究，唐喻成了替罪羊。他逃进租界，最后远走他国。大概也在这差不多的时间里，《西洋镜报》随之倒闭。

不过看上去，这些并没有影响到嫣然浜继续的繁荣。

根据其他资料记载，嫣然浜的鼎盛时期此后一直延续了二十多年。然后才日渐衰败，整个过程大约持续半个多世纪，最后嫣然浜终于沦落为本城最著名的下只角地区。

虽然上个世纪五十年代起，周边地区陆续建起了一批工厂，原来平房区的边上，还为这些工厂的工人造了宿舍楼和住宅楼，但这并未改变整个地区的颓势，反而让本就污染严重的嫣然河彻底成了臭河沟子。一百多年的轮回之后，嫣然浜才又重新成为本城的繁华之地。

看得出，墨之翟在收集资料方面花了不少力气，除了桌上这些书，还有就是便笺纸上那些书名和页码，顺着它们往深处走，很多容易忽视却别有意味的细节，被从城市记忆的死角里找了出来。

资料表明，早在上个世纪之初，嫣然浜电厂所在的位置，就已经搭建了一些棚屋。这是经常在嫣然河停靠驳船的苏北船户们的创意，他们通过这个方式，把自己的生活一点点从水上挪到了岸边。

此后，在此地建设棚屋成为风潮。每年夏天因为水灾逃荒到漂来讨生活的苏北移民，都会选择这里作为他们城市生活的第一站，但很多人不久后就发现这也是他们城市生活的终点站。由于越来越多的苏北移民最后都滞留了下来，棚户区的面积越扩越大，最后甚至越过嫣然浜电厂的地界，把嫣然浜地区原来的那些繁华地带也渐渐蚕食。某种程度上，嫣然浜衰败的历史，也正是这片棚户区向外扩张的历史。

在一本专门收集漂来民俗的书籍中，民国年代的风水先生们曾对嫣然浜做过专题研究。

龙脉派风水先生认为，嫣然浜下面原是龙脉，但龙脉不知为何突然断了气，活龙变成死龙，结果还不如没有龙脉。死龙脉的衰朽之气让整个地区从此霉运笼罩，嫣然浜也由清澈的小河变成了本城著名的臭河沟。为了证明死龙脉阻断了运势，这一派的风水先生经常会列出这样一些例子来论证自己的观点。诸如，嫣然浜两岸的任何建筑，一经建成，就会在一年之内迅速破旧乃至风化；本地居民的职业不是码头工人、黄包车夫、剃头匠、搓背匠，就是穿街走巷的小贩、替人帮佣的娘姨或者卖笑的私娼，即使混黑道，也都是些给人当打手的小喽啰。嫣然浜俨然是一个不幸和低贱的代名词。

信奉五行学说的风水先生们则指出，让嫣然浜呈现出如此衰败景象的根本原因是此地五行缺火，阳气不足，所以即使三伏天，整个地区都会笼罩在阴冷潮湿的氤氲中。此外，发生在嫣然浜的其他几个怪异现象，也让这一派风水先生在论证他们的观点时，更加理直气壮。现象之一，是这儿生一个炉子的时间大大超过本城其他地区。那些在主人家只要五分钟便能把炉火生旺生大的娘姨们，在回家面对自己家的炉子时，却表现得一筹莫展，有时即使花费一个小时，都未必能让柴火点燃炉膛里的煤球。正因为生炉子在此地变得如此困难，本地居民后来索性就不再使用煤球炉，而开始使用一种更为简易的柴火炉子。这种炉子与其说是炉子，还不如说是一个用黄泥敷出来的简易泥盆。这样的炉子显然对烹调的精确性造成了严重的障碍，最终，整个地区开始流行一种叫做“菜饭”的饮食方式，就是将菜和米混合在一起，然后用柴火不断焐热焐熟。

除了炉子难生之外，此地另一个与火有关的怪现象，就是晚上用煤油灯时会特别费油。鉴于当时这里已成为漂来城著名的贫民窟，民国年代的漂来市政当局，一直没给该地区铺设电力供应设施，因此这个漂来城最早建立电厂的地区，最后却成了漂来少数几个还在用煤油灯照明的地方。但和其他地区不同，同样规格的一盏煤油灯，只要装满煤油，别的地方也许能连续照明五六个小时，但在嫣然浜却只能用一两个小时，而且照明距离也要短上一半左右。这里曾经流传过这样一首童谣：嫣然浜是煤油窟，夜里黑得像煤油，点着煤油来照亮，很快就会没有油。

总之，无论哪个学派的风水大师，都将这一地区描述成一个凶险莫测的神秘区域，压根不适合人类居住。但风水大师们郑重其事的劝告未能阻止此地的膨胀和扩张。城市破产者和外地灾民还是在不断涌入，而所有这些人只要一进入这个地区，便像受了诅咒，从此再没有翻身的机会。一百多年来，从文字记载的材料看，黄国歌是唯一能从这传说的厄运中逃脱出来的幸存者。

但是所有这些材料竟然没有一句提及嫣然浜电厂后来的命运。

好像这个当年庞大无比、承担了整个城市电力供应的远东第一电厂，就这样凭空消失在空气中。即使在漂来的地方志里，也只有嫣然浜电厂成立的记载，却没有电厂关闭或者搬迁的记录。

大约花了五个小时，终于看完所有材料。我感觉疲惫，将身体软软地靠到椅背上，长长地舒了口气。

“全看完了？有什么发现？”

是墨之翟在说话，不知什么时候，他已经坐到我对面。顺着声音的方向，我向他望过去，注意到他背后玻璃幕墙的外面，天色已被藏进黑暗中，街上星星点点的灯光在闪烁出无力的光芒。

“嫣然浜电厂是怎么消失的？你没查过这方面的记载吗？”我问。

墨之翟摇了摇头，两道眉毛拧在了一起："都找遍整个图书馆了，就是没一点这方面的资料。"他停顿一下，望向我的目光有些忧心忡忡，"你也觉得这件事情蹊跷?"

我点了点头，把我这几天在水流云在园的所见所闻，以及职业电力杀手和公输电的事情，一一告诉了墨之翟。墨之翟眉头的褶皱更深更浓了。

晚上九点，图书馆该关门了，我已经很困倦，墨之翟却仍然精力充沛，主动提出一起消夜，还打电话约了韩费和蔡琰。

没辙，我只好强打精神，开车载着墨之翟，到了一家叫做好时光的路边小馆子。

馆子小而简陋，桌椅有限，破旧到碰一下就会吱嘎作响，上面到处是划痕和油漆掉落后的斑印，木头缝里透出浓重的麻辣油烟味。

这是个专门卖水煮鱼的馆子。鉴于2002年时全国人民都流行吃这个，因此仅就菜品的独特性来说，这并非是有特色的饭馆。把墨之翟吸引过来的应该是馆子的名字，他大概想借着"好时光"三个字，创造些追忆往昔的氛围。

没多久，韩费和蔡琰也陆续到了。大家围坐下来，一边喝啤酒，一边从一个放满热油的不锈钢脸盆里，捞出一块块被削成薄片的鱼，大口大口地咀嚼。

这样热了阵身，大家脑子里绷紧的弦被啤酒、麻辣和油烟泡松下来，话匣子就此打开。

恰如墨之翟预设的那样，大家开始追忆往昔。无非少年轻狂、男男女女、爱与哀愁、光荣与梦想之类，你一言我一语，每个人都在试图让别人成为被调侃的对象，同时避免让自己成为焦点。如此拉锯了几轮，我发现说话时，韩费或者蔡琰总是目光闪烁地朝我打眼色，然后用他们的目光把我的视线引到墨之翟身上。几次之后，我才想起，谈话过程中只有墨之翟一个人始终处于焦点之外。这发现让我一阵惶惑，我们都丢失了关于他的记忆。但从墨之翟参与我们话题的热烈程度看，他显然还记得我们的往事，证明他确实曾经是我们中的一员。

心里越来越惶惑，我渐渐沉默起来。约好了似的，刚才还喋喋不休的蔡琰以及神态自若的韩费也意兴阑珊了。受了感染，最后墨之翟也沉默了。大家又开始闷头喝酒吃鱼。

如此过了一阵子，墨之翟忽然抬起头，神色激动，问："为什么不说说我的事？"

我、蔡琰和韩费相互看了看对方，一脸尴尬。最后，还是蔡琰忍不住了，一脸微笑，轻飘飘地说："自己先说嘛，我们配合你。"

"说什么？"墨之翟的神情迷惘，低下头，过了很久才重新抬起，声音愈发低沉，"其实，真想不起以前的事了。本来还指望你们能帮我呢。"

"什么，自己都不记得了？"我忍不住了，憋在心里的疑问脱口而出，"那为什么我们的事你记得那么清楚？"

"不知道，"墨之翟沮丧地摇了摇头，"只要是别人的事，都记得一清二楚，就是自己的事，怎么也想不起来，不仅过去的想不起来，现在的也想不起来。"

"老墨，别告诉我，你是天外来客，自己怎么找到我们的都不知道。"韩费一边打哈哈，一边笑吟吟地向墨之翟望去。

我和蔡琰也同时向墨之翟看了过去。

墨之翟的脖子僵直，目光在我们三个人脸上空洞地扫来扫去。如此过了大约三分钟，才丧气地点了点头："情况就是如此，第一次意识到我的存在，是前天在办公室见韩费的时候。好像我就在那个时间那个地点，被突然带进来的，所有关于你们的记忆也是在这之后，才突然蹦到我脑子里的。"

"那你在图书馆给我看的资料哪来的？那可不是两天时间就能收集的。"我尽量让自己呼吸匀称，试图把墨之翟从失魂落魄的状态中召唤回来。

"当然不是这两天收集的，发现我存在的那一瞬，它们就已经被准备好了。就像一台关着的电脑，突然被打开，然后所有资料就一下子都出来啦。这样说，你们应该能明白吧？"

我睁大眼睛看着墨之翟，摇了摇头。我注意到，蔡琰和韩费也在同时摇头。

忽然，韩费好像意识到什么，大笑起来："老墨，过分了啊！过分了啊！我们是不对，不该把你的事都忘了，也没必要这么整我们吧？"

"什么？"墨之翟脸上没半点开玩笑的意思，事实上，他显得比我们还要惊慌。

"那你现在住哪儿？这总知道吧？"其他两个人还对墨之翟将信将疑，

我已决定相信他。

“住水流云在园。”墨之翟答。

“不可能!”蔡琰斩钉截铁地摇了摇头，“水流云在园里也就七十二家住客，每家我都认识，我从来不知道你也住那儿。”

“我住81栋。”

“更不可能！园子里去掉7个带4的数字，再去掉一个13，最大的门牌，也就80栋，哪来的81栋？这下，牛皮吹破了吧？”因为在说极有把握的事情，蔡琰又恢复了滔滔不绝的强人本色，笑容也灿烂起来。

“真住81栋。不是我想住，是事实上就住那儿。”墨之翟一脸委屈，好像已完全入戏。

“嗨，简单。”韩费拿起酒杯，将啤酒一饮而尽，“正嫌这地方不够档次，去蔡同学的豪宅继续聊吧。反正，情况到底怎样，到那里不都清楚了？”

半个小时后，我带着墨之翟，蔡琰带着韩费，前后脚进了水流云在园。墨之翟指引着我往嫣然河畔走，蔡琰的车紧紧跟在我们后面。在嫣然河和水流云在园夹成的死角里，灯光阴暗处，果然有幢房子。我用车灯把房子正对小路的那面墙打得通亮，墙沿上角清清楚楚地标着“81栋”三个银色小字。

我听见后面蔡琰的车在急刹车，很快我就看到蔡琰的身体遮住了我的前车窗，她盯着那座房子看了半天，像被吓着了，嘴巴微张，脸色惨白。不久，韩费也跟了过来。

打开车门，我听见蔡琰在不断嘟哝：“不可能啊？怎么可能？这怎么可能？”

我下车，走到她身边，问：“怎么啦？”

“昨天到河边散步，都没看到这里还有房子。怎么就突然冒出来了？”蔡琰的语气有些激动，但音调又显得无力。

“没关系，找人确认一下。”

说完，我给秦雪拨电话。电话很快被接通，秦雪的声音在耳边响起来：“正想打给你呢，这么晚还没回来，还担心是不是被黄国歌的人找到了。”

“哦，园子里呢，嫣然河边上小路到头的地方。”我说。

“干吗上那去?”秦雪在嘴巴里轻轻啧了一声。

“你过来看看吧。先问你个问题，园子里住户有几家，知道吗?”我不给秦雪打断的机会，把话一口气说了下来。

“七十二家。干吗问这个?声音怎么怪怪的?”

“门牌最大是几号?”我没理会秦雪，继续问。

“80。”

“昨天来找我的人，以前真没在园子里见过?”我继续追问。

“没见过。到底怎么啦?”秦雪有点急了。

“自己来看吧。”

不等秦雪追问，我抢先挂掉电话。抬起头，看见蔡琰正一脸企盼地看着我。我朝她摆了摆手:“秦雪的说法跟你一样。”

蔡琰的脸色更苍白了。

“先进屋吧。”身后，韩费的声音传了过来，干燥、冷静而缓慢，好像一点都没被这怪异的情况影响到。

受到提示，墨之翟连忙跑到房门那里，从口袋里掏出串钥匙。盯着钥匙发了会儿呆，然后他才恍然大悟似的，从中提溜出一把，屏住呼吸，将钥匙插进锁眼。

咔嗒。咔嗒。咔嗒。

钥匙转了三圈，门应声而开。墨之翟推开门，又一次地发愣，然后才往门里走，屋子里亮起来。我们也跟着走了进去。

房间很空旷，将近六十平方米的客厅，只摆放着几件家具，中央是一张藤制的三人沙发椅，两侧各摆放了一张藤制的单人沙发椅，三张椅子围出的长方形空间里，是个藤制的长茶几，茶几上除了套茶具外，摊开着一张围棋棋盘，棋盘从中间分开，一半黑一半白，黑得醒目，白得突出，棋盘上还残留着几颗同样黑白分明的棋子，棋盘边上是两个打开盖子的藤制棋盒。南侧的玻璃幕墙前，摆着张藤制的书桌，书桌大约一米五高，约三米长两米宽，与之配套的是一张椅面离地有一米高的藤制太师椅。靠近书桌的西侧墙，并排着三个约两米七八高的藤制书架，上面摆满了书，书架附近还有一个藤制小扶梯。东侧墙角处，搁着一张跟书桌一样高，但只有书桌一半大小的电脑桌，上面是台用藤编装饰的电脑，桌子边上是另一张藤制太师椅。北墙的正中央是一张边长三米的藤制八仙桌，桌子四周，另有六张藤制太师椅。地板上铺着藤席，四面的墙也用藤编装饰着。总之，只看一眼，就能毫不费力地判断出房子主人对藤编物品的特殊癖好。

此外，客厅很整齐，一尘不染，显出主人家不仅品位不俗，而且细心周到，有良好的卫生习惯。因为房间里到处是黄澄澄的藤编，所以房间虽空，却没一点冷清的感觉，顶部吊灯照下来的黄光，被反射后，色调进一步暖化，让人站在如此空荡的客厅里，反而生出了温暖的感觉。不过，跟秦雪家一样，房子里的灯光每隔一段时间，便涨潮退潮般地亮一下暗一下。

虽是自己的房子，墨之翟却好像第一次来似的，对屋里的一切都很陌生。他有些焦躁，里里外外上上下下走了好几个来回，似乎在向自己证明着什么，其间没有跟我们说过一句话。最后，他精疲力尽了，在客厅中央的长沙发椅上坐下来，神情呆滞，陷入了漫无边际的沉思。

看到墨之翟如痴如醉的样子，我们知道，指望他给我们做出解释已不太可能，我们商量了一下，决定不管三七二十一，先在房子里收集一些与墨之翟的身份有关的事物。

很快，客厅的八仙桌上放满了我们从各处找出来的物品。此时，秦雪也到了，坐在八仙桌边，一边帮我们分拣材料，一边询问事情的来龙去脉。

这些材料中，除了墨之翟的身份证、户口本、大学毕业证、医疗病历卡以及诸如此类的证件外，还有水流云在园 81 栋的房产证和户型图。这证明，从有水流云在园那天起，81 栋别墅就已经存在。

这些材料还让我们推断出几个基本的事实：第一，墨之翟不是天外来客，他确有其人；第二，他确实曾于 1987 年至 1991 年间在漂来师范大学中文系就读，正是比我和韩费高一年的师兄；第三，他现在是位著名作家，有作协的会员证，还有各种国内外文学奖项的获奖证书，从他跟各个出版商签的合同看，他现在能拿到百分之十五的高版税，而且每本书的起印量都是二十万。只是我们所有在场的人，都从来没有听说过有这样一个著名作家；第四，他确实是水流云在园 81 栋的业主，而且已在这里住了三年；第五，他曾在六年前，有过一次三个月的短暂婚姻，而结婚对象竟是秦雪。不过，看到相关婚姻证明以及户口迁移记录时，秦雪多次声明，虽觉得墨之翟眼熟，但她并不认为自己和他熟悉到曾经结过婚的程度。

在看过所有证书和身份材料之后，我们又开始翻阅那些照片。照片都被整理和标记过，背面都用行楷体钢笔字标记了时间、地点和人物，足以看出照片拥有者的细心，写得一手好字，并且是个活得认真而带劲的人。

照片记录了墨之翟从出生到现在的每个人生片段。

在大学年代的照片里，我们首先看到了蔡琰的身影。她先是稀疏地出现在各种诗社集体活动的合影中。后来照片中又有了她和墨之翟两个人的合影。随着合影密集的程度越来越高，照片中他们俩的亲密程度也越来越高，甚至还有些搂搂抱抱的场面。这足以证明，墨之翟不仅和蔡琰认识，还曾经是她男友。

后来，在集体性的社团合影中，开始出现我和韩费的身影。随着我和韩费出现的次数越来越多，蔡琰和墨之翟的合影却在一点点稀疏，显然这正是记忆中，蔡琰老是单独约我去郊外踏青的时期，她和墨之翟的关系出了问题。

不久，照片里开始出现秦雪的影子。这也是些集体照。后来又出现了墨之翟和秦雪两个人的合影，不过密度不大，秦雪和墨之翟在照片上的距离感也保持得很好。从照片的身体语言判断，墨之翟显然是主动接近的一方。不久，蔡琰的身影从这个时期的照片中逐渐淡出。又过了一段时间，我的身影也从墨之翟的私人相册中消失不见。这大约有一年多的时间。这个阶段，墨之翟和秦雪的合影则一直以相同频率出现，不冷不热。之后，我和蔡琰又重新出现了，我们两个靠得很近，有许多亲密场面。显然这正是我和蔡琰热恋的那个时期。

与此同时，在群众合影的场面里，我们和墨之翟之间的距离在不断发生微妙的变化，从礼貌而疏远的距离，到后来越来越亲密。显然我们的关系改善了，又重新接受了对方，我和蔡琰的恋情也得到了墨之翟衷心的祝福。

这个阶段里，韩费显然正在成为墨之翟的亲密战友，从社团活动的集体照里可以推断，墨之翟扮演着文学社领袖的角色，韩费则是领袖的副手。

不久，墨之翟和蔡琰都比我们早一年毕业，他们在照片中的形象不断发生剧烈变化，显然火热的社会生活正在加重他们的烟火气。不久，我和韩费也加入了这个行列。看得出，毕业后，我们还保持着私交。不过从合影的密度看，我们见面的机会正在变少，不过，每年总有一两次结伴旅行的经历。

此时，秦雪和墨之翟的关系还是不咸不淡，秦雪正在变得美艳，脸上化妆的痕迹越来越重，服饰上也出现了越来越多的名牌货。虽稍有滞后，但墨之翟也始终在跟随秦雪的步伐，穿着打扮也在变得多姿多彩。在1996年的照片中，他有了一辆切诺基，这样的消费水准在当时的漂来而言，应该非常超前。他和秦雪的一些合影是在越野车上拍的，墨之翟一副美国大兵的爽朗模样，自信而满足。而身边的秦雪，态度总是冷漠，对他爱理不理。

后来，出现了我和蔡琰结婚的照片。婚礼现场，墨之翟和韩费都在，韩费是伴郎，而伴娘竟是莫妮卡·王。这之后，莫妮卡·王的身影也开始在合影中出现，显然她和韩费的关系正在变得暧昧。后来两人索性就在照片上手牵手了。之后不久，又有了另一场婚礼，结婚的是墨之翟和秦雪，照片中还有一套两人的婚纱照，墨之翟在这些照片里看上去很幸福，秦雪也终于一改往日冷冰冰的态度，变成了甜腻的小女人，依偎在墨之翟的怀中。婚礼上，韩费和莫妮卡·王又一次担任了伴郎和伴娘。

这之后，陆续有了些墨之翟和秦雪在旅行中或在家里的亲密私家照，两人像广告中的男女模特，如胶似漆，甜蜜幸福。但不久，秦雪就从照片中消失了一段时间。又过了三个月后，她重新出现。照片中这段时期两人以若即若离的方式出现在各种场合，有时亲密，有时又似乎在故意冷落对方。照片中的这种关系一直延续到今天，我们甚至能看到，两人一起在水流云在园河堤上漫步的景象。而这些照片中，我、蔡琰、韩费和莫妮卡·王也总会时不时出现一下。照片上，我和蔡琰已经有孩子。孩子在飞快长大。韩费也已跟莫妮卡·王结了婚。我们三个家庭好像还住在一起。我和蔡琰住在秦雪现在的房子。韩费和莫妮卡·王住在蔡琰的房子。照片上韩费还是留一头飘逸的长发，身材跟大学时代一样修长，因此应该还是个诗人。

所有这些照片里，我们好像被带入另一个时空，似乎除了现在的生活，我们还可能有另一种生活。当时我甚至产生了被生活欺骗的感觉，总觉得有什么东西被偷走了，再也要不回来了。

我们都沉默下来，神情凝重，如此过了很久，直到耳边响起墨之翟的声音。

“喂，说话呀!”窝在藤制沙发椅上的墨之翟不知什么时候，已经重新挺起腰板，满脸期盼地看着我们。

我们四个抬起头看了看他，却不知该说些什么。已是半夜，那夹带着沮丧的疲倦感正在将我们占据。

“看完这些，到底什么想法?”

“要么你是鬼，要么我们四个是鬼。能有什么想法?”蔡琰先开了口，她努力抬了抬眼皮，无精打采地说。

“不管谁是鬼，现在大家都是鬼啦。哈哈。”看到客厅里气氛过于紧张，秦雪调侃了一句。

“想不通我怎么会跟你结婚?”我嬉皮笑脸地瞟了蔡琰一眼，“人生岂不太乏味了?”

“当年，小狗似的追着我跑的时候，你可没少赌咒发誓要跟我结婚。可怜你，才没顺杆往上爬。要不你的人生不就照片上那样子?”蔡琰阴阳怪气地回应。我们都忍不住解嘲地笑起来。

因为这一阵调侃，客厅里的气氛终于轻松下来。但墨之翟并不打算放过我们，还在不依不饶地追问:“说吧，到底是怎么回事?”

我看了一眼韩费，希望他能说出些什么。低头沉思的韩费注意到我在看他，也下意识地抬起头，看了我一眼，然后好像想起什么，从口袋里掏出香烟，向我比画一下，我从中抽出一支，蔡琰和秦雪也跟着要了一支，韩费又向远处的墨之翟比画了一下，墨之翟摇摇头。

韩费用打火机帮每个人点上烟。大家一口接一口地猛抽。客厅里，很快烟雾缭绕。

我百无聊赖地在房间里东张西望，虽然很想解决眼前的疑惑，但精神怎样也集中不了。这时，我注意到客厅东侧的电脑，连忙问墨之翟，电脑是否能上网?

墨之翟点了点头。

我站起来，站到电脑边上，打开机器，连上网线，登录到那个叫花果山的聊天室。职业电力杀手果然还在那里。

“公输电把情况跟你说了吧?”招呼都没打，我就直接开问。

“说了。”过了大约五分钟，职业电力杀手才开始说话。

“怎么想?”

“跟她的想法一样，你们那里有能量黑洞，把电都吸走了。”

“除了电，别的是不是也会给吸走?”

“什么意思?”

“譬如某个人突然消失了，然后又突然重新出现。又譬如我本来应该是那样活着，但我却活成了这样。”

“有点绕。”

“不理解？”我问。

“大概能理解。能量和质量会相互转换，或者说你看见的世界本就是能量制造的，既然能量被吸走，世界的模样也会变化。这个能理解吗？”

“甚至包括人，包括经历、情绪和思想？”

“可能。”

“可能？”

“你的问题太复杂，我也不知道怎么回答。其实现在最需要弄清楚的是那个能量黑洞究竟在哪里？”

“对了，今天我在图书馆查资料，嫣然浜一百多年前有个远东最大的电厂，后来不知为何电厂离奇消失，你觉得能量黑洞会不会跟这有关？”

“怪不得。”职业电力杀手沉默了很久，才又重新往屏幕上打字。

“什么意思？”

“就是有点眉目的意思。”

“是吗？”我加快了打字的速度，“那你什么时候来？”

“明晚，怎样？”

“好，等你。”

“最好把你说的材料准备好，包括图片，都给我复印一份。”

“好。”

“对了，开车接一下我吧。六点。”

“去哪接？”

“就是昨天送我回去的地方。”

“昨天送的又不是你。”

“蠢货！第一次见面，都不知道你们是好是坏，当然要小心一点。”

“你的意思，你就是公输电？”

“如假包换！”

16

得知唐喻出席了铁马路的开通仪式，韩凤阳才恍然大悟，他又一次被这心机深沉的年轻人耍弄了。

这是1894年农历九月十七的上午，韩总督在这天三更时就醒了，然后就再也睡不着。总督已经六十五岁。衰老正像藤蔓一样将他缠得越来越紧，甚至连睡眠都开始抛弃他了。

然而在这年的早些时候，总督还有过青春突然回光返照的错觉。

那是春天，受老母所托，他回老家凤阳拜祭祖坟。一系列仪式结束后，为了寻觅曾经的年少时光，总督换了便装，只随身带个小厮，去了祖宅附近的唐渡镇。

这是个春暖花开的日子，潮湿的空气被煦暖的微风鼓动着，总督懒洋洋地漫步在唐渡那条带着甜面酱气息的街市上，目光所及，每个景象都那么熟悉而又如此陌生，他的鼻腔忽然酥麻酥麻的，仿佛那些被唤醒的消逝光阴正在里面慢慢涌动。

忽然，他漫无边际的目光被某个东西拉扯了一下。他忍不住让视线的焦点停在了那个方位上。

那是家木梳店，一位留着乌黑长发的少女水一样地扭动腰肢，向两位中年女子演示着一把两寸长的黄杨木梳子。梳子在那头足有三尺长的黑发中不断隐现，如纺机上的梭子一般沿着闪亮柔韧的发丝，从少女的头顶滚向胯部。

在目光跟随梳子上下翻滚的过程中，韩凤阳注意到少女黝黑然而精致的脸庞，还注意到她已微微隆起的胸部、矫健而柔软的臂膀、因经常劳作而显得宽大厚实的臀部。

一边这样看着，总督的脚步也在不知不觉地移动。很快，他站在了木梳店里面。刚才的那两位女客已经各自买了梳子离开，少女正在重新编织那头散开的长发，一条油亮的大辫子正在她怀里渐渐成形。

少女终于注意到了眼前的老人和他的随从，大方地问："老爷，挑到满意的梳子了吗?"

韩凤阳沉默片刻，然后老练地指了指那把少女正用来梳头的旧梳子，慢条斯理地说："就要这把。"

少女似乎有点吃惊，但还是爽快地把梳子递给了韩凤阳。

直到回家一个时辰之后，总督还是痴痴呆呆地抱着这把梳子，不肯放手。他在厢房里坐卧不宁，一遍一遍将它放在鼻子底下，轻轻嗅着。那带着少女体温的发香似乎已经把他带回到了骚动不安的少年时代。当年街市上那些曾让他心动过的美丽脸庞，突然幽灵一般地重新浮现，而那少女似乎是所有这些沉睡幽灵的再生体。总督甚至以为自己已在她身上，又感受到了那种叫做爱情的东西。于是，沉睡多年的欲望之身也突然生机勃勃起来，每次只要梳子轻轻沾上鼻尖，下体就会在长袍下铁一样地向天空伸展而去。这体验如此宝贵而难得，总督差不多都要热泪盈眶了。他就此下定决心，要把那位木梳店的小家碧玉迎娶回来，做自己的九姨太。

总督这个充满孩子气的欲望很快被付诸实施。三天后，总督迎来了生命中的又一次婚礼。当十六岁的九姨太在洞房里被揭下头盖时，小姑娘对新郎的年龄虽然有些隐隐的哀痛，但脸上的笑容还是艳若桃花，羞答答地表示，前天第一次看见总督，就觉得他气宇轩昂风度翩翩，他的肤色如此红润光泽，身姿如此矫健轻快，她还以为他才四十出头呢。

这些言不由衷然而情真意切的话语，让总督进一步陷入了青春的幻觉。他把少女柔软活泼的身体紧紧抱在怀里。女孩嫩滑得如蛋清一般的皮肤在他身上滑来滑去，以至于他以为自己的皮肤也拥有着同样的品质，甚至因此产生了自己只有十八岁的错觉，那缠绵悱恻的欢愉在他脑海里呈现为少年人之间的欢愉，他的欲望因此变得热烈。一连几天，即使在返回漂来的旅途中，他都在继续着狂欢。但半个月后，一阵莫名其妙的牙疼激活了他的神经，不久，来自背部、腰部、胯部和膝盖的酸痛，波浪一样发起了轮番进攻，他听到了自己的耳鸣声，并注意到眼睛里总是在渗出带着眼屎的泪水，胯下那位大将军也不再轻易地昂起它那高傲的头颅了。衰老如此不留情面，只一瞬间就扒光了他好不容易建立的青春幻象。

然而，作为一个身经百战意志坚定的老兵，总督并不打算就此向衰老低头。他全身心地投入到对养生秘方的收集和实验活动中，一共尝试了四十九种滋阴补阳类的偏方，最后发现，如果将鹿茸海马丸和枸杞苁蓉汤配合使用，就能重新找回青春的幻觉。事实上，每次他去九姨太房间留宿前，都会提前半个时辰，就着暖烘烘的枸杞苁蓉汤，将鹿茸海马丸嚼碎，吞下。不久，热汤的暖气会从他的胃部扩散到全身，当浑身都燥热起来时，胯下那位耷拉着脑袋的大将军也会重新耀武扬威起来。于是，我们的总督大人就可以迈着威武的步伐，雄赳赳气昂昂地走进九姨太的闺房了。

这段时期，总督还重新拾起了和李罡正道长冷落多年的友谊。多年以前，这位自学成才的草根道士曾在言语中暗示过，除了捉妖除鬼，他其实对神秘的房中术也有很深造诣。当时，总督的身体还强壮得像头牛，真正让他忧虑的是长毛党人无孔不入的攻击。因此李道长的暗示甚至还让他对这位江湖术士产生了深深的鄙夷之情。但随着新情况出现，当年那个被唾弃的暗示，终于从记忆深处跳了出来。假借着郊游的名义，总督去了城外，路线正好可以经过李道长那座简陋的道观。

在道观里，总督跟李罡正东拉西扯了一番，才看似偶然地提起了房中术的话题。对人类心底最深处的恐惧早已彻底洞悉的李道长，诚恳地配合了总督的求知欲。关于房中术的讨论一开始还充满了学术气息，直到确认总督已彻底放松下来，李罡正才开始将实战技巧搬上了台面。

当晚，韩凤阳在九姨太的床上实验了李道长传授的采阴补阳之法。果然，这种叫做“九浅一深”的战法在实践中初战告捷，那位对床笫之欢还充满陌生感的九姨太，终于第一次从紧咬的嘴唇里挤出了放肆的呻吟声。

总督终于确信，自己已击退了来自于衰老的第一波攻击。

然而，当满城的菊花怒放的时候，漂来城刮起了入秋后的第一场西北风。坚韧的秋风把寒冷灌进了总督府每个紧闭的房间，以至于我们的老总督无论藏身何处，都能感受到那无边无际的秋凉正在执着地追踪他，无孔不入，紧紧贴附在他皮肤的每一个毛孔上，最后钻进了他骨头的缝隙中。原来能让他浑身燥热的鹿茸海马丸和枸杞苁蓉汤失去了效用。现在，他虽然每晚还是会去九姨太那里就寝，但目的只有一个，就是让自己瑟瑟发抖的身体紧紧抱住那个青春火热的身体，以得到点暂时的温暖和安宁。

这天，在三更天的黑夜里醒来，总督忽然泪流满面。已经连续三天，他都这样毫无征兆地在此刻醒来，然后再也无法入睡。他知道，这种过早的清醒正是老年最明确的特征，衰老终于以不动声色然而不可阻挡的姿态，轻轻松松地把他打败了。

直到坐在总督衙门的内堂接见下属时，总督还沉浸在这深深的沮丧中，脑袋因此发疼发涨。正在这时，派去收集租界情报的官员开始向他汇报昨天“铁马路”开通的情况，虽然唐喻的名字在整个汇报中处于毫不显眼的位置，但韩凤阳还是一下子捕捉到了这个信息。几乎没有一丝犹豫，他就认定这个叫“铁马路”的骗局之所以能如此天衣无缝，一定是唐喻在背后捣鬼。因为这个发现，那让他变得软弱的忧伤一下子烟消云散，他又像只斗鸡似的，重新张开浑身的羽毛，开始居高临下地俯视对手，随时准备发出致命一击。在下意识里，他甚至产生了一种充满谵妄的联想，唐喻不是唐喻，唐喻的每一个进展都在间接地促成他的衰老，只有击败唐喻，他才能阻止时间不舍昼夜的脚步。

虽然总督自己也知道这想法过于可笑，但他还是毫不犹豫地行动起来。他命令属下立刻停下手上正在处理的事务，把全部精力都投入到对“铁马路”事件的调查中，收集所有对租界方面不利的证据，同时他还让人通知漂来道台，去跟租界的幕后老板英、法、美三国领事交涉，摸清万一发生冲突，对方对此事所能接受的底线。

那天中午，当漂来城历史上第一列火车鸣响长笛从嫣然河的铁桥上呼啸而过时，李罡正正好在嫣然宫河岸边的桂花树下散步，那充满暴力感的行进声，让他有一种魂飞魄散的感觉。那一瞬间，他在嫣然河上空浓重的雾气里，再次见到了父亲的阴魂。

半年前，因为重新得到总督的青睐，李道长终于募集到翻新道观所需的资金。新道观的选址正好在铁马路附近。当时，李罡正注意到洋人正在修建一条从租界延伸至港口的“马路”。这位老江湖心里清楚，一条畅通的大路通常意味着源源不断的客流。为此，他拿着罗盘，强忍扬在满头满脸上的灰尘，在铁马路的工地沿线走了三个来回，终于为这座构想中的嫣然宫找到了一处财福两旺的风水宝地。铁马路开通前一个月，新道观正式建成，李道长带着家人和一干徒弟搬进了新居。

搬家的那天正好是中秋节，嫣然宫里的桂花都开了，星星点点的暗黄色斑点不仅布满河岸浓密的树丛，还撒了满地。浓郁的桂花香不动声色地流动，袭染嫣然宫的重楼叠嶂。这座崭新的道观，几乎可以跟李罡正当年在江西龙虎山见过的天师府相媲美。但是，在家人和徒弟们热情的惊叹声中，李罡正的心里却布满了沮丧。

搬家的路上，他第一次细细打量了那条即将竣工的铁马路，不知怎么的，他忽然有一种不祥的预感。与那条怪异的铁藜木马路相比，眼前的这条铁马路几乎怪得离谱，马路上没有路，只铺着两根黑漆漆的铁条，铁条中间是一格一格的木头，从形式上看，李罡正觉得这更像是一架梯子，而非街道。

他的忧虑终于在一个月后得到了证实。那天漂来城大雾，站在道观东部的河岸上，李罡正的视线被吞没在白茫茫的雾气中，河道上空只有那座新落成的大铁桥像条黑色的看门狗，依旧清晰可见，那是铁马路越过嫣然河的必经通道。李罡正忽然记起，以前这里曾经有过一座木制的拱形桥。这突如其来的记忆让李罡正一下子呆住了，他绞尽脑汁，希望找到记忆的出处。

他正冥思苦想，漂来城历史上的第一列火车以不可阻挡之势，开到了铁桥上。车轮和铁轨激烈地摩擦着，发出清脆而嘹亮的咔哒声，汽笛也被耀武扬威地拉响了，“呜——”，笛声在空荡的河道上发出共鸣，把李罡正的耳朵都快震聋了；火车前面的探灯，将刺眼的光芒热辣辣地打在他麻木的脸上。恍惚间，他看见一张熟悉的脸庞在雾气里慢慢呈现。他认识，那是他父亲的鬼魂。这时，他才忽然想起来，自己站立的地方，正是当年他第一次跨入漂来城的地点。正是在同样浓郁的桂花香里，那个从苏北将自己一路护送而来的阴魂，在这里和自己挥手道别。

那童年时代的晦暗记忆终于再次清晰起来：那年，洪水在夏天的最后一个深夜袭击了村庄。李罡正几乎因此丧命，是他的父亲将他从汹涌的水流中救了回来。作为代价，当李罡正从昏迷中醒来时，他发现身旁的那位神棍父亲不再是一个固体，他如此刻河流上空飘荡的雾一般恍惚不定。不知怎么搞的，李罡正竟然毫不费力地确认，那是一个鬼魂。也是在此之后，李罡正拥有了一双能窥见鬼魂的眼睛。

在鬼魂的引领下，他一路流浪，跟着一个以船为家的杂技班沿着运河一路南下，最后拐进了清澈的嫣然河。

杂技班是一家人，连父母和一双儿女一共四个人，还有一只已经老得毛都掉光的猴子。在那里，李罡正学会了将钢筋缠紧在脖子上，学会了用砖块敲击脑袋，学会了在钉床上翻滚身体，学会了将师傅的一双儿女顶在头上。

即使在他被这卖艺活动折磨得浑身疼痛时，鬼魂依然一副冷漠的样子，仿佛他们的父子关系，在他的肉身消亡之后，便不复存在。

然而这天半夜，他却忽然听见了父亲的呼唤。他睁开眼睛，发现总是像件衣服一样挂在钩子上的鬼魂已经飘到他面前。李罡正在心里听见了它的话语："上岸去!"声音虽轻，但不容置疑。没有一丝犹豫，李罡正就遵从了鬼魂的召唤。他收拾好衣物，拿走了师娘藏在船篷夹缝里的钱，然后从甲板上纵身一跳，第一次落在了漂来城的土地上。河岸边那温暖的桂花香狂风一样钻进了他的鼻子。此时，他注意到，父亲的鬼魂并没有跟随过来，它还在河流上空飘动，那漩涡状的姿态里充满了悲痛。正在李罡正试图弄明白其中的含义时，鬼魂已经稀薄起来，像散去的雾，消失在夜幕笼罩的河流上。

李罡正忽然意识到，鬼魂一路伴随的目的就是为了指引他到达他正在到达的地方，那在黑暗深处若隐若现的漂来城是他的宿命所在。他忍住鼻子里正在涌动的热流，让自己心肠坚硬起来，然后头也不回地向那无边的黑暗奔跑而去。

上岸后，十一岁的李罡正进了一个在漂来城四乡八镇游荡的戏班子，当上了跑龙套的小丑。在戏班子里他努力把自己装扮得普普通通，但是那双让他看见了父亲鬼魂的眼睛，却总是不肯放过他。每天只要一睁开眼，他便会看见在戏班子火热的生活下面游走的那些鬼魂。

那个叫翠屏的青衣每次只要受邀去洪帮的老头子金老爷家唱堂会，她便会花很长时间对着镜子梳妆打扮。这时李罡正便会看见，她的身边出现了一个瓜子脸的女鬼。女鬼是戏班原来的台柱红袖，她是在第一次给金老爷唱过堂会之后上吊自杀的。翠屏在镜子里笑得越妩媚，红袖就会在她身后显得越哀伤。在翠屏身边出现红袖的时候，戏班班主那个萎靡的老色鬼枪爷的身边，也会出现一个虬髯胡子的恶鬼，那是枪爷老家庙里一直托形在张飞老爷雕像上的小鬼。每次派人送翠屏离开戏班后，枪爷都会一个人躲在角落里一脸自得其乐地喝小酒唱小曲，但他身后的那虬髯小鬼却总是在气急败坏哭天抢地。而每到过节的那几天，李罡正又会看到那个叫青霜的小旦身边会出现一个枯瘦的老女人，那是青霜死去的母亲。老女人一有机会就要喋喋不休，让女儿尽快离开戏班，趁着年轻嫁个好人家。老女人的阴魂每出现一次，青霜就会连着好几天脾气暴躁，动不动找碴跟人吵架。李罡正最怕的是看见鸦片鬼火哥身边那个满头珠翠怀抱婴儿的漂亮女鬼。女鬼叫心怡，她曾是本地勾栏院万花楼的红姑娘，因为迷上了这位小有名气的武生，就替自己赎了身，带着所有的积蓄和希望嫁给了火哥。却没想她的“希望”是如此不可救药，即使在娶了她之后，火哥还是不肯收敛，竟还拿了她的私房钱去嫖妓。因为悲愤和绝望，在怀孕五个月的时候，她小产了，最后死于大出血。只要她的鬼魂一出现，火哥的床铺上会缭绕起鸦片的烟雾，火哥那发灰发黄的魂灵就借着烟雾跑去和心怡相拥。

因为这些看不见的鬼魂，戏班子里的人总是多疑而迷信，除了常常跑去庙里烧香求神，找人通灵算卦也成了他们生活中的必修课。

在一个下雨天的黄昏，当那位名叫银秋的老旦因为受到已故琴师的鬼魂纠缠而忧伤不已的时候，同样被思乡之情困扰着的李罡正终于动了恻隐之心，他让自己成为了琴师和老旦之间的信使，代表那个鬼魂抒发了对银秋隐藏多年的爱情，终身未嫁的老旦听得珠泪涟涟，终于说出自己因为怕被辜负而故意冷落琴师的秘密。

这个事件后来经过银秋的渲染和夸大，传遍了整个戏班，李罡正就此成了戏子们与他们的鬼魂展开对话的灵媒。那些神奇的事迹最终将李罡正的名字传播到漂来城的四乡八镇，他成了本地著名的半仙。

此后，发生了一系列阴差阳错的变故，李罡正终于成了一名职业道士。四十岁那年，他还结识了时任漂来总兵的韩凤阳，送给这位受耳鸣症困扰的将军一根艾草熏制过的马鬃，用于驱赶那些困扰着他的鬼魂。那几乎是李罡正职业生涯的最高潮，但是很快，洋人送来的大炮以前所未有的强悍将鬼魂们消灭殆尽，李罡正彻底失去了刚刚从韩凤阳那里获得的信任。随着洋人的奇技淫巧越来越多地渗透到漂来人的生活中，他发现原来那些飘荡在漂来城四乡八镇的鬼魂们都渐渐地隐没。鬼魂的世界正在从漂来人的世界里脱离出去。到后来，接连一两个月都难得再看见哪怕一个鬼魂，李罡正不得不悲伤地承认，作为漂来人和鬼魂之间的信使，他的存在已经变得越来越无足轻重。

然而今天，他却在六十年后，再次见到了那个将他带到漂来的鬼魂。此后，鬼魂再也没有从他的视野中消失过，无论他眼睛睁开还是闭着，鬼魂总是一动不动地注视着他。李罡正怀疑，这是个不祥的征兆，意味着死亡已经向他发出了正式的邀请。

于是，他开始失眠。

起初，他还试图抗拒，尝试了各种可以让人入睡的方法，甚至包括一些以毒攻毒的秘术。有一天，他一口气喝了十斤辣椒水，不仅肚子，连全身的每个毛孔都被尖头辣椒那火热的清香味折磨得精疲力尽，但即使这样，在鬼魂的窥视下，睡眠还是依然吝啬，不肯将一点点荣光照耀到他头上。

严重的挫败感让他的思绪总是忍不住会往铁马路那里钻去。他以为，正是每天在嫣然河铁桥上穿行的火车扰乱了鬼魂的安宁，以至于它不得不来向自己寻求帮助。正好这段时间，因为性能力的衰退，总督的拜访活动正在变得越来越频繁，他借机不断向总督灌输这样的看法：铁马路正在破坏漂来城的风水，那呼啸来去的长蛇，终有一天会让漂来成为一座没有灵魂的城市。它的危害甚至包括让本城阳气外泄，最终所有生活在此地的男人都会失去让女人怀孕的能力。虽然每次韩凤阳都会被他说得愁眉不展，但总督又总是缺乏足够的决断力对此做出即刻的反应。李罡正不由得更加沮丧。

然而，不间断的失眠在持续一个月之后，他突然变得沉默了。此时他再也分不清梦和真实之间的界线。所有真实世界的景物，河流、树木、房子、街道，在他眼里都液体一样飘忽不定，而且随时都会雾化，而那些原本稀疏起来的鬼魂却出现得越来越频繁，而且跟原来相比，它们反而变得越来越像固体。与此同时，他几乎每时每刻都感到自己的身体轻飘飘的，走在街上，好像不是在走，而是微风般地四处飘动。

这天，李罡正又晕沉沉地从嫣然宫飘到了街上。在漫无目的地东游西逛一阵之后，他忽然哀伤起来，眼里随之涌出了热流。他连忙从街道拐到了河边，好让眼泪直接掉进河里，而不用担心被人看见。在河面上，他看见了自己那张无力而肥胖的脸，还看到那脸上布满的老人斑，然后看到阳光里有东西正在忽闪忽闪的，从他的鼻子里掉进了河面的影子里。他忽然意识到什么，连忙用袖管擦了擦脸。这突然的警觉之心，让他听到不远处有人正在说话，那是夏天时从苏北逃荒而来的灾民，他们已经在河岸上搭起了一些茅草棚。那些乡音如此亲切而熟悉，让李罡正觉得自己好像重新回到了十一岁那年。他这么想的时候，一低头，就真的在河面上看见了一个瘦弱少年的影子。他吓得跳起来，朝着河面相反的方向奔跑起来。

然而很明显，他的身体无比轻盈，那种肥胖而衰朽的感觉无影无踪，现在他浑身上下都是刚才影子里的那个瘦弱少年，眼前的景物风一样吹入他的视野，然后又风一样地消失不见。他忽然记起，第一次踏上漂来，他也是在以这样的姿态一路狂奔。

慢慢地，他不再抗拒了，完全接受了自己才十一岁的幻觉，听凭那轻盈的身体将他带向那不知所终的前方。

很快，他发现，他跑到了那座黑漆漆的铁桥上，脚下的枕木根本无法绊住他自由的步伐。

前方有汽笛在鸣响，火车头的前灯像蛇的眼睛，发出灼人的光芒。然而李罡正心里却一无恐惧，只是不断地向前跑着，跑着……

从永济会的学堂里出来时，天空正飘着些毛毛细雨，唐喻忽然感觉到自己有些脆弱，他始终坚硬的外壳似乎被什么东西撬动了一下。

作为礼拜天学堂的主讲，他有意选择了欧洲的铁路系统作为这天的讲课题目。从家里出发前，他专门给自己换了一身黑袍子黑马褂。

大半年前，李罡正道长在嫣然河铁桥上卧轨自尽的事件，终于让总督下了决心，要不惜一切代价将铁马路从漂来城连根拔起。因为总督的决心，向来办事拖沓的漂来官府突然表现出异乎寻常的效率，仅仅用两个月的时间，就和英法美三国领事谈妥了出钱向工部局赎买铁马路的方案，并迅速付诸实施。

早在两个星期前，洛克菲勒就跑来通知唐喻，赎买铁马路的款项已全部到账，漂来官方已经确认，将在今天正式动工拆除铁轨。

听到这个消息，唐喻心里没有一丝惊讶。

那天，在铁马路的开通仪式上，他其实早已隐隐感知了铁路将会夭折的命运。这预感如此强烈，整整一个下午他都坐卧不安。到了晚上，他觉得必须找人倾诉一下，于是特地跑去租界找唐妙。一番周折，在洛克菲勒吞吞吐吐的指点下，唐喻来到了一座西式公寓。他没想到给他开门的竟是失踪已久的孔三姨太。见到唐喻时，詹风仙显然也有些吃惊，但还是礼貌地把他让了进去。

在卧榻边上，唐喻见到了唐妙。卧室里的留声机正在放送康康舞曲，唐妙一脸悠然，侧卧在床上，一边抽着大烟，一边在嘴里跟着留声机里的旋律大声哼哼。那迷醉的状态让他忘乎所以，压根没意识到唐喻已来到跟前。直到詹风仙喊了他好几声，他才回过神来，憨厚地朝唐喻笑了笑，问他找自己有什么事。看到这样的情形，唐喻满肚子的话突然被憋了回去，他摇了摇头，默默地转身离开。

从唐妙的公寓出来，在租界里漫无目的地走了一阵之后，唐喻忽然想起上午在首航列车上遇见的墨仁。不知怎么搞的，他竟然对墨仁产生了一种莫名其妙的期待。脑子都没转一下弯，他就直接跑到了永济会的会所。见到墨仁时，他正在给一位戴瓜皮帽的老人义务看病，看着墨仁那张沉静得如同雕像一样的脸，唐喻想都没想，就脱口而出："为什么在火车上问我那句话？"

"你知道的。"墨仁将听筒从病人的胸口拿开，抬起头，一脸镇定地看着唐喻。

"为什么？"唐喻沉默了一会儿，心里不得不承认墨仁确实和自己一样，都曾经到达过时间的尽头。

"因为你的决定。所以命运必须如此。"墨仁一边微笑，一边垂下脑袋，在写字桌上开起了药方。

"你怎么会知道的？"

墨仁没有马上回答，他把药方递给病人，叮嘱了几句之后，才回过头，看着唐喻说："因为你知道，所以我才知道。"

唐喻摇了摇头，表示自己不明白墨仁的意思。

"以后，你就会明白了。其实我跟你一样，并不完全明白事情具体的细节，但我好像就是知道有些事情注定发生，而且还知道你也知道这一切，因为所有这些事情其实都和你有关。"墨仁沉吟着，好像在一点一点往外挤牙膏，所有的话似乎都是在开口时才刚刚被想到。他沉静的脸上为此露出了一些歉意的笑容。

虽然墨仁的说法没有解开唐喻心中的疑惑，但他发现自己已不像刚才那样烦躁，铁马路注定失败的命运似乎变得可以接受了。因为彻底放松了下来，唐喻和墨仁开始聊起一些别的话题，很快他决定接受墨仁的邀请，每隔两周来礼拜天学堂，向人们传播他在欧洲时学习过的那些新知识。

一边回忆着当时的细节，一边在雨中走着，唐喻忽然觉得浑身发冷，湿透的衣服已沾紧在他的皮肤上。他忍不住抬起头看了看前方，发现雨水正变得越来越密集，而他的人也在不知不觉中来到了嫣然河铁桥的边上。

铁桥上一群苏北难民正在官员的指挥下，挥动铁锹，将铁轨从地基上慢慢撬起。铁桥的中段停着一辆敞篷马车，一队卫兵守在四周。马车正对着唐喻所在的方向，让他可以毫不费力地看见坐在马车里的韩凤阳。总督的神情有些憔悴，那带着颓废气息的衰老感正茧一样地包裹着他。看着这个有些忧郁的老人，唐喻发现自己竟找不到一丝一毫对他的恨意。

忽然，总督抬起了头，他的目光穿过密集的雨丝，正好落到孤零零站在桥头的唐喻身上。他看上去有些吃惊，好像一只困倦的野兽突然看见了猎物，眼睛开始发亮，微微屈下的腰背也突然挺了起来。

唐喻不动声色，任由韩凤阳充满敌意的目光在自己身上扫来扫去。忽然，他注意到，总督的脸上掠过一丝黑云。他抬起头，看见阴影是几只乌鸦投下的，它们正飞过总督的头顶，发出凄厉的叫声。总督受了刺激，不由自主打了个冷战。唐喻也就势抹了抹自己被雨水盖住的眼帘，想确认一下眼前的情景是否真实。当模糊的水光被擦去后，他发现天空中的乌鸦早已无影无踪。这时远处却有一匹快马疾驰而来，马蹄声清脆得吓人，总督都已经忍不住将脑袋探出马车，回过头向声音传来的方向望去。

马很快跑到了总督跟前，马上那个气喘吁吁的士兵将一封电报递到了韩凤阳手中。韩凤阳很不安地拆开了电报，小心翼翼地将它展开。他的手开始颤抖，然后，他凄厉地大叫了一声。

唐喻眨了眨眼睛，发现自己的眼眶也已经被滚烫的泪水浸湿了。

他忽然意识到，这几天一直在让自己悲伤的，其实不是铁路注定要被拆掉的事实，而是总督手里那份注定会在今天送达的电报。

17

第二天醒来，快中午十二点了。

昨晚，跟公输电聊完天后，我又忙着把脑子里堆积的线索跟所有人详细说了一遍。

在这过程中，蔡琰和秦雪先后倒在地上睡着了。墨之翟和韩费坚持到了最后。说完话，天已微亮，我打了个长长的哈欠。嘴巴还来不及闭上，就发现刚才还醒着的两个人几乎在一瞬间呼呼睡去了。

我的眼皮也早就粘在一起，头重得几乎抬不起来，尽管肚子在咕咕叫，我还是毫不犹豫地让身体软倒下来，脸庞顺利地贴在了藤编地板的粗糙表面上，然后便彻底失去了知觉。

虽然睡得最晚，我却醒得最早。

醒来后，身体还是僵硬得不想动弹，但目光却已自行其是，开始漫无边际地在客厅里游荡，最后在近处停下。

如此过了一会儿，我才注意到我的目光其实是停在了蔡琰的脸上。

她离我很近，几乎脸对着脸。

经过一夜的消耗，她脸上的粉底差不多掉光了，毛孔因此被放大，皮肤上没了光泽，眼角、眉头上细细的褶痕旁若无人地展露出来，嘴角上甚至遗留了一些口水漏出的痕迹。

我忽然有些感伤。

在此之前，总觉得人生好像还有别样的可能。然而现在看来，这别样的人生如果真的成为了现在的人生，我是否一样会在这个别样的人生里，期盼另一个别样的人生？

我这样呆呆地看着蔡琰，一动不动，好像时间在这一刻突然停止。

蔡琰的眼睛扑棱一下睁开了。

见到我在端详她，她有点慌乱，然后也开始用同样的目光端详着我。

如此，我们在沉默中相互凝视，直到身边的秦雪也醒了过来。

她向我们投来好奇的目光。虽然没有发出声音，但是她的目光打在我们身上，刺一样地扎人。我们一下子感觉到了它的存在，脸上的表情有些做作地马上松弛下来，然后大笑。

“幸亏没跟你结婚，哪跟哪呀？”蔡琰撇了撇嘴说。

“真是。”我应了一句。这样说完，心里却还是怅惘了一下，好像哪种状况都一样会是缺憾。

“之所以凑到一起，一定有原因的。”秦雪好像知道我心里的潜台词似的，盯着我的脸说，然后又把目光转移到蔡琰脸上。

我们说话的声音不大，但还是顺利地把另外两个人吵醒了，他们睁大眼睛懵懂地看着我们，似乎在猜测发生了什么。

因为注意到大家都在盯着自己看，蔡琰好像忽然意识到什么，神经质地用手拍了拍自己的脸颊，好像在测量皮肤的弹性，然后露出了惶恐的神色，迅速站起来，把秦雪也拉了起来：“赶快，回去收拾一下，然后再过来商量接下来的事情。”

受到提示，秦雪连忙点头：“好，抓紧时间，你们三个也赶快处理一下个人卫生吧。”

说完，两个女人落荒而逃似的，离开了墨之翟的家。我们三个男人发了一阵呆后，也各自行动起来。趁着韩费给单位打电话请假，墨之翟去了二楼卫生间，我则在楼下洗漱。

然后，在饥饿感的催促下，我开始满屋子寻找食物，终于找到了一堆方便面和饼干之类的东西。这时，墨之翟也从楼上下来，我们两个分了工，他负责煎鸡蛋、煮牛奶，我负责烧开水、泡方便面。

在被饥饿感彻底击倒之前，我们坐到了八仙桌边上，开始大口吞咽方便面和煎鸡蛋。一碗面条两个鸡蛋下肚，肚子还是空空如也。我开始泡第二包方便面。这时秦雪回来了，神色还是懒洋洋的，不过忧郁感好像减弱了一些，在墨之翟这里找到的线索，显然让她放松下来。她从桌上拿起装牛奶的瓶子给自己倒了一杯，然后拿起块饼干，就着牛奶，慢嚼细咽着。因为注意到身边有了个吃东西不出声音的人，韩费嘴里的呼噜声也一下子收了回去。受韩费的提示，我也尽量减弱嘴里的咀嚼声，只有墨之翟依然在欢快地吞咽，还不时端起碗，大口喝着面汤。

正在这时，手机响起来，主编语气神秘兮兮的，有些过于热情地表示，无论如何要见我一面。我问他什么事。他却不肯说，只一味强调，到时候就知道了。因为从他故弄玄虚的口吻后面听出了喜悦的气氛，我勉强答应了他。约好一个小时后，他来水流云在园门口接我。

打完电话，回到客厅，我发现蔡琰也已经回来。因为重新装扮过，她又容光焕发，客厅里都是她叽里呱啦的说话声。很明显，自信又回到她身上了。

因为人都到齐，大家商量了一下今天的计划。我的任务是下午准时把公输电接到这里，在此之前，我可以先去跟主编见面。其他四个人则去图书馆，把墨之翟找到的资料都复印下来。

下午一点不到，我按约定来到水流云在园门口，等待主编出现。

像用秒表掐过似的，门口的石英钟刚刚俏皮地鸣叫起来，马路东头便有一辆兰博基尼呼啸而来，然后一眨眼，稳稳停在了我面前。轮胎磨擦地面的刺耳声音消失的瞬间，正好是石英钟停止鸣叫的时候。完全严丝合缝。

穿一身黑西装的司机像仪仗队士兵一样，以一连串刚健有力节奏紧凑的动作打开车门，从车上下来，绕过车尾，把副驾驶座打开，然后向我做了个有请的动作。

我朝四周看了看，发现身边并没有其他人，才意识到他是在邀请我。我带着询问的神情指了指自己，穿黑西装的司机脸上露出微笑，点了点头。

“是不是认错人了？”我还是不太放心。

“王主编说的，跟你约好了，一点钟在这里见面。”司机身材魁梧，声音却很柔和。

“知道我是谁？”我又问。

“孔先生。”

“你认得我？”话刚出口，就发现自己有点露怯。

小伙子好像明白我心思似的，对我笑了笑，再不开口说话。

我挪动脚步，坐进了车里。

仪仗队员般的司机又是一系列干净利索的动作，为我关上车门，回到驾驶座，发动汽车。接着汽车的发动机发出夸张的轰鸣声，像支被射出的箭似的蹿了出去。

我在车里正襟危坐。但无论怎样想让自己放松，两只胳膊却还是紧绷着。本来有很多话要问司机，刚到嘴边，便被心中怯怯的颤动给憋了回去。

车没拐几个弯，便进入了一幢大厦的地下车库。我因为紧张而变得空白的脑子里抽搐了一下，忽然意识到，我们进入的正是黄国歌公司的所在地。

这时车已到达车库的尽头，那里有一扇不起眼的黑色吊门。吊门正在缓缓升起，里面的空间是个单独的小型车库，摆放着五六辆形态奇特的小汽车，都是以前在杂志画页上才见过的稀有类型。门后面还站着四个彪形大汉，一副美国电影里联邦特工的打扮，戴着墨镜，穿着黑西装，耳朵上挂着不起眼的对讲式耳机。

眼前的情形明摆着，根本没有机会逃跑。我只好强自镇定，心里盘算着一会儿拉哪些人来垫背，主编被排在了候选人的第一位。

在我盘算的时候，兰博基尼在车库的电梯门前停了下来。吊门正在缓缓回落。四个联邦特工模样大汉中的某一个，为我打开车门，微微欠身，示意我从车上下来。

死猪不怕开水烫，我硬着头皮下了车。抬起头，看见另一个“特工”已经把电梯门摁开，正优雅地请我进去。我深深地吸了口气，走进电梯，然后身边一左一右站进了另外两个“特工”，他们和我保持距离，其中一人对着耳机上的微麦说：“我们上来了。”然后，电梯开始上升，我注意到电梯按钮盘上只有 45 楼一个楼层的按钮，显然这是一部直达黄国歌办公室的私人电梯。

电梯再次打开时，黄国歌那张肥得像张屁股似的大脸出现在我面前。然而出乎我的意料，这脸上竟充满了喜悦的笑容。在这张脸的边上，我还看见了主编的脸。虽然有些搞不清楚状况，我还是推断出事情一定发生了某种戏剧性的变化。

吊着的心终于如释重负，我连忙让自己也露出谄媚的笑容，对着黄国歌一阵点头哈腰，也跟主编打了个招呼。

黄国歌伸出那双肥大的手，将我的手握了又握，然后搂着我的肩膀往办公室走。一边走，一边旁若无人地大声说话。

“孔老弟，太谢谢你啦！全靠你妙笔生花，妖妖的新专辑大卖，她现在高兴得不得了。我花三百万，还不如你八卦一下有用。我操，长见识了，感情现在说好说坏都没关系，有人说你才是硬道理。那句名言怎么说来着？‘世界大势，浩浩荡荡，不可阻挡’，是吧？全怪哥哥太孤陋寡闻，先给你赔不是啦。”

黄国歌的声音震得我鼓膜嗡嗡作响。通过他的叙述，我慢慢理清了事情的头绪。妖妖应该是黄国歌对Y女郎的昵称。看起来，那篇负面的绯闻报道，起了正面效果，让黄国歌的态度有一百八十度的转弯。我美丽的中指保住了。

惊魂稍定，我开始用眼睛的余光打量黄国歌。这才发现，黄国歌身上穿着一条颜色夸张的绿睡袍，脚光着，直接套在了一双木拖鞋里，像只欢快的青蛙，蹦跳在办公室宽大的走廊上。

因为注意到我在打量他，黄国歌用手扯了扯睡衣，然后说：“怎么样，衣服款型不错吧？跟拖鞋一起，都是上次跟妖妖去日本泡温泉，顺回来的。”

“嗯，不错。”我轻声敷衍。

“操！装！真他妈会装！心里一定在说，真他妈难看，是不是？”黄国歌好像有点不满，把搂着我肩膀的手松开了。

我心里又一阵紧张，不知道该怎样回答。

“我都觉得难看，你们这么有文化，会不觉得难看？”黄国歌昂首阔步冲在前面，我和主编小心翼翼地跟着，“人一有文化，就他妈爱装，害得我这样的粗人都得跟着你们装。”

终于走到走廊的顶头，黄国歌推开了最后那间办公室。我们跟着进了房间。

一眼看去，这与其说是办公室，不如说更像卧室。房间中央放着一张形式夸张的大水床，墙上贴着各种满眼都是丰乳肥臀的色情招贴画。床上的被褥一片狼藉，好像几天都没整理过的样子，床对面的大电视还开着，房间里还有个全透明的卫生间，安装了一个足有五平方米的按摩浴缸，里面的水还满着，正在冒出热腾腾的水汽，感觉上完全像电影里那种情爱旅馆的大套房。唯一像办公室的地方，是水床另一边的大办公桌、老板椅，以及三个沙发和一个茶几构成的会客空间。

在我们左顾右盼时，黄国歌还喋喋不休刚才的高谈阔论：“在外面，老子只好跟你们一起装，穿西装，打领带，一嘴软绵绵的台湾普通话，说话还不能带脏字。不过，现在在老子的地盘上，我就偏要粗俗！偏要难看!”

黄国歌把我们带到沙发那里，向我们做了个手势，示意坐下，然后自己也在老板椅上坐了下来。他从办公桌上拿过一个木头盒子，打开，给我们每人扔了根雪茄过来，自己也拿了一根，用桌上那个做成撅屁股女人形状的打火机，把雪茄点上，接着把打火机扔给了我们。我们老老实实地把雪茄点上了。这时，黄国歌已经滑动老板椅，靠到水床边上，把两个拖鞋一蹬，脚直接跷到了床上。

看到我们两个像受了训斥的小学生一样缩着肩膀坐在沙发上，黄国歌神情松弛下来，右手向下摆了一摆，示意我们放松：“不过，你们思想上不要有顾虑，只有我真正放心的人，才会带他们来这间办公室，要是我对你们客气，只能说明压根信不过你们。所以，你们现在明白了吧?”

“是是是。”主编和我不停地点头哈腰。

“小孔啊，想知道除了妖妖，还有谁也在这床上睡过?”黄国歌将身子埋进老板椅里面，吸了口雪茄，再将烟慢悠悠地吐出来，“以后我慢慢告诉你，不过，什么能写，什么不能写，得听我安排。靠，女人跟文人一样，都爱装。不过，在我面前，谁都别想装，有的女人给个 LV 什么的，就能把她扒光了，有的得给她个车钥匙，少数得给到游艇钥匙这个级别，极少数还得给个别墅钥匙，但我就没见过这三把钥匙都搞不定的女人。我喜欢妖妖，是因为她再怎么跟别人装，但从来不跟我装，她他妈的比我还直截还粗俗，我们是天生一对，只有这个女人，我可以为她做一切。你们明白吗?”

看到黄国歌这么认真，我和主编又连忙用力点了点头。

这时，黄国歌忽然将身体从椅背上挺起，弓着身子将脑袋凑到离我不到三十公分的地方，声音变轻，但却充满威严：“我这个人有仇必报，但也有恩必还。所以，现在，你可以跟我提一个要求，我给你十分钟时间考虑。”

说完，黄国歌低头看了一眼手腕上那个形式夸张的斯沃琪卡通表。我转过头看了主编一眼，主编没反应，只是低头看着地板。

“不用看他，给过他机会了，他也提了自己的要求，我已经满足他了。现在轮到你了。”

黄国歌的声音再次变得洪亮高亢。我把视线从主编身上转回他身上，发现他也正目光炯炯地盯着我看。

“对了，忘了告诉你规则。如果提出的要求，超过应守的本分，那么你就自己浪费了机会，Game over。但要求过低，我当然会满足你，但你就亏待了自己。通过这个办法，我基本可以判断你这人是块什么料。”

说话间，黄国歌脸上露出了嘲弄的笑容，有点猫捉老鼠的意思。我被激怒了，咬了咬牙，直愣愣地向他看了过去：“没别的要求，就问一个问题，怎么做到这一切的？我查过资料，好像快一百年了，嫣然浜这地方好像受了诅咒，没人能从这倒霉坑里爬出来过，你是唯一的例外。”

“这算什么问题？”

黄国歌的语气听上去很强硬，眼睛里却闪过一丝紧张。我开始乘胜追击：“你懂的。”

“你想象力太丰富了。”黄国歌似乎也意识到自己露怯了，连忙有意识地松弛下来，眯起眼睛，微笑地看着我。

“我可以先跟你说些这两天我了解到的事情。”我转过头看了一眼坐在身边的主编，“老大，回避一下，这事情我和黄总私下聊。”

主编看了一眼黄国歌，黄国歌朝他挥了挥手：“到隔壁坐一会儿，有些事情不知道比知道了好。”

主编唯唯诺诺地点头，落荒而逃似的离开了。房间里只剩下了我和黄国歌。

我深深吸了口气，把这几天的所见所闻都跟黄国歌说了一遍。

听的时候黄国歌一直将身体靠在椅背上，闭目养神。但因为看到他几乎忘了去吸手上的雪茄，我知道，他其实听得很认真。

等我说完，他重新睁开眼睛，又似笑非笑地瞟了我一眼。我也毫不示弱地回望。他长长地舒了口气，又闭上眼睛，然后才开始说话：“故事编得真不错，到底是文化人。”

我想反驳。他好像知道我会如此反应，慢条斯理地向我摆了摆手：“不要激动。既然你编了个这么好听的故事，我当然也要编个故事给你听。虽然没文化，但编故事的本事，我还是有的。说穿了，大家都不过是在这个世界上编故事而已。”

他拿起手上的雪茄看了一眼。雪茄灭了。我拿起茶几上的打火机递了过去。他把雪茄点燃，轻飘飘地吸了一口，又重新开始说话：“这个故事大约发生在1992年，我靠着帮人在街上收国库券，挣了两万，当时正好股市火起来，认识的人里面不少靠炒股发了财，我心动了，就把两万块都投了进去，钱很快翻了两倍。胆子大起来，像《乌鸦与麻雀》里赵丹演的那个小市民，做起了‘轧金子换钞票，换钞票轧金子’的美梦。”

黄国歌的脸上露出悠然的笑容，好像真的回到了当年：“所以，我到处找人借钱，还答应每块钱一年给人一毛利息。终于凑够了一百万，全部买进去了。没想到，刚买完，股市就崩盘。你知道的，这种情况，众叛亲离肯定的，平时都人情味十足，真有利害关系，哪个不是豺狼虎豹。那一年，我几乎天天在逃债。我开始信命，收集了一堆周易八卦风水之类的东西，狠狠研究了一番，很快发现你说的那件事情，嫣然浜是个死胡同，没人能从这里逃出去。再一想我四十多岁了，即使真的能把欠账还清，人生也差不多过完了。活着有什么意思，死了算了。”

黄国歌又停下来，猛抽几口雪茄，结果把自己给呛着了。他停下来，开始深呼吸。直到重新平静下来以后，才继续往下说：“一天喝多了，我决定去跳嫣然河。想到死了以后，留下的房子会便宜那些讨债鬼，就决定先把房子烧了。点完火，我一路跑到河堤上，一脑袋扎进了河里。你知道，那时候嫣然河是全城有名的臭河沟，不仅臭，下面还积满淤泥，一跳进去，就发现我陷进了比屎还臭的泥浆里，眼睁睁要被活埋。不过，既然是死，哪种死法倒无所谓。所以不挣扎了，任由自己随着淤泥不断往下掉。没想到淤泥下面竟是空的，我从淤泥的另一头忽落一下掉了出去，重重摔在一片水泥地上。幸亏年轻时为了跟人打架时能占便宜，我学过几天形意拳，着地时，下意识打了几个滚，把力量给卸了一些，才没被摔死。我睁开眼睛，傻了，眼前竟然是个几千平方米大的厂房，里面放着几百台机器，机器在轰鸣，发疯似的转个不停。我走到其中一台机器前，发现机器年代久远，上面的油漆差不多都掉光了，结满铁锈，铁锈上覆盖着厚厚的灰尘，可见很长时间没人来照顾这些机器了。然后，我还发现机器其实是老式的火力发电机，用煤的那种，但是蒸汽锅炉的炉膛里火虽然烧得很旺，却没有煤。”

“怎么知道那是发电机？”我忍不住问了一句。

“年轻时我在发电厂干过。因为不想当一辈子工人，才出来干的个体户。说不出机器的具体规格和性能指标，但它们是火力发电机，我还能看得出来。”

“哦。”我点了点头，“然后呢？”

趁着我打断他的间隙，黄国歌又吸了一口雪茄，然后继续说：“说来奇怪，掉下来之前，我觉得脑子昏沉沉的，但是掉下来之后，就一下子清醒了，甚至觉得精神好得出奇。真的，有一种突然回到二十岁的感觉。正奇怪着呢，我发现身体前面，多了一个影子，有人正站我身后。因为不知道对方来历，我不敢造次，定了定神，才问：'谁?'说完，我想回头看对方。然后，我听到有人说：'最好不要回头，看见我对你没好处。'那个人说话的声音很温和，但我感觉到这温和惊人的强悍，我想反抗，但怎样也强硬不起来，只好按对方的吩咐，忍住了回头的冲动。那个人好像知道我心思似的，说：'很好，你的决定很明智。作为回报，我会把你从这里送出去。''这是什么地方?'我问。'一个不应该存在的发电厂。'对方回答。'不明白。'我摇了摇头。'反正你不用管这件事情，既然到过这里了，你会发现你跟以前变得不同了。''怎么个不同法?''难道没有感觉到你现在浑身上下都充满了能量?''好像有点。''这就对了。你身体磁场的极性已经反转，以后你会由一个能量发散体转变为能量吸收体。''不明白。'我又摇了摇头。'以后就明白了。好了，你现在往前走，走到尽头往右拐。'对方好像懒得再跟我废话，开始指挥我行动。我乖乖地按他的指示往前走了起来。很明显，他在后面跟着我，每到要拐弯或进哪扇门时，他都会开口提示。之后，我进入到一条黑暗的隧道。隧道里黑得根本看不见一点光亮，那个人却还在不断向我指示前进的方向。因为眼睛睁着也没用，我索性闭上了眼睛。大约过了半个小时，我发现我已经跑到了嫣然河的河堤上。当时之所以睁开眼睛，是因为我听到远处传来噼里啪啦的声音。然后我发现，我住的那片棚户区笼罩在火光中。火势很大，数不清的人影在那里哭喊奔跑。我一下子清醒过来，不知不觉中跪在了地上，欲哭无泪。"

"你的意思是1993年那场大火其实是你放的?"我让自己屏住呼吸，一字一句地问。

黄国歌悠然一笑："我现在是给你讲故事，不要打岔好不好?"

"那后来呢?"

"后来，我听到身后有人在说话：'为了最后的胜利，一切的牺牲都是值得的。'那声音仍然温和而冷静，让我也不由得冷静下来。"

"那人还在?"

"是，他一直跟到了地面上，"黄国歌点了点头，"然后他还令人费解地说：'至少这把火，让这个地方的历史被重新打开了。'我努力琢磨他话里的意思，想了半天，虽然想不明白，但不知道为什么，却忽然觉得很愤怒，我猛地掉转头去，发现那人已经不在身边，我只看到河堤上有个黑色的背影在蠕动，很快消失了。后来的事情就像他预言的那样，因为那把火，嫣然浜被重新改造了，变成了今天的样子。”

说完这些，黄国歌又把身体靠回老板椅，眼睛微闭，很疲惫的样子。

“那你呢？真像他说的那样，拥有了神奇的力量？”我又问。

“这事很难形容，完全不是想象的那样，譬如拥有了某种具体的特异功能。怎么说呢？”黄国歌用右手的食指关节，敲了敲脑门，“嗯……这样说吧，其实每个人身上都有种类似于精华的东西，看不见说不清，每个人都想着要把这些东西呈现出来，但通常又不知道要呈现的是什么。有点明白了吗？”

虽然并不明白，但为了让黄国歌能够继续往下说，我诚恳地点了点头。

“你这个人啊……”黄国歌还是闭着眼睛，但伸出食指，朝着我所在的方向点了点，“恐惧太多，太会自我保护，所以对什么事都不敢深入，总是在敷衍，在逃避，对不对？”

黄国歌的话说得我有点心惊肉跳，我连忙撇了撇嘴：“现在不说我，说你。”

“好吧，”黄国歌收回悬在半空中的手，将它托在肥肉像抹布一样垂落的下巴上，“从那个地下发电厂回来，我拥有了一种奇怪的能力，我似乎能找出每个人身上的精华，反倒是它们的主人并没有意识到它们的存在，总是在廉价地兜售它们。有了这个发现之后，不管面前的对象是谁，也不管他用怎样的谎言避重就轻，我都一概不理。我只管一件事，就是把他们身上的精华引诱出来，然后二话不说，一举拿下。从此以后，无论做什么，我再也没有失败过。”

“嗯……有点像吸血鬼？”我沉吟片刻，终于找到了合适的说辞。

“随你怎么说，反正就这么回事。”黄国歌睁开眼睛，脸上满是嘲弄。

“被拿掉精华的人会怎样？”我问。

“能怎样，不被我拿走，也会被别的人别的事拿走。”黄国歌脸上的表情不知为何竟然显得很沉痛，“知道吗，那些人甚至还会因为我拿掉了他们的精华感谢我。因为精华被拿掉的时候，总是能让他们产生自己正被满足的幻觉。所以，所有被拿掉精华的人最后都成了我的崇拜者，还常常把别人也一起吸引过来。”

“心无愧疚？”我忍不住问。

“别扯他妈淡了，”黄国歌不屑地啧了一声，“凭什么愧疚，他们自己想这样的，说实话，不光对陌生人这样，连我最亲的人，爹妈、老婆还有孩子，我也一样毫不留情。”

“没有负面作用？吸血鬼至少还害怕阳光。”

“如果你非得给我安上点不痛快，那好吧，就是有时候会发现自己再也没有同类了。”黄国歌面无表情，拿雪茄的左手在扶手上不安地敲打了几下。

“非要如此吗？”我不动声色，继续问。

“为了最后的胜利，一切的牺牲都是值得的。我想你懂我的意思。”黄国歌带着微笑，眯缝起眼睛向我看了过来，似乎已把我彻底看透。

我沉默片刻，忽然想起什么，抬起头，有些紧张地望着黄国歌，然后问：“我的精华还在吗？”

黄国歌又盯着我看了半天，然后才慢慢地开口：“与我无关，大概十几年前就被拿走了，现在的你不过庸人一个。那些刚刚被拿掉精华的人还有热情，你却连热情都没有。”

我不太相信地看着黄国歌，黄国歌也似笑非笑地看着我，过了很久，忽然夸张地大笑：“不跟你说了，我不过在给你讲故事。”

18

跟韩叔政死讯传来的时候一样，嫣然河电厂开工的那天，天上也飘着密麻麻的毛毛雨。这是 1896 年的初春，嫣然河畔的荒地上，爆出新叶的青草已经从冬天的枯黄里苏醒过来，满地的嫩绿中还点缀着亮黄色的迎春花。

根据工程总指挥唐喻的设想，这座计划中的远东第一电厂首先是从地下室开始着手建设的。地下室距地面足有三十米深，开工仪式举行后，那几千个苏北难民便挥动锄头铁锹，在这片刚刚爆绿的荒野上，开始了挖掘工作。几千把铁器在与松软的泥土磨擦时，发出了嗤嗤的轻响。然而当它们在空气中汇聚成一片时，就成了类似雷声一般的轰鸣。置身于这样一个热火朝天的场面，唐喻本觉得自己应该会有壮怀激烈的感觉，但此刻他除了紧张，还是紧张。像个把所有本钱都押上桌面的赌徒，他忽然感到自己已无退路。

“已经没时间了。已经没时间了……”他的脑子里没来由地唠叨着同一个句子。虽然，并不明了此话的确切含意，但根据以往的经验，他知道这预示着某个必将发生的状况。因为这句话，唐喻浑身冷得发抖，上牙和下牙不断地碰撞在一起，在他的内耳上敲打出咔嗒咔嗒的脆响。

那天，当热泪浸湿唐喻的眼眶时，他脑子里自动蹦出了韩叔政在冰凉的海水中被吞没的情景。所以，没有一丝犹豫，他立刻朝韩凤阳走了过去。他的一举一动如此恰如其分并且发自内心，连总督的卫兵都忘了去拦阻，他轻轻松松地走到马车前，关切地望着被哀伤击溃的韩凤阳。总督显然感觉到这目光中的温暖，他抬起头看了看唐喻，心里再也找不到一丝敌意。他慢慢打量唐喻，像第一次认识他似的。他忽然发现，眼前的年轻人其实和儿子长得很像。这样想的时候，他忽然在嘴角边尝到了一丝咸涩的味道，这让他意识到，自己一直在拼命抑制的泪水，已在不知不觉中流了下来。

他把手上的电报递给唐喻。唐喻看了一眼：在几天前的黄海战事中，北洋水师“超勇号”战舰被日本人的鱼雷击沉，在舰上服役的韩叔政壮烈殉难，情形正如预兆所呈现的那样。

这以后，唐喻和总督之间破碎的关系被彻底修复。他被重新召回到总督身旁。

对儿子无可抑制的思念之情，让韩凤阳无时无刻不希望能见到这个长相和骨子里都像儿子的年轻人。那段时间，唐喻几乎时刻都要陪伴在总督身边。

此时，甲午战争的消息还在不断传来，总督根据各种信息，分析着战争的进程。他心里满是渴盼，期待朝廷有朝一日能将战争的指挥权交到他手上。在这过程中，他惊讶地发现，不是军人出身的唐喻却对这场战争拥有惊人的洞察力，每次他对战事的预言，最后都被证实了。

到了这年正月，北洋水师全军覆没的消息传到了漂来。韩凤阳心如死灰，知道儿子死得毫无价值，他被这个腐烂的王朝白白牺牲掉了，而作为父亲，他却正是这腐烂的一部分。他就此大病一场，在卧榻上整整躺了大半年。从中年起不断膨胀的身体开始收缩，水袋一样鼓鼓囊囊的肚子漏了气似的，瘪了回去。他的皮肤皱缩起来，被岁月磨得越来越圆的脸又变长了，颧骨礁石一样突出。因为老是觉得胸口疼，他开始习惯性地将右手放在心口的位置上，那来自心脏的不规律颤动，让他的手也随那节律不住颤抖，把他丧失的韵律感抖了回来。他开始写诗，不断让人给他送来最好的宣纸，然后屏退所有人，书写隐私一样，书写七律和五言，写完后又守财奴似的，将这沾满墨迹的宣纸保存在枕头边上。每次，只有唐喻来看他时，总督才会拿出这些诗稿让他过目。在那歪歪扭扭的小楷字里，充满着残冬寒夜荒山的意象，唐喻从中看到总督对华年已逝所生出的哀伤以及老年丧子的疼痛，他甚至看到总督在诗歌中隐晦地向自己表达了深切的懊悔之意。看过这些诗，唐喻明白，包裹在老总督身上的坚硬和狡猾被彻底摧毁了，软弱和无助正在裸露出来。但这反而让他变得可爱了，唐喻甚至通过他的诗，联想到自己的父亲。他开始确信，唐望的心里一定也隐藏着如此深厚的舐犊之情。因此，现在只要从总督府那里出来得早，他便会直接跑去唐记南货行的账房等唐望下班。

每次，唐望看到他来，总是显得面无表情，只抬头看他一眼后，便低下头继续钻在那堆账本中核对数字，时不时拨动面前的算盘，或者沉思一会儿。唐喻并不着急，只默默观望。他发现，父亲做事情时动作极为缓慢，常年伏案让他脖子僵硬，每过片刻那里就会微微抽搐，脑袋也随之轻轻晃动。在第三次等唐望回家的过程中，他还第一次发现似的注意到，对账时父亲一直都戴着老花镜。但他很快想起，这并非刚刚发生的事情，很久以前父亲的身边就一直带着老花镜了，它还曾经不止一次出现在他的鼻梁上。然而，这个细节一直都在熟视无睹中被他忽视，就像他一直都在忽视父亲正在变得越来越老。于是，之后在等待父亲回家的过程中，他开始耐心地捕捉父亲正在衰老的那些印迹。他终于看见，父亲脸上的老人斑早已密密麻麻，在肥胖的折磨下，身体正变得越来越迟钝，每个月里总有几天脸涨得通红，那莫名其妙的头痛让他总是忍不住会用食指关节在太阳穴上不断拧来拧去。根据在欧洲时的经验，唐喻忽然意识到父亲其实是个慢性高血压患者，他的生命时刻都可能被大脑里某根爆裂的血管夺走。有个晚上，因为突然想到这些，唐喻竟然躲在被窝里偷偷哭起来。但这举动很快受到他自己的鄙夷。他不断提醒自己，他是被选中的，背负使命，注定不能像普通人那样脆弱而敏感。虽然这样提醒自己，他还是保留了每天下午陪同父亲一起回家的习惯。

一天黄昏，他和唐望沿着淌着小河沟的青石板街道回家，夕阳好得出奇，让他们可以轻轻松松看见路边的种种风景。他们注意到在一条房子与房子的夹缝中，有个小男孩正在父亲帮助下，学习转陀螺。几乎不约而同地，他们停下脚步，耐心地观看这无聊的场景。看着看着，唐喻忽然觉得鼻子里热乎乎的，他忍不住侧过头看了唐望一眼，发现父亲也正在慢慢挪动目光，一寸一寸地凝望着他。从他迷惑而伤感的眼神中，唐喻知道，唐望正在他脸庞上寻找那个童年时的自己。唐喻心里一热，想说些感伤的话语，但那动情的眼神只在脸上轻轻地一闪，便被他迅速地收了回去。他只是朝父亲淡淡地笑了笑。唐望看着儿子那故作不经意的笑容，慢慢摇了摇头，也露出微微自嘲的笑容。随后，两人各自避开对方的目光，转过头，静静地凝视着前方的那对父子。这其间，唐喻用眼睛的余光不经意地瞟了父亲一眼。他看见阳光正好照在唐望臃肿的脖颈上，皮肉上的褶皱像蝴蝶的翅膀一样不断扇动，将光线折射出各种颜色。不知怎么搞的，唐喻忽然觉得眼睛好像被那不现实的光线灼痛了，一种强烈的预感袭击了他，他怀疑自己看到了死亡的征兆。

唐喻的预感再次得到验证。

三天后的深夜里，因为嫣然纱厂的火灾，唐望倒在唐家大院的西厢房里。

纱厂是唐望和金发洋人凌德功的又一个合作项目。

一年前，凌德功再次以极具煽动性的口吻向唐望描述了纺织业的光明前景：在未来，服装将不再是身体的遮羞品和保暖品，它们将成为人类历史上最重要的装饰品。这意味着人类对服装品种和数量的需求将超过历史上的任何时期，纺织业将前所未有地兴旺起来。

在作出这种表述的同时，凌德功还专门带来了一张画着各种彩色线条的图纸，那实际是一张四海总督府统治区域的地图，凌德功用金毛已褪色为银毛的手，在图纸上煞有介事地指来指去，向唐望说明，漂来周边分布着几十万顷的棉花地，因此在漂来拥有一家纱厂，几乎等同于拥有一座金矿。

凌德功这番慷慨激昂发自内心的说辞，让唐望再次被这个金发狐妖蛊惑，出于对银洋本能的热爱，他决定拿出三万两银子，入股这座位于租界边上的嫣然纱厂。

两个月前，纱厂的厂房终于建设完成，六百台抹着润滑油的纺纱机和附属设备被从大不列颠帝国运到漂来。这些机器被装配进厂房的时候，唐望从各省收购来的棉花，也被陆续装满四间大仓库。工程师和熟练技工正在从香港、宁波等地赶往漂来，新工人的招募工作也差不多接近尾声，只要稍事培训，纱厂就可以正式开工。

正等着纱厂将棉花变成银洋时，棉花仓库却在这天夜里忽然起火。半夜，凌德功派人来通知唐望的时候，他正起夜，在挂帘后面对着尿壶艰难地撒尿。受功能失效的前列腺困扰，尿液滴滴答答，派来传递消息的人只能一边听着滴答声，一边在帘子外面向他报告情况。

据这位传信者后来陈述，当他把着火的消息说到一半时，那滴滴答答的声音忽然变得急促，布帘后面突然鸦雀无声。又过了一会儿，当传信人把所有情况都汇报完，却发现帘子后面的唐老爷还在沉默，就忍不住喊了他几声。没听见唐老爷的回答，却听见了一个清脆的“当啷”声，似乎是尿壶掉地上了。又过了会儿，类似于大袋面粉倒地的声音也传了出来。他这才不放心地掀开帘子，发现唐老爷已四肢摊开，倒在地上。

等唐喻被管家叫到现场时，唐望已嘴巴歪斜口吐白沫，肥大的身躯除了偶尔抽搐几下，已完全僵直。

唐喻当即命令仆人们不要再跑去回春堂请大夫，而是直接送唐望去租界的教会医院。即使如此，唐望最终还是被这突如其来的脑溢血夺去了生命。

在父亲的大殓仪式结束后，唐喻倒在了从坟地回城的路上。医生的诊断，唐喻只是疲劳过度，休养几天，就会痊愈。但事实上，唐喻觉得自己并不疲劳，他是被一种近乎荒诞的愧疚之情击倒的。因为在父亲的棺木被封闭的一刹那，唐喻忽然发现自己已完全不记得他的音容笑貌了。

这打击甚至比父亲的死还要巨大，为了抗拒这可怕的虚无感，唐喻下定决心，除非能重新回想起父亲的容貌，否则他会一直在床上躺下去，直到他的生命也被这虚无吞噬。

然而，无论怎样努力，哪怕已经想到神情憔悴胡子拉碴，他还是无法在脑子里勾勒出唐望的形象。

当唐望的形象在心中彻底消失后，唐喻脑子里却又生出一种奇怪的幻想，他总是隐隐感觉到唐望又回来了，他无色无臭无声，说话时再不通过语言或者动作。

一次，风把门吹开，唐喻以为自己听见这是唐望在说话，要他站起来到门外去走一走。

又有一次，两只老鼠跑过雕花大床的木顶，吱吱叫了几声，唐喻几乎不假思索就断定，唐望在骂他：再躺下去，就要在床上烂掉。

但是，唐喻并不愿意相信这无声无形的语言，他像个跟父亲赌气的孩子，不断告诉自己，只有当父亲的形象重新呈现在脑海里，他才能相信这一切都是来自于父亲的讯息。他是如此固执，以至于他终于感觉到，唐望正在作出让步。一次，门外的走廊传来了缓慢的脚步声，他以为他听见了父亲正在跟他说："我来了。"于是，他撑起半个身子，向门口张望。

当那个苍老的身影出现时，唐喻几乎真的以为，他看见了唐望。

但事实上，那是拖着病体来看他的韩凤阳。

听说唐喻因丧父一病不起，在病榻上躺了大半年的总督决定亲自前往唐府。在门口看到唐喻，当时韩凤阳也呆了一下，以为自己看见的是韩叔政。

那一瞬间，两个人都似乎有种热泪盈眶的感觉。但很快，他们就将这近乎荒诞的冲动隐藏起来，只是朝对方含蓄地笑了笑。之后，两个人又好像有默契似的，在房间里面对面沉默地坐了一下午。

当夕阳从敞开的房门洒到床榻边上时，韩凤阳开始起身向唐喻告辞。出门前，他好像忽然想起什么，停下脚步转过身，看着唐喻轻声慢语地说：“明天来衙门吧，我们商量一下发电厂的事情。”

发电厂工程从提上议事日程到付诸实施只用了一个多月的时间。

儿子在甲午战争中的惨死，让韩凤阳成了激进派，他发誓要在漂来城展开一场彻底的自强运动。发电厂工程成了启动这场革命的第一个突破口。

按照唐喻的说法，要在下一场战争中打赢敌人，就必须拥有一套完整的工业体系，而电力则是体系的基础。因此，首先要建造一座电厂，而且最好是五十年都不用再扩建的超级电厂。

因为总督正在被异样的激情燃烧，唐喻这宏大的构想深深地打动了他。几乎没有一丝多余的扯皮，发电厂工程的指挥大权就被顺顺利利地交到了唐喻手上。

由于工程如此庞大，对资金的需求也前所未有，唐喻决定向盛宣怀取经，用官商合办的方式来建设电厂。为了表明发电厂将拥有美好的前景，他带头把唐望留给自己的遗产投进了电厂。唐妙马上也作出响应，把自己的那份也拿了出来。同时，唐妙还帮唐喻搞定了洛克菲勒，让美国大胖子出面在租界组建一家电力公司，然后以公司的名义入股嫣然河电厂。

但是，当这个计划多年的电厂正由不可能变成可能时，唐喻的心里又被深深的不安占据。

从被韩凤阳任命为总指挥那天起，他就老是疑神疑鬼，总隐隐约约感觉某种不知名的力量正暗中聚拢，想方设法破坏这个将为漂来城开创历史的伟大工程。

为此，他的脾气和外貌都突然发生了巨变。

他对天气忽然异乎寻常地敏感起来。只要阳光稍不明朗，他就会愁眉不展。要是刮风下雨，就更是紧张得浑身发抖。每天晚上他都不敢让自己睡得太死，以便一旦受到召唤，他就能随时清醒。因为精神紧张，加上睡眠质量不断变差，一段时间后，他本来标准得没有特点的方脸狭长起来，颧骨刀一样地贴在脸颊上，让他的相貌看上去阴郁而凶狠。他坚定而柔和的目光开始游移不定，打量人时总让人觉得是在受审查。毫无疑问，他一直隐藏着的孤独感，突然爆发了。他变得喜怒无常、两面三刀，常常一天改三个主意，却又从来不跟人解释原因。他越来越像个老练的赌徒，拿好牌的时候，脸上愁眉不展，拿坏牌的时候，却又做出盛气凌人的样子。他甚至成了个幽灵，行踪也开始飘忽不定。每天没人看见他是怎样来工地的，也没人看到他怎样离开。有时人们在埋头工作，却会突然发现他正悄无声息地站在他们身后，冷冷地看着他们，似乎已审视良久。然后，他又会在他们根本没注意到的情况下，突然消失不见。他是那样心事重重，但又总要若无其事，再也没有人像以前那样错误地以为，他是个很好接近的人。

事实上，所有参与这项工程的人都在偷偷恨他。因为他是那样苛刻，认为谁都不能让他满意，动不动就将人骂得狗血喷头。工地的工人们已习惯每隔十多天就被他开除一次的命运。但是因为他解雇工人的行动从未停止过，所以，所有能被找来干活的苏北难民总是在被开除后不久，又会被他重新雇用。

本来，电厂是没有地下部分的，但在开工典礼上，他突然表示，要建设一个有三十米那样深的地下室。而地下室才开挖没几天，他又催促洛克菲勒，尽快从匹茨堡的威斯汀豪斯公司进口最新式的交流发电机。按照原计划，电机本来应该一年半以后，在电厂的土建工程彻底完成后才去订购，而且原来要购买的是通用公司的直流发电机。但唐喻却突发异想，提出要一边建电厂，一边组装电机，还改变了原先的设计。洛克菲勒一直在追问他改变计划的依据和理由，唐喻却始终不肯作出解释。幸亏当年建马路和铁路时，唐喻表现出来的先见之明让洛克菲勒印象深刻，这位电厂工程的财务总管，才勉强同意了唐喻的做法。

和工地上所有人一样，洛克菲勒也发现，自己正越来越厌恶唐喻。但同时他又发现，自己对他的畏惧之心也在一天天增长。一次半夜，洛克菲勒在租界的妓院里鬼混完，想起忘了带房门钥匙，专门回工地拿，正巧看见河边的堤岸上，一个黑影在焦灼地走来走去，脸上那两个黑色的瞳孔亮得如同豺狼的眼睛。洛克菲勒一眼认出那是唐喻，但是他被他疯狂的形象吓坏了，不仅没敢过去打招呼，甚至连钥匙都不拿了，头也不回地跑了。

然而，洛克菲勒又不得不承认，这个日渐暴戾的唐喻身上似乎存在着某种奇怪的魔力，只要走近任何一个人，发出某个指令，那个被他命令的人就变得毫无抗拒之力。他就像块黑暗的吸铁石，能吸走一切他想吸走的东西。好几次，洛克菲勒都已鼓足勇气要跟他决裂，但事到临头，却总是灰溜溜地把就在嘴边的狠话收了回去。

离彻底决裂最近的一次，是在工程进行到六个月的时候。当时，从匹茨堡购买的一百套发电机组，已全部运到漂来。为保证安装质量，洛克菲勒专门向威斯汀豪斯公司雇用了一个专家小组。但专家组却被唐喻架空了。

早在两个多月前，机器就被陆续送到了漂来。唐喻借口四海制造局洋枪厂的库房大，把机器全部委托给了洋枪厂总管公输义。

一天下午，一场九级台风袭击了漂来城，倾盆大雨让这个城市很多的建筑都在漏水，因为对华人的官僚机构缺乏信心，洛克菲勒实在放心不下存放在洋枪厂的那批发电机，便蹬着雨靴穿着从巡捕房借来的橡胶雨衣骑着那辆时髦的自行车，赶到了洋枪厂。在车间里，他不仅见到了公输义，还看见了唐喻。两个人正在指挥工人拆卸一台发电机。发电机已被拆卸成一堆零件，正散发着刺鼻的柴油味。看见此情此景，被雨淋成落汤鸡的洛克菲勒心都凉了，却没想唐喻用跟他同样牛仔气十足的英语，轻描淡写地告诉他，拆机器只是为了搞清构造，以便将来一旦出现故障，可以自己维修。唐喻的解释显得无懈可击，再加上随后洛克菲勒亲眼看到公输义轻易地把机器重新装配了起来，就只好把一肚子的不满咽了回去。

但两个月后，洛克菲勒才知道自己又一次被唐喻耍弄了。

当时，电厂的地下厂房已正式完工，机器也被从洋枪厂的库房搬了过来，密密麻麻地布置在那个足有几千平方米大的地下厂房里。那宏大的场面连威斯汀豪斯公司的专家们见了，都不得不承认嫣然河电厂堪称世界第八奇迹。因为在此之前，世界上还没有一家电厂里曾经拥有过十台以上的发电机组。

然而，当专家组在五百盏煤油灯的昏暗光线照明下，准备将锅炉和发电机装配到一起时，一位叫德尼罗的专家组成员嗷的一声狂叫起来。因为怒不可遏，他的声音都在颤抖。德尼罗告诉洛克菲勒，经过仔细检查，他发现发电机和蒸汽锅炉都被人动了手脚，虽然表面上它们还维持着威斯汀豪斯公司产品的外貌，但内部设计已被改造过。名叫德尼罗的专家甚至认为，这些机器都已经不能算发电机，它们完全违背了瓦特的蒸汽机原理和法拉第的电磁感应原理，这样的机器连是否能被发动起来都是问题。为了表示抗议，专家组当即愤然离开了。

得知真相的洛克菲勒几乎都要疯了，他急匆匆跑回家，将珍藏在书架夹缝里的左轮手枪取出来，装上子弹。然后，骑着自行车，像只无头苍蝇，满世界嚷嚷着要找唐喻。

傍晚时分，当他彻底精疲力尽、垂头丧气地回到电厂的地下厂房时，却发现唐喻和公输义赫然在那里忙碌。不过，让洛克菲勒惊奇的不是发现了唐喻，而是黑漆漆的厂房不知何时已被安装上几百盏明亮的弧光灯，那些被威斯汀豪斯的专家们认为已经报废的电机正在灯光的照耀下快速地转动，所有的蒸汽锅炉都被燃烧起来，蒸汽正在顶动活塞，发出铿锵的喀嚓声。更让他惊讶的是所有的炉膛里虽然火焰旺得发蓝，但里面却没有被填充进任何燃料。同时，广场一样广阔的厂房里，没有别人，只有唐喻和公输义两个人在忙碌，他们像两只勤劳的蜘蛛，各自背着个木制三角楼梯，灵巧地穿梭在各种庞大的机器中间，在半空中将各种颜色的电线串联在一起，织成了一道密密麻麻的网。在这过程中，他们甚至没有采取过一丁点绝缘保护措施。

这场面让人如此印象深刻，以至于在之后的几十年人生中，洛克菲勒还是会不断回忆起这怪异的一幕。但现实却在不断与记忆抗争。所有参与电厂工程的人后来竟没有一个人记得，嫣然河电厂曾有过庞大的地下厂房，更没人认为，那里还曾被安装过一百台交流发电机组。人们普遍认为，嫣然河电厂是在1897年秋天才正式投入使用的，因为电厂的地面部分一共安装了十台六百千瓦交流发电机组，所以它是当时远东乃至全世界最大的电厂。

但所有住在漂来城的人都在忽视这样一个事实，在电厂正式完工前，整个漂来城就已经用上了电。在某一天夜晚，所有的街道都被用弧光灯照亮了，每家每户也不知什么时候，都被装上了爱迪生发明的白炽灯泡。漂来城的夜晚变成了最明亮的夜晚，而城里所有需要使用动力的地方，也几乎都在使用电力驱动设备。事实如此显而易见，却又被所有漂来人所忽视。

在漂来人的记忆里，他们一致认为他们的城市是在多年以后，才被用电力驱动起来的。他们为此还书写了很多文字材料，以证实他们的这种错觉。

为了抵抗这种残缺的集体记忆，电厂建成后，洛克菲勒曾花了三个月的时间，去寻找那座庞大的地下厂房。但是无论怎样努力，都没有重新找到过厂房的入口。而更不可思议的是，那一幕怪异的景象发生后，他都不记得自己后来是怎样离开厂房的，从此以后他也再没有跟唐喻和公输义打过照面。一些时候他跟他们近得几乎都能听见彼此的呼吸，但是当他决定用目光去锁定他们时，他们总是无法被捕捉进视野。更奇怪的是，他明明没跟他们见过面，但在别人的转述中，他好像每天都要跟他们见上五六面。好几次，洛克菲勒已下定决心，无论别人相信不相信，他都要把自己在那天晚上的见闻说出来，而一旦他脑子里形成了这样的想法，他便会凭空消失在时间中。

最早发现洛克菲勒闹失踪的是唐妙。

这大约是电厂开工一年后的夏天。一个无风的午后，空气潮湿而闷热，因为浑身上下都被汗水浸得湿淋淋的，唐妙的心情有些烦躁，本想来一锅福寿膏的，但詹凤仙正好在酣畅地睡午觉，唐妙不好意思叫醒她给自己吹烟泡，只好一个人无头苍蝇似的，在公寓里转来转去。心思活动之下他又开始怀念以前放荡不羁的浪荡子生活。第一时间他就想到了洛克菲勒，打算去电厂的工地找他，然后一起到嫣然河边私娼们的咸水船上消磨一个下午。

从公寓出来，他叫了辆黄包车，直接往嫣然河畔赶去。没想刚到半路，就看见大胖子正骑着自行车，在河岸边迎面驶来。他看上去心事重重，自行车被踩得歪歪扭扭东摇西晃，唐妙冲他挥了半天手，他才总算注意到。然后，好像见到救星似的，他脸上的愁容一扫而尽，肥胖的脚丫在脚蹬子上快速运动起来，自行车飞一样地迎着黄包车冲过来。但是，就在到达唐妙身边的一刹那，不知怎么搞的，那庞大的身躯和自行车一下子凭空消失在空气里。在把眼睛反复揉了又揉之后，唐妙只好悻悻地认为，自己是在打瞌睡时梦见洛克菲勒的。但奇怪的是这之后，他在工地上找了洛克菲勒一下午，却始终没见到他的踪影。无论在哪个角落，工人们总是向他表述，洛克菲勒在他到达前不久，刚刚离开此处。

还有一次，是在《西洋镜报》的办公室，当时唐妙正试图通过康帝葡萄酒醉人的醇香，来帮助自己回忆罗什舒阿尔大道上的黑猫酒馆，这是他下一期专栏文章的话题。在他努力用酒液熏泡文字时，他听到走廊里传来急促的脚步声。很快，他就在门口看见了神色比脚步声还凌乱的洛克菲勒。大胖子两眼发直，嘴唇打战，人还没站稳，就在用尽全身力气跟他说：“有件事情，我一定要告诉你。”

因为觉得洛克菲勒的样子很好笑，唐妙并没有当真，还顽皮地拿起酒杯，想透过酒液观察大胖子的样子。但是，他突然发现，在透明的红色酒液后面并没有洛克菲勒的身影。他连忙抬起头，眼前空空荡荡，大胖子像从来不曾来过似的消失了。

这下，唐妙真的紧张起来，为了印证自己是否产生了幻觉，他又跑去工地找洛克菲勒。

但是再一次的，他还是没找到他。

这之后，唐妙本打算打破砂锅问到底，但碰巧那时发生了詹凤仙意外怀孕的事情，把他的注意力完全吸引住了，以至于他几乎忘了这两次奇异的遭遇。后来，当他在不同场合遇见洛克菲勒时，大胖子根本提也没提那两次如梦如幻的相遇。因此，唐妙认为那奇异的状况只是残留在他脑子里的鸦片烟制造的小事故。他下了决心，要为詹凤仙肚子里的孩子，戒除所有的恶习，从此去过正常人的生活。

詹凤仙是唐妙跑去找洛克菲勒的那天，发现自己怀孕的。

那个早上，她被一阵强烈的恶心从睡梦中唤醒，忍了半天，最后还是不得不跑进卫生间，趴在抽水马桶前吐了好几次。吐完后，年轻时在书寓里被反复教导过的怀孕知识被从记忆深处激活，詹凤仙耐心地回顾了一下最近身体上出现的变化，怀疑自己是真的怀孕了。但她并没有马上把这情况告诉唐妙。

在之前二十多年的姨太太生涯中，詹凤仙曾不止一次地试图为孔尚秋生下一男半女。但所有这些努力都以失败告终，最后连那些号称能让枯木逢春的妇科名医，也对她的情况表示爱莫能助。因此，在四十三岁的年纪上意外怀孕，既让她欣喜若狂，又让她满腹忧虑，她不得不采取审慎的态度，把这个秘密整整保守了两个月。直到那一天天隆起的腹部忍不住要亲自将秘密说破的时候，她才第一次向唐妙透露了实情。

那天，唐妙回家时有些神情恍惚，皮鞋上沾满了泥浆，浑身上下都透着疲倦至极的劲头。据唐妙自己说，他刚刚从发电厂工地回来，在那里他找了洛克菲勒一个下午，却无论如何都找不到他。因为觉得唐妙这失魂落魄的状态，可以让自己的表述没有压力，她在唐妙将脑袋枕到她腿上的时候，仿佛自言自语似的，说出了自己的秘密。

“我好像有了。”她的声音轻得像蚊子，说完后，静静地等待着唐妙的反应。她感觉到唐妙的脑袋微微地僵直了一下，便又不动了。

于是，她把音量稍稍放大："我好像有了。"

然后，她看到唐妙腾的一下坐起来，在瞪大眼睛看着她。

在目光与目光的交接中，她再一次强调："我好像有了。"

长时间的沉默后，唐妙的眼睛里慢慢渗出眼泪。詹凤仙几乎没有一丝疑惑，就判断出那眼泪是真情流露的结果。因为过于激动，唐妙把脑袋埋进她怀里，让眼泪可以不受遏制地浸湿她的胸口。唐妙这幸福得都有点脆弱的情感，让詹凤仙感动得手足无措，她不由得相信，那个新生命正在为他们行将就木的爱情注入活力。作为回应，她已经开始让自己变得像个母亲一样，将浑身发抖的唐妙搂在怀里。

第二天，唐妙让自己忙碌起来，带着詹凤仙去了洋人的教会医院。不知羞耻的洋医生让詹凤仙脱下裤子，检查了她的下体，然后很确凿地证实，詹凤仙已经怀孕三个月。因为医生的建议，这之后，唐妙和詹凤仙下了决心，要戒掉鸦片。此事虽难，但是一想到那即将诞生的新生命，两个人终于还是忍住了烟瘾发作时的煎熬。与此同时，唐妙还发誓，从今以后要重新做人。

为了不让游手好闲的习性继续纠缠自己，唐妙专门跑去墨仁那里，加入了筹备中的新学会，还自告奋勇地当上学会的理事长。

新学会是去年冬天康有为来漂来时提议创建的。

半年前的公车上书事件，让康有为俨然成了革新派的代言人，他在京城成立了一个叫强学会的团体，连张之洞、刘坤一、袁世凯等一干洋务派干将都参与其中。据传闻，康是帝党人物，后台其实是刚刚主政的光绪皇帝。因此，为了跟京城的维新派拉拢关系，韩凤阳特地把康有为请到了漂来。正好，墨仁是康有为的广东南海同乡，两人以前就认识，在香港学医时，墨仁还一直跟他通信，给他提供过各国变法维新的资料，因此，到漂来后，康有为做的第一件事，就是把墨仁引荐给韩凤阳。当时，总督最信任的洋务顾问唐喻正好在场作陪，也对墨仁大为夸赞，韩凤阳当即决定邀请墨仁进入自己的幕僚班子。

最初，康有为想创办的其实是强学会的漂来分会。他把具体操办学会的事务都委托给了墨仁。但没想康有为离开漂来后没多久，迫于慈禧太后方面的压力，强学会被强行解散。在收到康有为语气沮丧的来信后，墨仁只得将学会的名称改为新学会。

墨仁没想到唐妙的加入，竟然让新学会在短短半年内成为了漂来城最有影响力的民间团体。

从已故的唐望那里继承南货行的同时，唐妙也继承了伯父那本秘密的牛皮面账本。账本上记录了所有跟漂来城大户人家拉拢关系的特殊方法和手腕，所以在过去的一年多时间里，唐妙已成功地让自己成为了那些家庭公子小姐们眼中富有魅力的偶像人物，其中一些浪荡子甚至成了他的狐朋狗友。因此，在唐妙加入新学会后，这些老家庭里的新势力也在他的引领下，加入到这个以改造老帝国的历史为己任的维新派团体中。当年在巴黎万国博览会期间参加各种“集会”的经验，在这过程中发挥了作用。唐妙清楚地知道，人类对于孤独和时间的恐惧，使他们总是会轻易地被各种主义打动，以便将自己渺小的生命托付出去，来逃避空气一般无所不在的虚无感。为此，唐妙像鼓动自己一样，鼓动起身边的那些公子小姐们。

此时，他在《西洋镜报》上的专栏风格也为之大改，不再拘泥于刻画事物和场景，而是大谈各种他曾经在欧洲听说过的“主义”，虽然他对这些“主义”缺乏足够的了解，但他很清楚这些“主义”能让人心情激动的秘密所在，那是不属于哲学家、政治家或者商人们的领域，而是诗人们想象力驰骋的疆界。在这方面，唐妙无疑是个中高手。

很快，他的文字便鼓舞了这个古老城市里对诗意依然充满憧憬的人们。事实上，第一个被这些文字感动的人正是他自己，每次写着写着，唐妙就会激情澎湃热血沸腾，越写，他就越清晰地感觉到自己正置身在一场伟大的历史之中，他的人生因此变得完美而壮阔。

他的这种激情甚至还感染了对所谓历史毫无兴趣的詹凤仙，再加上还有那个即将诞生的小生命可以憧憬，两个人就此活在了一种浑然忘我晕晕乎乎的幸福感中。生活不再琐碎，个人的烦恼终于被完全忘却了。

这一切一直延续到了那个在风雨飘摇中来临的 1898 年。

19

下午四点，我被送回了水流云在园。本打算在墨之翟的房子里休息一会儿，然后出发去接公输电，但在客厅藤制的长沙发椅上没躺多久，手机就响起来。一看，竟是莫妮卡·王的电话。

“什么事?”我问。

“想见你。”莫妮卡·王的声音很干脆，几乎不容商量。

“不是说最近不见面，过段时间再说吗?”我深吸口气，觉得脑子都快爆炸了。

“求你了，有些事情不说清楚，我会疯的。”莫妮卡·王的声音听上去很焦虑。

“现在不上班?”

“哪怕工作丢了，都要马上见你!”

听到莫妮卡·王说出这种狠话，我知道已别无选择，只好说：“好吧，一会儿我去接人，先顺便来接你，有什么事路上再说。”

“好，我等你。”

跟莫尼卡·王打完电话，我又在客厅里发了会儿呆，然后站起身，在昨天找出来的照片里，拣了几张和莫尼卡·王有关的照片，带在身上，离开了墨之翟家。

开着车沿金色天堂路一路向前，拐过三个弯，远远看到了莫尼卡·王上班的大楼。

莫尼卡·王已经在楼门口站着了。她身着白色洋装，像个白色的惊叹号一样醒目。但随着距离不断缩短，我却发现，她眼圈发黑，神情憔悴，好像随时都会失去平衡倒在地上似的。

刚把车停定，她就迫不及待地拉开车门，在我旁边坐了下来。

我看了她一眼，本想打个招呼，她却没有看我，眼睛盯着前方，像打发出租车司机似的，说：“走吧。”

我只好乖乖地把车发动起来，将之混入马路上头尾相接的车流中。

趁着开车并线的间隙，莫尼卡·王从手提包里拿出香烟，点了起来，大口大口地抽着，很烦躁的样子。带着薄荷味的烟雾，很快充满了整个车厢。

“不会吧，什么事这么严重?”我透过后视镜瞟了她一眼，故作轻松地吹了声口哨。

莫尼卡·王没理会我，还是不停地抽烟，似乎完全没有听到我在说话。不久，她还把头转向右边的车窗，开始一动不动地注视窗外的街景。

我识趣地闭上了嘴，只时不时用眼睛的余光打量着她。

很快，她抽完了手上的烟，然后又拿出一支，在凶猛地抽了几口后，突然把脸转向我，盯着我看。

我还是不说话，等待着她接下来的反应。果然没过十秒钟，她终于开口了。

“我快疯了。真的快疯了！你明不明白?”莫尼卡·王冲着我大声喊，“你快救救我！跟我说，我们在认识以前，就已经认识了!”

“好吧，我们确实在认识以前就已经认识了。”我不动声色，注视着前方十字路口的红绿灯，慢条斯理地说。

莫尼卡·王叹了口气，将挺着的身子靠到椅背上，眼睛看着正前方，梦呓般地说：“唉，你不明白。我就是一直觉得，我应该还有另外一种生活。应该跟另一个人生活在一起。认识你之前，我有过几个男朋友，但我总觉得不应该跟他们在一起，所以每次恋爱没谈多久，就跟他们分了手。然后遇见你，怎么都觉得眼熟，总以为这一回，真命天子来了，应该死心塌地了。但过了没多久，我又觉得，你只是让我比较有亲切感，并非命中注定的那个人。所以，一天我在去公司的路上暗暗祈祷，求老天给我启示。结果像演电影一样，我和约翰因为抢出租车见了第一面，然后在公司大楼的电梯里又再次相遇，而且整部电梯只有我和他两个人。又接着公司里的人告诉我，我的新任顶头上司来了，结果那人正是约翰，我不得不以为这是老天的安排，所以尽管他已经结婚，我还是和他好了。可是不知为什么，就是觉得事情不应该是这样的，我还应该有另一种生活，你明白吗?”

“明白。”我诚恳地点了点头。

“别这么虚伪好不好?”莫尼卡·王似乎有些恼怒,伸出手在我大腿上狠狠地拧了几下。

“我真的明白,”虽然大腿很疼,但我努力不去注意,“我上衣靠你这边的兜里有些照片,你拿出来看一下吧。”

按照我的提示,莫尼卡·王从我口袋里拿出了那沓照片,一张一张仔细端详。她的神色很怪异,说不出究竟是喜是忧。过了很久,她才把照片全部看完,又开始大口大口地抽烟。

趁着她沉默的时候,我把自己这几天的遭遇,跟她大概说了一下。

“那么,也就是说,要不是情况出了差错,我其实应该跟那个叫韩费的人在一起?”莫尼卡·王往车里的杂物槽里弹了弹烟灰,看上去很自嘲。

“应该吧,原来的剧本大概是那样的,现在的情况是个意外。”

莫尼卡·王再次无语,又吸了几口烟,眼角上慢慢地有泪光在闪动,她没有看我,好像在自言自语:“你觉得,我和他在一起,一定会幸福吗?”

我不知道该怎样回答,事实上,我心里很清楚,她根本没指望从我这里得到答案。

我们两个人忽然都不说话了。六点差一刻,我们终于到达了目的地。

公输电早就趴在二楼的窗口等着了。看到我们出现,她朝车子的方向挥了挥手。我从车窗探出头,发现她正在对我做着各种手势,同时还在挤眉弄眼,意思大概是让我再耐心等待片刻。

不久,这幢破旧的五层大楼里走出了一个行色匆匆的中年男子,眉宇间能看出点公输电的样子,再加上公输电也在窗口用目光跟随着他,我不假思索就推断出那是公输电的父亲。因为已经从公输电嘴里听说过他的经历,我忍不住多看了他几眼,希望能从他身上找出些悲剧气氛来。然而除了脸上那丝饱经风霜后的无奈笑容之外,中年人显得很平静,似乎早已打定主意,接受自己的命运。他一步一步走得很慢,但还是很快就消失在路的尽头。

看到父亲的背影远去,公输电朝我做了个OK的手势,然后关上窗户,拉上窗帘。

又过了大约五分钟的样子,她出现在楼门口,蹦蹦跳跳跑到车边,一边跑,一边眼珠子滴溜溜转着,不住地打量着坐在我身边的莫尼卡·王。

莫尼卡·王在公输电目光的骚扰下，有些不自在，下意识地低下了头。

上了车，公输电嘴里又开始叽里咕噜地说个不停。

“大叔，还真行啊，身边老有美女。”一边说，公输电一边还直起身子，将自己的小手越过车座，递向了前面的莫尼卡·王，“姐姐，认识一下，我叫公输电。叫我小电就可以。”

“哦。”莫尼卡·王尴尬地应了一声，和公输电象征性地握了握手。

握完手，公输电很满意地将身子重新靠回到后排座椅上，开始跟我说话：“大叔，问过我老爸了，原来我三岁以前，我们家也住嫣然浜。那个现在有名的亿万富翁黄国歌还是邻居，老爸说以前黄老板也在电厂工作，还是他徒弟。”

“你爸跟你说过，你们家怎么从那里搬走的？”我问。

“你知道的，着火了，房子全烧光了。”公输电停顿了一下，眼睛眨巴了眨巴，好像忽然想起什么，“对了，老爸说，一百多年前，嫣然河边上还真有过一家发电厂。”

“哦？他怎么知道的？”

“那时候我爷爷的爷爷就在电厂工作。老爸说，我们家以前也阔过，老太爷去德国留过学，后来在四海制造局洋枪厂当技师，建电厂的时候被借调过去。据说最风光的时候，老太爷还做过六品官。要不是清朝倒台，他都快要当上四海制造局的总工程师了。”公输电有些神往地在嘴巴里啧了几下。

“电厂后来为什么没有了，你老爸说过吗？”

“好像被烧掉的，管事的人犯了事，电厂被官兵一把火烧掉了。老爸听爷爷说，老太爷以前跟那个管事的很要好。出事后，没跟着一起逃走，没想到反而发达了。”

“哦，电厂原来是被烧掉的？”我下意识地舔了舔嘴唇，“这么大的事情为什么就没有一点记载？”

“不知道，”公输电摇了摇头，“反正，据说老太爷死的时候，嘴里还一直在念叨发电厂。我怀疑，老头心里肯定有什么不可告人的秘密。”

我们三个回到墨之翟家时，其他四个人已经从图书馆回来了，正在地上将复印来的资料分门别类。

我向大家介绍了公输电和莫尼卡·王。莫尼卡·王和韩费忍不住相互多看了对方几眼。我注意到，两人的目光里都有些失望。

因为没心思吃东西，大家便决定随便叫点外卖对付一下。

趁着等外卖送来的间隙，大家休息的休息，聊天的聊天，只有公输电一个人趴在地上看那些冗长而枯燥的复印材料。她的样子有点心不在焉，只是随手将那些复印纸哗啦哗啦地翻来翻去。看得出，对这些资料，她似乎并不太抱希望。

忽然，好像有什么意外发现，她把刚看过的材料，又来回翻了几下，然后从中找出几页，仔细端详起来。

我有些好奇，连忙跑过去，凑在她身边，跟着一起低头凝望。

这些材料来自于不同时期的报刊，上面都印着照片。照片很模糊，而且嵌在一堆文字中间，因此很容易被忽视。第一张照片上的人据边上的文字介绍，是当年主持发电厂工程的那个新派人物——唐喻，材料复印自漂来最早的华文报纸《西洋镜报》。照片是张合影，四个男子站在刚刚建成的电厂门口，三个人留着辫子穿着长袍马褂，一个人西装革履，是个肥胖的洋人。照片上没有说明，但是根据位置判断，和洋人一起站在中间的那个壮年男子应该是唐喻。接下来两页复印纸上有三张照片，照片上的人据说是嫣然河水利委员会的会长。接着材料上出现了第三个人的照片，此人是民国时期嫣然河运输协会的会长。接着是第四个人，他的照片都来自于日伪时期的报纸，他通常总是穿着一身警务装，正是掌管嫣然河地区伪警察局的局长。第五个人的照片来自 1949 年前后的报纸，此人据称是嫣然河工业管理委员会的主任，照片的背景通常是各式各样的厂房。第六个人的照片，拍摄于“文革”时期，上面的人老穿一身军装，是嫣然区革命委员会的主任。

照片上的人虽然打扮、胖瘦、神情各不相同，但他们无一例外都是嫣然河地区的大人物，而且都姓唐，更蹊跷的是，他们的眼睛眉毛鼻子几乎像一个模子里刻出来的，事实上，它们甚至还长在我们前几天见过的那个唐工程师脸上。

我连忙把秦雪和蔡琰都叫了过来。

“唐工程师?”一看完材料上的照片，蔡琰忍不住叫了起来。秦雪也在一边很肯定地点了点头。

20

戊戌年正月初八的时候，詹凤仙在看大夫回来的路上看见了三只乌鸦，它们比炭还黑，凄厉地叫着，从梧桐树枯败的残枝上面飞了过去。这让詹凤仙本就惶惶不安的心情变得更加沉重。在怀孕一年零四个月之后，她肚子里的孩子还是没有即将生产的征兆。这已超出了漂来人关于生育问题的常识领域，连租界医院的洋人医生也表示，在那个比漂来和大清帝国更为广阔的世界上，也几乎没有听说过这种情况。

教会医院的洋医生显然已经对詹凤仙肚子里的孩子失去了耐心，在经过多次会诊后，他们推断，詹凤仙虽然已怀孕一年多，但妊娠反应的情况呈现的却是刚刚怀孕半年后的征状。由此洋医生们甚至认为，詹凤仙怀的是个死胎，并要求剖开她的肚子，将孩子直接取出来。

洋医生们的建议把詹凤仙给吓坏了，为了保住肚子里那个爱情的结晶，詹凤仙决定不再去洋医院寻求帮助。通过原来书寓的姐妹，詹凤仙认识了一位住在租界边缘偷偷帮妓女们看妇科病的中医大夫。

来自中医的判断显然充满了乐观色彩，大夫告诉她，从脉象上看，她和胎儿的生命都显得极为旺盛，而且历史上早有明证，只有那些具有神异力量的人物，才会那么有耐心，能在母亲的体内作这样长时间的逗留。譬如佛陀的儿子就曾被他的母亲怀育了整整六个年头。

但来自中医大夫的好消息并未缓解詹凤仙的焦虑。

事实上，在怀孕六个月以后，她的肚子一天大过一天，但她腹部的充实感却在一天天减弱，到后来她甚至感觉到孕育在她腹腔内的胎儿正在不断缩小，她原先变得越来越沉重的身体也一天比一天轻盈，那种来自于身体内部的虚无感，把她击溃了。她开始多愁善感，总是会注意到那些预示着衰败凋敝的景象。春天的时候，她没有注意到迎春花是怎样含苞待放的，但是她却是第一个看到那些小碎花不引人注目的花瓣怎样慢慢松懈，然后变皱，最后从花蒂上一片片掉落，在地上干枯，变成泥，变成土。夏天的时候，她没有注意到蜻蜓怎样挺拔而轻盈地飞行在稻田与河面上，但她是第一个注意到它们颀长的身体如何慢慢佝偻，然后如何拼命振动翅膀却还是无奈地掉落在水面上，被荡漾的河水淹没掉，并且没有引起任何人的注意。秋天的时候，她不去注意那些果树和它们金色、红色、黄色的果实，却偏偏要去关注夏天时那曾经遮天蔽日的梧桐树，留心上面的某一片叶子怎样在风中悄悄地跌落，在地面上翻来覆去，随处飘零。到了寒冬初雪，当人们将白茫茫的雪景想象成银装素裹时，她却会在雪后初晴的树枝上看见僵直而死的麻雀，或者在街角被大雪覆盖的荒草堆里看见死猫不显眼地露在外面的一段肢体。

因此，回家的路上，当她看见三只平时都难得一见的乌鸦时，她的心情糟糕到了极点。此后，她一路闷闷不乐，总担心会有什么不幸的事情发生，快到家的时候，眼泪止不住地掉了下来。

回到公寓，脸上的泪痕还没干。

唐妙已经从城里回来，他头发蓬乱，两眼放光，伏在书案上，不断地在纸上写着些什么，一边写，一边嘴里还念念有词。

自从加入新学会后，他就时常处于这种近乎癫狂的激情之中，不是伏案低头，就是焦灼地在家里走来走去，或者脸上浮现出幸福的笑容，或者慷慨激昂地舞动双臂，浑身上下都闪烁着圣洁的光芒，再也不见往日的颓废和阴郁。这样一些情绪以往总是会让詹凤仙受到感染，但今天她却忽然发现，这个不断燃烧自己的唐妙事实上正处于一种油枯灯干的状态中，她第一次意识到，与一年前相比，唐妙已经瘦了很多，他的背影现在看上去又干又小。通过梳理记忆，她进一步地意识到，在最近的半年里，唐妙的眼窝在不断深陷，脸上的胡子也越长越快，睡觉的时间在缩短，饭量在减小，但做的事情却在一天天增加。他几乎变成了一个不确实的幻影，好像随时都会被风吹走似的。这些发现让她手脚冰凉。她下意识地将手紧紧攥成拳头，小腿绷得都快要抽筋了，身体开始不听使唤地拼命颤抖，脑子里只剩下了空白。

等她回过神来时，她发现唐妙不知什么时候已经把她搀扶到床上，正在关切地注视她。他纤瘦修长的手指正在她脸上一点一点地摩挲着她的泪痕，神情如同他九岁那年在南货铺里第一次见到她时那样纯真而懵懂，这眼神看得她心都要碎了。

“没事的，孩子会生下来的。一定会生下来的。”他凑近在她的耳朵边上，悄悄地说，嘴唇上的气息也顺着话语轻轻吹拂到了她的耳垂上。

詹凤仙终于再也忍不住了，使劲抽泣起来。

唐妙不再说话，将脑袋轻轻靠在她肩上，双手紧紧地抱住了她。

等詹凤仙终于平静下来后，两人肩并肩躺在了床上。为了鼓舞詹凤仙，唐妙开始用那种蛊惑而诚挚的语调，给詹凤仙讲述新学会方面的最新进展。

上午，康有为派来的联络人来到漂来城，传达了维新派在京城取得的最新进展。去年冬天，德国人出兵胶州湾，天朝的威名再次屈服于蛮夷小国的淫威。皇帝和太后恰好都在这前后读了康有为的《波兰分灭记》，两人看得潸然泪下心潮澎湃，似乎都有改革朝政的愿望。国难当头固然悲怆，但维新改革的前景却也因此一片大好。

不过，唐妙却认为京城里的这些小小进展，与漂来城的情况相比，几乎不值一提。现在唐妙写的那些如诗歌般华丽的改革檄文，不仅在漂来的学子和官宦子弟中传抄，连上层的官员也开始传看，作为新学会后盾的韩凤阳甚至向墨仁提出，唐妙一旦有新的著作完成，首先要给他抄送一份。据传闻，有好多次总督大人在阅读唐妙的文章时，甚至会旁若无人地击节叫好，有时他还会在总督府的例会上，声情并茂地朗读其中的一些片断。虽然总督大人被鼓动的激情未能让他大胆到对辖区的行政制度加以改革，但他终于同意要在嫣然河边上建设一个洋务示范区，在那里建设西式的工厂以及各种市政设施。总督甚至提出要把示范区建设得比边上的租界还要摩登，要让洋人自己看了，都觉得自愧不如。而这个光荣的任务，自然被交到了唐喻手上。

唐妙确信，堂兄将在漂来重现欧洲城市的繁华景象，到时候那些他在巴黎感受过的梦幻生活，也会在这里出现。他信誓旦旦地向詹凤仙许诺，那些来自新奇事物的狂欢，将带走人们心中一切的忧愁和恐惧，生活将每一天都是新的。说到最后，唐妙甚至被自己的话语感动了，脸上满是幸福的笑容和眼泪，詹凤仙也受了感染，在甜蜜的憧憬中沉沉睡去了。

在凝望詹凤仙优美的睡姿时，不知怎么搞的，唐妙忽然感觉到自己脸上的笑容竟然瞬息间如沙子般散去，泪水没有来由地从他的眼眶里奔涌而出。刚才，说到最后，他重新想起在巴黎参观万国博览会时的情景，他清楚地记得，新事物和新技术的狂欢，丝毫不能减轻来自于时间之河的古老忧郁，事实上，这狂欢反而让这忧郁变得更加确凿和裸露，于是，他再一次被那深深的虚无攫住了，忍不住觉得自己的所作所为就像个骗子，他一直在向人们许诺的，只是个不存在的狂欢。他感到浑身上下都在疼痛，在这张被詹凤仙安宁的呼吸笼罩的床上，他再也得不到丝毫的安宁。那种浪荡子的本能似乎又在从他的骨髓里冒出来。于是，他悄悄离开公寓，又一次跑到了添春书寓。在白天让新学会的工作像太阳一般驱散他的忧愁之前，只有醒醒和她制作的大烟泡，才能将他从那深不可测的无助中拯救出来。

半夜，詹凤仙突然从梦中惊醒过来，发现唐妙不在身边。冬夜冷涩的空气里，她竟然闻到了一丝鸦片烟的气息。那气息让她浑身上下都软绵绵的，却让她的嗅觉变得异常敏锐。她支撑起水一样无力的身体，顺着气息传来的方向去寻找唐妙的身影。

她从卧室走出，来到客厅。但客厅没有唐妙，也没有鸦片烟。

她打开公寓的门，闻见鸦片的气味是从走廊顶头的楼梯方向传来的。于是她又向那里走了过去。

在鸦片烟的气味指引下，她走过楼梯，走过门厅和那个戴红头巾的大胡子印度门卫，来到了被煤气灯照得摇摇晃晃的街道。

风的方向，就是鸦片烟的方向，所以她没费多少力，就找到了添香书寓挂着红灯笼的大门。看门的龟公似乎没有看到她，以至于没有受到阻拦，她就顺利地登堂入室，在路过一间间传来歌声、琵琶声、说书声、呢喃声、猜拳声和甜言蜜语声的房间后，她来到了三楼顶头那个最安静的房间。房间的门是虚掩的，里面浓浓的烟雾可以轻易地透出来。透过门缝，她看见了唐妙那张被空虚占据的脸。那脸苍白而无力，完完全全没了入夜前的那番柔情似水和慷慨激昂。脸的主人像摊泥似的，正在被那个腰肢柔软的年轻女子调弄驱使，那女子云鬓散乱，两眼无神，与空气里的鸦片气味一样充满了糜烂而诱惑的气息。詹凤仙几乎怀疑那和烟雾一样缥缈的女子正是自己年轻时的幻影。她忽然感到淌在自己脸颊上的眼泪是冰凉冰凉的。她分辨不出自己此刻的心情是气愤、悲哀还是绝望，只是觉得浑身轻飘飘的，仿佛她的身体不再受自己的控制，而开始自行其是。它正在掉转方向，往楼下走，往门外走。它就这样在酥麻的鸦片气息中，飘荡在这座十九世纪末的昏暗城市里，没有方向，没有目的。

直到那一片光怪陆离五颜六色的光芒将她僵尸一般的身体惊醒，她才发现，她已经来到了嫣然河畔。然而那里已经不是一片荒地，而是各种用花岗岩和水泥柱廊砌设的楼群。楼群中间宽阔而悠长的马路装饰着各种各样的灯，闪烁着黄的、红的、蓝的、绿的、紫的光，光像流水一样不确定，又像空气一样无处不在。在这些鬼火般的灯光中，游走着一些男男女女的影子，他们在笑，他们在哭，他们在说话，他们在唱歌，他们在相爱，他们在别离，好像这不是一座城市，而是一个无边无际的舞台。

不久，詹凤仙注意到，在这舞台上，忽然开始流动起一些用灯装饰着并有四个轮子的车辆，它们在呼啸着跑来跑去，在填满道路的时候，也留下了空虚。几乎不假思索，詹凤仙就想起来，它们其实是一种叫做汽车的新生事物。

于是，更多不假思索的发现开始充满在她脑海里，她忽然意识到呈现在她眼前的正是那个唐喻想要创造的新漂来，同时也是唐妙一直在向她描述的那种新生活。她不知道她为什么会知道这些事情，仿佛刚才她不是游走在空间上，而是游走在时间上。所有她知道的事情都是已经发生过的，只是这些“发生过的”，却不是她确确实实经历过的。

当脑子里出现这些奇怪的想法时，她的眼前忽然出现了洛克菲勒。

显然，这个美国大胖子也为自己会在这里遇见詹凤仙而感到吃惊，他的眼睛发直，嘴巴张得很大，过了老半天，才从那被肥厚的嘴唇圈起的黑洞里吐出了颤抖的声音：“你怎么会在这里？”

詹凤仙摇了摇头，因为这个问题也正是她想问洛克菲勒的。

“喻……造了一座奇怪的电厂，这下面，”洛克菲勒憋红了脸，艰难地吐出一串生涩的中文词汇，为了帮助理解，他还用手指了指地面，“只要我想告诉别人，我就会被带到这里来。明白……你可？”

詹凤仙尽管费了十二分的努力去理解大胖子的话语，但还是不太懂他的意思，只好一脸歉意地摇了摇头。

洛克菲勒显然很失望，只好摆摆手，然后无奈地摇了摇头：“反正找不到入口，找不到入口。你会被困在这里的。”

说完，大胖子失魂落魄似的离开了她身边，自顾自地往前走去，一边走，一边好像还在不断喃喃自语。

出于对洛克菲勒的同情，詹凤仙对着他的背影“哎”了好几声，想叫住他，安慰一番。

但胖子并不打算搭理她。很快他就变成了一个小黑点，消失在马路尽头的拐角上。

看着胖子的身影消失在面前，詹风仙不知为何，忽然感到一阵深深的寂寞。这时候她才意识到，除了刚才消失的洛克菲勒，她面前经过的每一个人似乎都没有理睬过她，仿佛她在这里压根不存在。为了抗拒这种妄想，她尝试着去招呼面前那熙熙攘攘游来荡去的人群，然而无论她怎样大声叫喊，所有的人都好像聋了似的，没有一点反应。当她试图抓住其中一个女人的臂膀时，她才发现，自己面前的那些人其实只是投影，他们的实体似乎并不在她身处的这个空间里。很快，她还发现了另一个可怕的事实，在这个亮如白昼的黑夜之城里，压根就没有白天存在的迹象。因为从她来到这里后，时间几乎已经过了很久，但这里的灯是一直亮着的，而天却一直黑着。

这个可怕的发现，让她忽然明白了刚才洛克菲勒话中的含意。于是，她不顾一切地奔跑起来。

可是无论她跑得多快，却一直都奔跑在嫣然河的河岸边上，在她面前消失的不是河岸，而是不同的人、不同的房子、不同的景象。

忽然，她身子底下一阵发热，一股热流正在她两腿之间奔涌，随后一个固体似的东西从她的身体内部坠落下来。

那个让她等待了很久的胎儿终于诞生了。

“哇……”

响亮的啼哭声把她的视线吸引了过去，她看见了那个孩子。

他和身边那些穿流在灯光中的人群一样，只是个影子。

然而，她还是忍不住伸开双臂想要去拥抱他。

还没等她做完这个拥抱的动作，影子一样的婴儿却已奔跑着离开了她身边。

他在奔跑中越长越大，最后汇入到那影子一般的人群中，很快就再也认不出来了。

那天，当唐妙跑来告诉自己詹风仙失踪的消息时，唐喻正在为如何在三个星期内架设自来水管道的事情忧心忡忡。唐妙失魂落魄、自怨自艾的神情，竟让他心里对这个一直支持自己的堂弟生出了深深的鄙夷。

虽然知道，安慰这位脆弱而又敏感的堂弟，最佳的方式不过是以温暖的态度默默倾听。以往唐喻都是这样做的，这也是唐妙一直对他保持无条件友谊的原因所在。但现在火烧眉毛的紧迫感，让他变得吝于牺牲掉哪怕一点点多余的时间。没等唐妙展开絮絮叨叨愁肠寸断的叙述，他就毫不犹豫地打断了："这是你自找的。"他冷冷地说，语气客观而轻描淡写，然后停顿了一会儿，不等唐妙做出辩解，就进一步将冷漠推向了极致，"这样也好，至少省掉后面很多的麻烦。何况那个女人继续缠着你，你就过不了你想过的日子，不是吗？"

说这些话时，唐喻瞟了唐妙一眼。他注意到本来还在哭哭啼啼的唐妙，被这突如其来的状况惊呆了，噙在眼眶里的泪水突然停止了打转，他先是浑身发抖，然后便彻底平静下来。在默默注视唐喻很久之后，他冷冷地转过身，头也不回地离开了。

当时，唐喻心里如释重负并且毫无愧疚。到了下午他去洋枪厂见公输义的时候，差不多已经忘了这件事情。

半年前，把电厂工程完成后，唐喻就开始和租界里的各路洋商洽谈招商事宜，邀请他们去嫣然河示范区跟华人合资开厂开店。为了向洋人们展现示范区的美好前景，在这半年里，唐喻带领手下的二十支工程队在示范区建造了三横三纵六条宽达二十余米的马路，还在马路和河岸边上建造了整排整排的高亮度弧光灯照明系统，把整个示范区照得亮如白昼。为了筹备这一宏大工程所需的资金，早在电厂建设到后半期时，唐喻就说动韩凤阳成立了官办的四海同商银行。银行名义上是官办的，但资金却由私人筹集，连总督本人都在唐喻、墨仁他们的动员下拿出了五十万两白银入股。为了保证银行不受漂来人无孔不入的人情网络的腐蚀，唐喻还聘请了凌德功来担任银行的大班。银行的成立，让唐喻拥有了充足的资金，不仅让他完成了这个近乎奢华的马路工程，还让他在这个新成立的示范区里建造了炼钢的铁厂和最先进的有轨电车系统。在这半年里，唐喻几乎每时每刻都在与时间赛跑，连一向轻视本地居民的洋人们都不得不承认，这个人在短短的时间里做了别人用二十年都未必能做到的事情。

唐喻的这些努力终于引起了著名的怡逊洋行的注意。

其时，这个远东首屈一指的洋行正打算建造亚洲地区最大的棉纺基地，从纺纱到织布到印染一应俱全。本来厂区是考虑建在印度孟买的，但洋行大班贝克汉姆在去孟买选址前，以视察分公司的名义，专门来了一趟久闻大名的漂来，正好听说了嫣然河示范区的事情，便跑来看了一眼，由此动了心思，想把棉纺基地选址改在示范区里。不过，因为这个想法过于突如其来，这位老资格的犹太商人不由得担心这只是自己一时冲动，便自我惩罚式地寻找了一些不宜将工厂开在此地的理由，除了政治方面的考虑，他找到的另一个理由就是示范区虽有比大英帝国还先进的电力设施，却没有可靠的自来水供应系统。

唐喻布置在租界里的代理人，第一时间就把这个消息传递给了他。正好，唐喻刚刚在电厂边上完成了一座大型的自来水厂。因为听说贝克汉姆还要在周边诸省考察，三个星期后才会在漂来的码头登上前往孟买的轮船，唐喻决定，要在贝克汉姆离开中国之前，让他亲眼看到示范区拥有比欧洲城市更先进的自来水供应系统。

这个迫切的愿望如此不可阻挡，以至于当唐妙来向他求助时，为了保证自己的坚强意志不被他那些儿女情长的惆怅所干扰，唐喻一反常态，以那种带着温厚感的冷酷，决绝地将唐妙从身边赶走了。

为了提高挖掘地面和铺设水管的效率，这些天唐喻一直在寻找各种解决方案，其中一项就是制造可以满足特殊要求的机器和工具。因此几乎不用费力思考，唐喻就知道自己接下来应该做的，是去洋枪厂找公输义。

在洋枪厂的车间里，唐喻向公输义描述了自己所需要的那些机器和工具。那位小个子扬州人拨弄着小脑袋想了半天，开始满头大汗地在铸造炉和车床之间穿梭起来，他把一些铁块和零件熔铸并装配成各种器件，交给唐喻过目，再根据他的意见作出改进。

只用了一个下午和晚上的时间，这位机械天才就顺利地为唐喻造出了三种不同的机器和十五种专用工具。之后，带着这些机具，唐喻拉着公输义来到铺设水管的工地，在现场实验了这些机器的效果。毫无疑问，这些用新世界的知识和技术制造出来的机具，再一次显现了它们的强力和高效。事实上，只用了十八天时间，唐喻就成功地让示范区三百七十一个消防龙头，在同一天喷射出了亮银色的水柱。

那天贝克汉姆正好坐着铁壳驳船沿着大运河从杭州返回漂来，当驳船刚刚拐进嫣然河的时候，收到线报的唐喻就命人打开了自来水厂的总闸门。

高高的水柱在示范区的上空布成了一道密不透风的水网。当时贝克汉姆正好站在驳船的甲板上向示范区眺望，那一刻，他下定决心，改变了自己三天后去孟买的打算，就此在漂来城的租界里驻扎下来，不仅把棉纺基地建在了示范区，还把洋行的总部从马六甲搬到了漂来。

贝克汉姆的这个决定在租界的洋商群中引起了轰动，很快大家都开始跟风要到示范区建立工厂和商店，为此租界的洋商会还把唐喻邀请去作了一次演讲。

这大约是洋历1898年的7月11日，离光绪皇帝颁布“明定国是”的改革令刚刚过去一个月。洋商们都对大清帝国的新政改革充满期盼，个个摩拳擦掌跃跃欲试，差不多快要把这个老帝国当成资本主义的新大陆，一门心思地想着要去购买这个新大陆的原始股。因此在那次洋商会举行的内部酒会上，唐喻和墨仁作为漂来当局最重要的维新派人物，受到了洋商们的一致追捧。

然而，酒会上，唐喻却一点也打不起精神来。

从新政改革的电报被传送到四海总督府的第一天起，早已对这个古老国家的政治游戏有所洞悉的唐喻，就毫不费力地推断，整件事情不过是西太后故意逗年轻的皇帝和那干少不更事的书生幕僚们出来闹腾，让事情开得了场，却收不了场，最后只好回过头来求太后收拾残局。一方面给皇帝一个深刻的教训，另一方面正好可以壮大后党势力的声威。不过，唐喻并没有把自己的想法说出来，甚至在墨仁和新学会成员们为变法奔走相告时，还装模作样附和了一下。

一年前，新学会成立的时候，唐喻被唐妙拉着，也加入了这个维新派组织，还被推举为副会长。不过，实际上，他对新学会的主张和目标并不抱一丝乐观的幻想，事实上，他一直以旁观者的姿态在新学会和总督之间运筹帷幄。每次只要墨仁他们提出什么激进的改革建议并被总督拒绝后，他就不失时机地向韩凤阳提议，要在示范区上马某个新的建设项目。唐喻知道，这种时候总督正需要有所作为，以挽回他受损的开明形象，因此会毫不犹豫地支持这些纯技术性的革新要求。

当年在洋枪厂供职时期受挫的经验，让唐喻明白了一件事情，那就是在这个古老帝国里，所有革新的企图不过是无根的浮萍，只能用来装点一下风景，而不能期望反客为主。想在这个古老帝国做出任何一点改变，都需要更多深藏不露的隐忍和虚与委蛇的运作。在唐喻看来，新学会就像一个必要的牺牲品，其存在的价值不过是替自己吸引所有敌对力量的火力，以便他的计划能神不知鬼不觉地付诸实施。因此，私下里他不仅从不阻止墨仁和唐妙那些慷慨激昂的莽撞行动，而且还时常虚情假意地鼓励他们。

为此，唐喻有时不免心怀愧疚，甚至觉得自己有些卑鄙。

在那次洋商会举行的内部酒会上，唐喻再次使用了这个金蝉脱壳策略。在他提议下，演讲的主讲人由自己改成了墨仁。在把墨仁拱上讲台后，他就让自己从众人的视野中移开，悄悄地找了个隐蔽的角落，坐了下来。

就座前，他故作不经意地让目光在人头攒动的大厅里扫视了好几遍，直到看见英国领事萨尔逊的身影后，他才移动脚步，穿过人群，跑到了那个冷清却又可以观察全局的角落，在领事身边坐了下来。

两人在淡淡点头致意后，都开始一本正经地看着前方，仿佛在认真倾听演讲。然而唐喻知道萨尔逊正在等待自己说出来意，恰如萨尔逊也清楚唐喻并不是因为偶然才坐在他身边。在将呼吸调匀之后，唐喻一副自言自语的样子，将自己的担忧轻声地说了出来。萨尔逊面无表情，好像完全没有听到唐喻说话似的，心里却不得不佩服唐喻的判断。作为一名老资格的外交官，萨尔逊早就从北京的英国同僚那里了解到，这次京城大张旗鼓的改革徒有其表，若无意外，年轻的皇帝败局已定。所以沉默片刻之后，他也自言自语地在嘴里咕哝了几句，问起唐喻的意图。唐喻便向萨尔逊暗示，要他向韩风阳提出扩大租界范围的要求，将示范区并入租界的辖区。届时自己将在总督那里促成此事。

就在萨尔逊还努力揣测这些话语的真实性时，唐喻已经从他身边站了起来，头也不回地离开了。那个黑马褂黑袍子构成的黑色背影显得那样空虚，仿佛一个黑色的空洞，那里似乎有一种魔力，一面让萨尔逊感到恐惧，一面又让他不由自主地被吸引。

当天晚上，这位大不列颠帝国的领事连夜起草了一份请求扩大租界区域的公函。公函在第二天上午被递交到了漂来的道台手里。不久又按惯例，在下午的时候被送到了四海总督韩风阳的手里，然后便被遗忘在总督府堆积如山的文牍堆中。直到三个月后，在唐喻的提醒下，它才被重新找了出来。

此时，持续一百天的维新变法运动已经在十几天前宣告失败，谁也没有想到这场猫捉老鼠的游戏会演变成一场惨烈的杀戮。不甘失败的皇帝竟然打算鼓动后党集团的袁世凯兵变，要像先祖康熙诛杀权臣鳌拜一般，杀掉他的养母慈禧太后。被激怒的老太后也终于凶相毕露，不仅把皇帝软禁起来，还斩杀了他的几名亲信，一系列清算维新派的行动也在陆续展开。

因为担心会受到株连，韩凤阳最初对京城的事变表现出暧昧的态度。既没有马上对太后的镇压行动表示支持，也没有搭理墨仁等一干新学会激进分子要求总督出兵京城“勤王”的请求。只是频繁调动自己的亲信军队，布防在各个军事要隘上，同时跟李鸿章、张之洞等一干洋务派同僚串通声息，静观事态进一步发展。

在这风雨飘摇的十多天里，墨仁和一干新学会骨干也在四处奔走，除了积极鼓动韩凤阳兵变之外，他们还联络了附近各地的秘密帮会，准备组织一支“保皇军”，在漂来城发动起义。唐喻也成了他们想要积极争取的对象。

然而一种神秘的巧合力量却让他们总是在和唐喻失之交臂，恰如当年伊丽莎白总是在巴黎错失和唐妙相遇的机会一样。只要他们决定去什么地方找唐喻，唐喻就正好不在什么地方，一切看上去似乎只是命运玩弄的一个时空游戏。

唐喻心里却很清楚，这一切其实都是他的精心安排。

那天在洋商会的酒会结束后，墨仁已经微醺，十几杯蒙得罗斯红酒正透过血液浸泡着他的眼睛，以至于它们深夜里都在闪闪发亮。这种情况下，墨仁认为今夜自己显然已无法入眠，便要求唐喻陪着他到嫣然河示范区游览一番。于是两人坐着马车，穿过铁马路工程留下的那座大铁桥，跑到了租界对岸的嫣然河示范区。

在唐喻的提议下，两人从马车上下来，坐到了一辆西门子公司出品的有轨电车上。唐喻亲自当起了电车司机，在一阵叮叮咚咚的铃声响起后，电车被发动起来。

此时示范区已灯火通明，灯光将区域内的马路、工厂、洋楼以及遍地开花的工地清清楚楚地衬托出来。唐喻本以为，这繁华似锦的场景会让墨仁惊诧不已，但在眼睛余光的追寻中，他却发现，坐在一边的墨仁显得有些阴郁，身体正疲惫地靠在电车座椅的椅背上，脸上已全然没有刚才酒会上的亢奋和热情。

起初，唐喻还以为是因为天热的缘故。根据那些在慕尼黑大学学过的气象学知识，唐喻知道，漂来城目前正处于副热带高压带的控制下，在太平洋深处的热带风暴到来之前，空气里将不会有一丝凉风吹过，在这个蒸笼一样燠热的漂来城里，人们难免会觉得烦闷。事实上，刚才在马车上的时候，唐喻就已经注意到，墨仁的额头上布满了细密而油亮的汗珠，白色的长衫也被汗水浸湿。因此为了鼓舞墨仁被闷热抑制住的情绪，唐喻腾出右手，对着前方挥舞了一下，不无豪迈地说：“相信吗？这里以后会是漂来城最繁华的地方。”

墨仁好像没有反应，过了很久，才似乎回过神，转过头盯着唐喻看了半天，眼睛里慢慢浮出一丝嘲弄的笑意，然后一字一句地问：“又怎样？”

唐喻被问得呆了一下，本有满肚子的说辞可以脱口而出，但在墨仁嘲弄的笑意下，好像所有的说辞都变得可笑。他忍不住恼怒起来。

“至少我要做的事情，肯定能做到。”

话一出口，唐喻就发现自己失态了。他连忙在脸上堆出温和的笑容，想显出自己是在开玩笑，但无论怎样努力，他还是明显感觉到自己的笑容有些僵硬。

墨仁淡淡地一笑，语气毫不拖泥带水：“我知道，这次京城的事情，动静是大，最后恐怕会惨淡收场。不过，有些事情就算肯定输，也要有人去做。你不也一样乐意看到我们这样做吗？”

说完，墨仁闭上眼睛，脑袋向后垂靠在椅背的边沿上。唐喻忽然发现，墨仁并不像他想象的那样缺乏洞察力。他明白的事情，墨仁其实也一样明白。

这之后，两人再也没有说话，只是以沉默的姿态，坐在有轨电车上，在马路上一遍一遍绕着圈子。

那一晚之后，唐喻忽然发现自己心中那坚硬的使命感被深深地动摇。为了抵抗这让自己陷入虚无的荒诞感，他开始有意识地躲避墨仁和他的新学会。

中秋节的下午，唐喻忽然收到邀请，总督让他晚上去家里的后花园赏月。

这之前，唐喻已经从总督身边的眼线那里听说，这天上午太后派来的特使到达漂来城，给总督带来了一份密旨。

唐喻就此判断，总督的邀请不仅仅是为了赏月。所以出发前，他让妻子收拾了行李，要她带着儿子去租界等候自己的消息，然后特地跑去理了个发，换了身崭新的长袍马褂，神闲气定地对着镜子照了半天，直到确认自己从头到脚已没有一丝一毫的凌乱，这才动身前往总督府。

晚宴很丰盛，主菜是早上用快马特地从阳澄湖送来的大闸蟹，另外有精工细作的八道冷盆、八道热炒、四道大菜，再配上二十年陈的女儿红，几乎都赶得上年夜饭的丰盛了。花园里到处盛开着菊花，但填满在嗅觉里的却是丹桂树的淡淡幽香，明月当空，微风阵阵，唐喻怀疑这几乎是自己一生中度过的最完美的中秋节。

参加宴会的人只有总督和唐喻。

一向喜欢被别人侍候的总督显得很殷勤，不断主动为唐喻斟酒夹菜，而且谈兴很浓的样子，但话题几乎全部是风花雪月、少年壮志，从头到尾没有提及一点与公事有关的内容。

唐喻也不动声色，一边津津有味地倾听，一边将蟹膏蟹肉一丝不拉地从蟹壳里剔出来，然后就着微微发甜的女儿红，在嘴里细细品尝。他让自己的每个动作都缓慢而优雅，耐心十足。

到了中秋，雄蟹正在变得比雌蟹更加肥美，总督显然在这方面经验十足，所以晚上被端上桌面的，全是四两以上的大个雄蟹，总督一共吃了五只，唐喻因为吃得很慢，只吃了三只。吃完第三只的时候，唐喻听见总督打了个饱嗝，于是抬头看了总督一眼，发现他正笑眯眯地看着自己，唐喻这才意识到总督的饱嗝是有意发出的，就像一个句号，预示着另一个句子的开始。

于是，唐喻也对总督笑了笑。

“吃得好？”总督的目光还是停在唐喻的脸上，轻声轻语地问。

“好。”唐喻也尽量让自己言简意赅，不愠不火。

“还要再加点什么？”

“不需要了。”唐喻轻轻摇了摇头。

“好吧，我们去书房坐吧。”总督说完，用手将自己肥胖的身体从椅子上撑了起来，向唐喻招了招手，唐喻连忙从座位上站起，紧紧地跟在他身后。

进书房前，总督让侍从留在了门外，房间里只剩下了自己和唐喻两个人。

在示意唐喻坐下后，总督像个真正的老人，在自己的书桌前迟缓地翻查着一堆文件，最后从里面拿出一封火漆印还没有完全脱落的文件，交给了唐喻，示意他打开来看。

唐喻有些紧张，深深地吸了口气，然后才低下头观看这份来自慈禧太后的密旨。

密旨的用词诚恳而隆重，对总督的功绩进行了表彰，没来由地夸奖了总督对惩处乱党所表现出的诚意和勇气，还因此决定将总督的职衔由从一品晋升为正一品，并授予了他另外几个有名无实的虚职。最后，密旨还轻描淡写地表示，希望总督能继续对乱党分子进行严厉打击。

几乎没费什么力气，唐喻就读懂了密旨的潜台词：太后在向总督表达不计前嫌的意思，同时也希望总督能表现出足够的诚意来回应自己。

唐喻将密旨慢慢合上，放在了身边的茶几上，然后抬起头看着总督，等候他的进一步反应。

此刻，总督正坐在书桌后，拿着一支狼毫笔，蘸着砚台上刚刚磨好的墨汁，在一张铺开的黄笺纸上写着些什么。他的动作笨拙然而专注，神色显得异常凝重。

过了很久，总督终于放下了笔，拿起书桌上的松香，小心翼翼地吸了一遍字上的浮墨，然后，长长地舒了口气。

他重新抬起头，看了唐喻一眼，将黄笺纸递给了他。

唐喻接过来看了一眼，发现纸上写着十个人的名字，上面有墨仁，有唐妙，还有自己。看来为了对太后的表态作出答复，总督已经准备牺牲掉名单上的这些人。

看完名单，唐喻连眼睛都没有眨一下，就把黄笺纸交还到总督手里，好像这件事情与自己毫无关系。

唐喻那近乎冷酷的平静，显然让总督有些吃惊。他呆呆地盯着唐喻看了半天，忽然心慌意乱地将目光收了回去。他开始在书桌上东翻西找，嘴里则轻轻地咕哝："明天一早，名单就会被送到提督衙门。你现在可以走了。"

"谢谢。"唐喻一边说，一边继续不动声色地看着总督。从总督那迟疑而凌乱的动作里，唐喻忽然意识到总督真的已经老了，他的心肠因此变软，所以给自己留了一个晚上的时间来逃跑。然而唐喻并不觉得受了什么恩惠，那咄咄逼人的冷静正在接管他的身体和嘴巴，他一脸诚恳地跪了下来，慢条斯理地说："一个月前，萨尔逊给您递过一份公文，请大人务必准请。"

韩凤阳呆了一下，抬头看了唐喻一眼，脸上慢慢露出似笑非笑的神情。唐喻知道，这通常意味着总督心里很愤怒。然而唐喻却心无畏惧，抬起头与总督对视着。

总督再次低下了头，依然带着那似笑非笑的神情，开始临摹怀素的苦笋帖，写了大约大半张宣纸，一直选择站姿的总督终于放下笔，颓然地坐到了书桌后面的太师椅上。他没有再看唐喻，只是有些疲惫地朝他挥了挥手，眼睛却是闭着的："走吧。反正，发电厂我是不会给他们的。"

午时钟声响起的时候，唐妙注意到身前那个刽子手的影子突然向前伸出了一大块，他抬起头看了看。果然，刽子手已经把雪亮的屠刀高高地举了起来，阳光热辣辣地照在刀刃上，有些晃眼。四周围观的人群开始骚动，有人在梗起脖子，有人屏住了呼吸，有人用手捂上眼睛但又张大了指间的缝隙。

为了增强此次行刑的戏剧性，刑场被设在了发电厂的废墟上。让此地化为乌有的大火是前一天才刚刚熄灭的，因此刑场的空气里弥漫着一股浓重的焦煳气。但这刺鼻的气味，让唐妙想起的却是鸦片烟的酥麻。他的脑海里开始浮现出第一次闻到这味道时的情景，那是在孔家别院的后花园，詹凤仙还依然年轻，她泥一样软瘫在竹榻上的身体饱满而圆润。

脑子里这样想的时候，唐妙仿佛真的在恍惚间看见了詹凤仙的身影。

她好像只是偶然路过，看上去并没有注意到这个临时布置起来的刑场，甚至都可能没有注意到眼前这熙熙攘攘的人群。然而她的身姿却影子一样轻盈，没费什么力气，就在那一个个拥挤的身躯间找到了缝隙，灵巧地穿了过去。

不经意间，她忽然将脸转向了唐妙所在的方向，微风正在吹拂她散乱的头发，透过那摆动的发丝，唐妙清晰地看到那脸上凝固的漠然和无助。

那天，在添香书寓的客房里，透过被灯光染成黄色的烟雾，唐妙怀疑自己曾看见过詹凤仙那张顷刻之间凝固的脸庞。然而那时鸦片已浸透他的每个毛孔，他的身体懒洋洋的，和醒醒的身体麻一样地纠缠在一起，除了心里有点难过，他根本无法指挥它去对詹凤仙的突然到来作出反应，只能眼睁睁看着那摆动的裙裾慢慢消失在视野中。

半夜，当清醒带着悔恨重新注满他心里，他决绝地推开了要让他在书寓留宿的醒醒，头也不回地赶回了公寓。然而，与以往不同，他没有在公寓里看见已经把眼睛哭肿的詹凤仙。他又跑遍了每个她可能会去的地方，却连她的影子也没有找到。一种不祥的预感告诉他，今生今世或许再也见不到詹凤仙了。

这念头如此强烈，让唐妙几乎都要崩溃。他只好跑去唐喻那里寻求帮助，却没想到这位一向亲切的堂兄不仅没有安慰他，还毫不留情地斥责了他。那冷酷的言辞让他毛骨悚然，但他不得不承认，这结局确实是自找的。回到家里，面对空空荡荡的公寓，他放声痛哭，好像时光已经倒流，好像他重新变回了九岁时那个无助的孩子。

到了夜里，泪水在脸颊上凝固，他的悲痛和悔恨再次被那充满了无力感的忧郁所颠覆，除了继续纵情声色，他压根不知道还有什么东西能把自己从那没有边际的时间牢笼里解救出来，于是他又回到了添香书寓，在醒醒年轻的身体和大烟泡的迷醉中，寻找暂时的解脱。

这之后，他又重新变回了那个巴黎时期的浪荡子，甚至变本加厉。他开始没日没夜地流连在漂来城各式各样的妓院和烟馆，尝试了所有能够导致自我毁灭的纵欲方式。这其间，墨仁曾经来找过他几次，但他都偷偷地躲开了。詹凤仙的事情，终于让他明白，他对新学会事业的爱也同样只是出于轻浮，是他试图在忧郁的深渊里抓住的另一根稻草而已，而所谓崇高，所谓伟大，终不过是情欲的另一张面孔。

那毫无节制的纵欲生活，让他的身体日渐虚弱，甚至走路的时候他都开始摇摇晃晃。终于有一天，在咳嗽的时候，他吐出了满满一大口血，身旁那个“咸肉庄”的老妓女被吓得尖叫起来。但唐妙心里却产生了一种恶毒的兴奋感。

这正是他所期待的，他相信，死亡将带着他去和詹凤仙重逢。

因此，三天前的深夜，当唐喻在添香书寓找到他，要他跟着一起出国避祸时，唐妙没有丝毫犹豫，就拒绝了他。第二天，他还和同样拒绝逃跑的墨仁一起，从租界大摇大摆地跑回了漂来城，带着一脸坦然，任由那队奉命前来捕捉他们的官兵将自己团团围住。

在监狱里的三天无疑是最难熬的，不断发作的烟瘾让疼痛潮水一样在五脏六腑里翻腾，尤其那带血的咳嗽，让他几乎窒息，因此早上听说自己要在今天被押赴刑场，唐妙的心里反而生出了即将得救的感觉。

此刻，跪在刑场上，他的心情宁静得没有一丝噪音，那无悲无喜的状态让他的目光变得自由而清晰，他看见了一切他想看见的事物。在鬼头刀将死亡刻上他的脖颈之前，他感觉自己正顺着那目光从躯壳里解脱出来，向着那个像梦一样飘移着的詹凤仙飞奔而去。

詹凤仙似乎也感觉到了他的到来，脸上露出一丝甜蜜的微笑。

在这一刻，他们之间再也没有距离，他不再是唐妙，她也不再是詹凤仙，他们是所有的男人和女人。

在那里，时间的牢笼不复存在。

尾　声

半夜两点，我们几个人蹑手蹑脚，来到了唐工程师家门口。

工程师家所有的门窗都被关得死死的，连插一根头发丝的缝隙都找不到。

就在我们手足无措时，公输电不知用什么办法，打开了房门。

我们进到房子里以后，才发现里面空空荡荡，就像没住过人的毛坯房，没有家具也没有物品。充满在房子里的是无边无际的寂静。这寂静如干涩的海绵，不仅是零，而且还是负的，连我们的心跳声和呼吸声也被这寂静给吸收了。同时被吸收的还有我们说话的欲望，无论怎样搜索枯肠，却偏偏找不到一句想说的话。

我们开始行进在一个无声的世界里。

跟小区里所有的房子都不一样，唐工程师的房子里每个房间都有三扇门。有些门在墙上，有些门在地上，有些门在天花板上。推开每扇门，后面一律是个同样格式的房间。只要门出现在地板或天花板上，房间的重力方向便会发生改变。房间套着房间，似乎无穷无尽。整幢房子仿佛迷宫，根本无从猜测它们是怎样被组合在一起的。

我们在公输电的引领下，向前行进。每进一个房间，她都会首先找出房间的电源插座，然后把手指放在火线插孔里，以便根据电流的方向，确定接下来我们应该推开哪扇门。

如此不知走了多久，当最后一扇门被推开时，我便看到了黄国歌曾经描述过的那个位于地下的大厂房。

厂房果然大得像广场，几百台机器在不停运转，每台都连接着一台老式的蒸汽锅炉，炉膛里火焰熊熊燃烧，但却没有燃料存在的迹象。

看到厂房的一刹那，耳中无边的寂静忽然被无边的噪音所取代。那轰鸣声虽震耳欲聋，其实却又轻飘飘的，好像并非迎着听觉而来，而是不断消逝在听觉中，仿佛数学中的负数，数字无限大，但实际又无限小。所以噪音越大，感受到的寂静却反而在被放大。此时，我还注意到，那些蒙着灰尘的机器发了疯一样，不是在匀速地转动，而是在一轮一轮加速，所以机器的样子虽旧虽破，但转动的速度却要比见过的任何一种机器都要快，而且似乎已经停不下来。

我轻轻吹了声口哨，希望能让紧张的心情放松下来。随后看了看四周的同伴，他们的脸上也满是诧异。

公输电不知什么时候已爬到其中一台发电机的顶部，拆开了上面的配件箱，用手在里面的电路上探测着。忽然她小脑袋使劲点了点，嘴里咕哝了一句："明白了，原来是这么回事。"

说完，她灵巧地一骨碌，顺着机器的斜边，稳稳滑到了地面上。站定后，开始上上下下地拍打身上的灰尘。

"明白什么了？"我走过去，好奇地问。

"这些设备其实是反相发电机。"

"反相发电机？"来自电力局的专业人士韩费也从另一边向公输电走来，脸上满是疑惑。

"意思大概就是，这种发电设备能无中生有。不需要燃料，不需要动力，自己就能运转，想要多少电都可以。无论多少。"拍完身上的灰尘，公输电伸了个懒腰，一副大功告成的样子。

"根据能量守恒定律，这不可能啊？"韩费又问。

"拆东墙补西墙，这还不简单。"公输电不屑地撇了撇嘴。

"所以这个地区的能量一直在消散？"我问。

公输电摇了摇头："其实设计发电机和电路的人很聪明，他只是在时间上挪用能量。就是说将下一秒的能量挪到这一秒来用，然后再挪动更下一秒的能量。"

"这么做应该还是会有问题吧？"我眨了眨眼，凭着直觉问。

"当然，因为设计者没想到，随着时间推移，能量缺口会越来越大。在这一秒钟觉得挪一秒钟过来就可以，但到了下一秒，就觉得挪两秒才够。"

"明白了，就像吸血鬼电影里，一个吸血鬼吸了血，就会产生更多的吸血鬼，更多的吸血鬼又会进一步变出更更多的吸血鬼。是这个意思吧？"脸上本来还满是疑惑的秦雪，忽然现出豁然开朗的表情。

“聪明。”公输电点了点头，“这样一百多年累积下来，挪用速度就越来越快，虽然未来也无限。但挪用需要时间，所以发电厂所在的地方就慢慢形成了能量黑洞，而且随着时间推移，黑洞的吸引力越来越强，面积也越来越大。”

“所以，上面老是会有怪事发生，谁住这里，就会跟着倒霉？”秦雪用手指了指天花板，声音有些发干发涩。

“可能，”公输电皱着眉头点了点头，显然也在努力思考秦雪的问题，“物质和能量会互相转化，能量被吸走，本来会出现的事物就会被改变。”

“所以他就失踪了，那段时间所有跟他有关的事情也都消失了。”我指了指墨之翟。

“我猜，能量黑洞大概也按一定程序运行，什么东西最容易对它产生威胁，它就首先会把它们吸收掉。”公输电一边挠着脑袋，一边俏皮地眨了眨眼睛，好像很满意自己想出的这些说辞。然后一副有些后怕的样子，吐了吐舌头，“幸亏我挺喜欢这黑洞的，否则说不准，我也早被它吸收掉了。”

“我为什么又会重新出现？”一直保持沉默的墨之翟忽然开了口。

“可能现在你对它没威胁了。不过，只是暂时回来而已，迟早你会被吸收掉的。我们大家都会被它吸收掉的。”虽然说着件悲惨的事情，公输电却一脸满不在乎。

“未必。”有个陌生的声音忽然在我们的头顶上响起。

我抬起头，注意到十几米高的半空中，在蜘蛛网一样的电网上面隐蔽着一个用铁索吊起的阁楼，里面有人正从栏杆后探出脑袋，居高临下地看着我们。正是两天前在水流云在园门口见过的唐工程师。

“既然到了这里，说明你们已经成了黑洞的一部分。或者说，你们自己也成了黑洞。”唐工程师说起话来缓慢而平淡，仿佛只是在陈述一个无关的事实。他一边说话，一边走进了一个简陋的升降机，开始往下降落。

“就像黄国歌？”我心里一动，脱口而出。

唐工程师从升降机里走出来，看了我一眼，然后点了点头：“嗯。出去后，你们原来的问题都会没有，至少黑洞以后不会再伤害到你们几个。”

“我们也成了黑洞？”秦雪带着疑问，重复了唐工程师刚才的判断。

唐工程师目光闪烁，沉默了片刻，然后点了点头：“对，黑洞。”

在场的人都沉默起来，只有公输电还带着顽皮的笑容，一脸好奇地走到唐工程师身边，歪着脑袋用手指了指厂房，问："真是你造的？"

唐工程师低头看了公输电一眼，罕见表情的脸上微微露出点笑意，然后抬起头继续说："还有你曾祖父公输义，他是世界上最好的技师。"

"为什么要把发电厂设计成这样？"我问。

"只能如此。"唐工程师无奈地苦笑了一下，"那种情况下，电厂被烧掉是注定的。在一个错误的时间和地点要做正确的事情，只能用特别的手段。"

"特别的手段？"墨之翟在鼻腔里轻轻地嗤了一声，脸上满是讥讽，"还是更多错误？"

唐工程师脸上掠过一丝哀伤的阴云，他沉默着，像给自己打气似的深深吸了口气，然后继续用那不带一丝感情的语调说："总会有办法的。"

"所以不断改换身份，回到这里？"我不动声色，试图在这个像冰山一样坚硬的唐工程师身上找到破绽。

唐工程师慢慢闭上眼睛，点了点头："事实上，我想过很多办法，但最后总是阴差阳错，不是这里出错，就是那里出错。最后才发现，黑洞有了自己的生命，凡是什么东西要阻止它继续扩张，它就会首先把它们吞噬掉。"

"为什么不直接把机器关掉？"我问。

"你不明白的。关了的话，漂来城会瞬息之间失去能量，支撑这个城市运作的所有机器都会停止，所有人们熟悉的生活都会消失，直到能量缺口被补足后，一切才会重新启动。"唐工程师面如死灰，声音越来越低沉，如同梦呓一般。忽然，他停顿片刻，弯下腰，拼命地吸了几口气，好像脖子被掐住了似的。

过了一会儿，他才重新恢复了过来，脸上现出无奈的表情，继续说："有好几次我都打算关掉发电机了，但一想到为了让它保持运作，已经有那么多人牺牲掉了，我就下不了手。"

"所以，还要继续有人被牺牲？"

墨之翟走到唐工程师跟前，一脸嘲弄地注视着他。唐工程师的脸上没有反应，墨之翟带着敌意的目光似乎刺激了他，反而让他变得坚定起来。在平静地和墨之翟对视了片刻之后，他很干脆地点了点头。

"为了最后的胜利，一切的牺牲都是值得的。是吗？"我忽然想起黄国歌陈述过的这句咒语般的句子，将它脱口而出。

唐工程师有些诧异，将脸侧过来看了我一眼，他的目光惶惑起来，几乎是在声嘶力竭，重复道："对，为了最后的胜利，一切的牺牲都是值得的。"

清晨，太阳刚刚从远处高楼的缝隙里探出了头，墨蓝墨蓝的天空正在被慢慢稀释。这是漂来城最宁静的时刻，远处的灯火都已熄灭，一切的喧嚣都暂时被收藏在了这个魔匣般城市的深处。

我们走在嫣然河的河岸上，刚刚爆出绿芽的柳条在跟着河面上的微风懒洋洋地舞动。

我们沉默不语，只是低头向前，并不知道，我们要到哪里去。

我们也不知道，我们最后是怎样从那个位于地下的发电厂出来的。

脑子里的记忆薄得像此刻水面上的轻雾，朦朦胧胧的。我们不清楚，我们是原来的我们，还是那个黑洞的一部分。我们也根本记不起电厂里的发电机究竟是关掉了，还是在继续疯狂地转动。我们更记不起，唐工程师最后去了哪里。

然而此时此刻，我们又其实什么都不想知道。

我们只是这样不停地向前走着，走着。

一只橘黄色的蝴蝶好像被我们惊动了，从路边的野花丛中飞了出来。

看到蝴蝶，公输电跟着它跑了起来。她跳跃的身影让我的目光因此活跃。我注意到，我和蔡琰正并肩走在人群的最后面，前面韩费和莫尼卡·王、墨之翟和秦雪也在并肩而行，我们此刻仿佛不再是我们，而只是彼此的影子。

这一幕似曾相识。我好像真的想起来，在那个失去的时间里，我们六个人也曾经这样漫步在一片开阔地上。那里到处都是欢乐的人群。甚至公输电也被一辆婴儿车推着，走在我们中间。

在远处，我们甚至还看到了老佛爷。他正站在一辆坦克上，巴顿将军似的指挥着一队士兵。士兵们在发出嘹亮的歌声。

那一年，我们如此年轻，心中正好充满希望。

2004 年 10 月—2011 年 4 月第一稿

2011 年 4 月—6 月第二稿

图书在版编目（CIP）数据

消散之地/孙健敏著. －北京：作家出版社，2012.6
ISBN 978－7－5063－6089－0

Ⅰ.①消… Ⅱ.①孙… Ⅲ.①长篇小说－中国－当代
Ⅳ.①I247.5

中国版本图书馆 CIP 数据核字（2012）第 208411 号

消散之地

作　　者： 孙健敏
责任编辑： 懿　翎
装帧设计： 牡丹平面
出版发行： 作家出版社
社址： 北京农展馆南里 10 号　　**邮编：** 100125
电话传真： 86－10－65930756（出版发行部）
86－10－65004079（总编室）
86－10－65015116（邮购部）
E－mail： zuojia@ zuojia. net. cn
http：//www. haozuojia. com（作家在线）
印刷： 北京谊兴印刷有限公司
成品尺寸： 152×230
字数： 258 千
印张： 16
印数： 001－6000
版次： 2012 年 6 月第 1 版
印次： 2012 年 6 月第 1 次印刷
ISBN 978－7－5063－6089－0
定价： 28.00 元